中國新聞史研究輯刊

四 編

主編　方 漢 奇

副主編　王潤澤、程曼麗

第 **8** 冊

青島近代報業研究（1897～1929）

劉 冉 冉 著

花木蘭文化事業有限公司

國家圖書館出版品預行編目資料

青島近代報業研究（1897～1929）／劉冉冉 著 -- 初版 --
新北市：花木蘭文化事業有限公司，2019〔民108〕
目 2+244 面；19×26 公分
（中國新聞史研究輯刊 四編；第 8 冊）
ISBN 978-986-485-817-0（精裝）
1. 中國新聞史 2. 中國報業史 3. 山東省青島市
890.9208   108011522

ISBN-978-986-485-817-0

中國新聞史研究輯刊
四 編 第 八 冊   ISBN：978-986-485-817-0

青島近代報業研究（1897～1929）

作　　　者　劉冉冉
主　　　編　方漢奇
副 主 編　王潤澤、程曼麗
總 編 輯　杜潔祥
副總編輯　楊嘉樂
編　　　輯　許郁翎、王筑、張雅淋　美術編輯　陳逸婷
出　　　版　花木蘭文化事業有限公司
發 行 人　高小娟
聯 絡 地 址　235 新北市中和區中安街七二號十三樓
　　　　　　電話：02-2923-1455／傳真：02-2923-1452
網　　　址　http://www.huamulan.tw 信箱 hml810518@gmail.com
印　　　刷　普羅文化出版廣告事業
初　　　版　2019 年 9 月
全書字數　179086 字
定　　　價　四編 13 冊（精裝）新台幣 26,000 元

青島近代報業研究（1897～1929）

劉冉冉　著

作者簡介

　　劉冉冉，山東泰安人，中國人民大學新聞學博士，主要從事中國新聞史研究，曾在不同期刊上發表多篇新聞史相關學術論文。

提　　要

　　從 1897 年到 1929 年，在這短短三十二年中，青島先後經歷了三個政權的接替統治。從德佔到日佔再到北洋政府收回，在這三個統治時期內，青島地區所呈現的不同的社會狀態，直接影響了青島報業的發展。

　　青島報業源於德國侵佔時期，德殖民當局在入侵青島一週後就創辦了青島近代第一份報紙《德國亞細亞報》，之後在青島創辦的報紙也多爲官辦，新聞消息政治性強，且廣告發達。同時在德佔時期，青島第一份中文週報《膠州報》創刊，自此，青島地區的國人辦報開始興起，著重宣傳革命思想，但受政治環境的制約，言論較爲保守。1914 年第一次世界大戰爆發，德國因歐洲戰事吃緊無暇東顧，日本趁機強佔青島，開始其殖民統治。在日佔時期創刊的報紙多爲民辦，商業性強，少有官報存在，言論環境較爲自由，青島地區壽命最長的《大青島報》正是誕生在這一時期。在日本第一次殖民統治結束後，在北洋政府收回期間，青島報紙終於迎來了一次國人辦報高潮。這一時期創辦的報紙有二十種之多，且風格多樣，極具特色。

　　本書擬從青島報業的總體環境出發，詳細剖析三個時期的政治、經濟、文化環境和物質技術條件，並結合當時國內大的報業背景，闡述青島報業內部環境。並將青島報紙按照創辦者分爲由德人、日人、國人報紙。以不同語言的單份報紙爲單位，從創辦背景、版式內容、編輯手法上分別對其進行整理分析。並在分析報紙的基礎上，以報紙爲基點，從史料出發，研究當時青島報業的報社的經營方式、報紙的業務觀和新聞觀，以盡最大程度的還原青島當時的報業狀況。

本成果是 2015 年國家社科重大項目
「百年中國新聞史史料整理與研究」
（15ZDB140）階段性成果

目

次

前　言

　　1840 年，鴉片戰爭爆發，戰爭以中國戰敗告終，戰後簽訂了中國歷史上第一個不平等條約，中英《南京條約》。鴉片戰爭使中國開始淪爲半殖民地半封建社會，各國列強對中國亦是虎視眈眈。當時的清政府軟弱無能，之後的太平天國起義又進一步削弱了清政府統治，由此更加激起了國外列強瓜分中國的欲望。此時膠州灣以其獨特的地理位置引起了列強的注意。

　　膠州灣位於膠東半島南部，是山東省青島市內半封閉海灣，爲天然不凍港。根據記載，在第二次鴉片戰爭期間，「外國船艦在膠州灣一地遊弋，明火執仗上岸窺探地形，肆無忌憚在海中測量、調查者達 7 艘次以上」〔註1〕，1861 年，英國軍艦「多布」號曾闖入膠州灣。中法戰爭爆發後，法國曾「屢次聲言，將由膠州進圖北犯」〔註2〕，由此促使清政府調派官兵進駐青島設防，之後駐德公使許景澄和陝西御史先後上奏，建議正式在膠州灣佈防，但負責北洋海防建設的李鴻章對此卻不以爲意，佈防一事暫時擱淺。五年後，經李鴻章實地查看，改變原有態度，力主在膠州灣派兵駐防。故於 1891 年 6 月 14 日，光緒帝批准李鴻章奏摺，清政府頒佈上諭，青島正式建置。

　　建置前的青島雖然只是海邊一個小漁村，但其經濟已經很繁榮，「我即邑自前明許公奏青島、女姑等口准行海運，於是，百物鱗集，千艘雲屯，南北之貨既通，農商之利益普，洪纖之度，蓋至今賴之云」〔註3〕。由此可見，當時青島因其優越的地理位置，海運貿易十分發達。

〔註 1〕壽楊賓編著：《青島海港史》，人民交通出版社，1986 年版，第 9 頁。
〔註 2〕張俠等編：《清末海軍史料》（上），第 255 頁。
〔註 3〕《女姑口重整舊規》碑文，載《德國侵佔膠州灣史料選編》，山東人民出版社，
　　　　1987 年版，第 25 頁。

　　鴉片戰爭結束後，外國人在中國的辦報行爲越來越活躍，沿海地區因其優越的地理位置和發達的經濟文化，報業活動尤爲興盛。但對經濟繁榮的青島而言，因戰爭暫未波及到這片地區，人們還生活在舊式的生活方式中，依然是封建社會小農經濟，居民自給自足，對新生事物知之甚少，外界變動對青島本地居民的影響不大，基本沒有對信息的需求，於此，報刊就缺少了必要的生存基礎。所以青島當時雖然經濟較爲發達，但並未出現任何辦報活動。

　　同時，青島地區也有了傳教士開始了傳教活動。而中國早期報刊的創辦在很大程度上是和傳教士分不開的，第一份中文報刊《察世俗每月統計傳》就是由傳教士創辦。他們在我國一邊進行傳教活動，一邊創辦報刊，傳播利於己方的思想。但在青島地區的傳教士工作僅是簡單的「散播福音」，且這一傳教活動還受到了當地村民的大強烈反對，對當時中國報紙的主要創辦者傳教士而言，在青島這一地區創辦報紙更是不可能的事。故此在建置之前和建置之初，青島並未有報業活動存在。

　　建置後的青島由章高元主持青島防務。章高元（1843～1912），字鼎臣，安徽合肥人，清末淮軍將領。早年加入淮軍，隸屬劉銘傳部下，曾參加鎮壓太平軍和捻軍，積功至副將，後轉戰魯皖，以功擢總兵，係青島建置第一任總兵。章高元的進駐，對青島的政治和經濟穩定起到了一定的作用，但政治和經濟環境的穩定依舊未帶來青島報業的萌發。甲午戰爭爆發後，章高元率軍開赴戰場，戰爭結束後章高元返回青島，但甲午戰爭過後，列強掀起了瓜分中國的狂潮，青島環境也越來越險惡，這個「世外桃源」般的小漁村開始受到戰爭的波及。

　　最先侵佔青島的是當時的沙皇俄國，1895 年 11 月，俄國太平洋艦隊以「過多」爲名，駛入膠州灣，提前取得停泊權。但同時，作爲一個後起的資本主義國家德國，已經欲向東方擴張，謀求港灣作爲自己的海軍殖民地。早在 1869 年，德國人李希霍芬就曾來過青島，以考察爲名搜集情報，認爲「欲圖遠東勢力之發達，非佔膠州灣不可」〔註4〕，此番言論煽動起了德國侵佔膠州灣的狂熱。德皇在 1896 年做出正式佔領膠州灣的決定，德國政府先向清政府提出租借膠州灣 50 年的要求，遭到拒絕後便決定使用軍事手段達到這一計劃。在取得事先擁有膠州灣停泊權的俄國支持後，德國便開始等待時機，侵佔膠州灣。

〔註 4〕 蔣恭晟著：《中國外交史》，第 18～19 頁，轉引自孫祚民主編《山東通史》（下卷），山東人民出版社，1992 年版，第 533 頁。

　　1897 年 11 月 1 日，在山東西南部巨野縣的磨盤張莊，發生了一起兩名德國傳教士被殺案件，爲德國入侵青島提供了藉口。鴉片戰爭之後，大量傳教士進入我國，帝國主義除了在經濟、文化上進行侵略之外，列強政府還運用傳教士的傳教言論美化其侵略活動。當時德國傳教會在對青島傳教活動中，有些傳教士憑藉特權包庇作惡，欺壓平民，引發了群眾對傳教士的不滿。而這兩名德國傳教士被殺後，找到侵佔藉口的德國政府於 1897 年 11 月 6 日下令命軍艦開往膠州灣，佔領村鎮，「並採取嚴重報復手段」〔註 5〕。雖然清政府採取了「保教」、「懲凶」等措施，企圖以此取得諒解，但德國仍藉口「巨野教案」，派軍艦於同年 11 月 14 日登陸，佔領膠州灣，並於 1898 年 3 月 4 日簽訂《膠澳租借條約》，據此，青島正式淪爲德國殖民地。在德國入侵青島一週之後，即 11 月 21 日，由德國殖民當局官方創辦《德國亞細亞報》，由此迎來了青島早期報業的開端。

〔註 5〕孫瑞芹譯：《德國外交文件有關中國交涉史料選譯》，卷一，第 128 頁。

第一章　青島近代報業的母體環境

　　1897～1929 是青島歷史上比較特殊的時期，在這三十二年中，青島先後經歷了德國、日本、北洋政府三個不同政權的統治。而在被德國殖民當局佔領之前，青島只是個剛建制六年的海濱小城，除經濟有了繁足發展之外，政治環境文化社會狀況依舊困囿於封建社會。

　　章高元進駐青島之後，清政府為解決通訊問題，在楊家村設立了有線電報房，該電報房可與濟南、煙台、膠州通報，使青島與外界的聯繫變得更加緊密。同時因為地理位置優越，海上交通方便，青島與外界溝通可以不局限於陸路運輸，而這也為日後青島報業興起提供了良好的交通條件和物質基礎。

　　1897 年德國以「巨野教案」為藉口，出兵膠州灣，使青島成為了德國殖民地。在十七年的殖民統治中，青島市政設施逐步完善，政治、經濟、教育設施相繼建成，青島由原來的小漁村逐步變成了頗具規模的海港城市。然而在 1914 年第一次世界大戰爆發後，德國忙於西歐戰場無暇東顧，日本趁機出兵，圖謀青島，將其據為己有。在日本佔據青島後，日殖民政府繼續維持德人的規章統治，同時加強了對青島的經濟控制，處在日本佔領下的青島，本土民族資本主義經濟受到了嚴重打擊。一戰勝利後，北洋政府向巴黎和會提出了收回青島主權的要求，然而北洋政府內部親日派曹汝霖、陸宗興、章宗祥與日本暗通聲氣，導致巴黎和會做出了不利於中國的決議，由此五四運動爆發。在五四愛國運動的打擊下，北洋政府未在決議——《凡爾賽合約》上簽字，為解決山東青島問題留下了餘地。經過後期努力，終於在 1922 年 12 月 10 日，北洋政府正式收回青島。

　　在三個政權的接連統治下，青島的政治、經濟、文化環境都發生了巨大的變化，孕育產生了自己獨特的報業特點。

　　橫觀早期中國報業史，報紙大多產生於經濟發達、交通便利、文化較為活躍的地區，但就青島地區而言，它的第一份報紙是伴隨著德國殖民者的入侵由德國官方創辦，而非是隨著經濟社會的發展自然產生。如此呈現出了與其他地區不同的報業發展特點，即以官報產生而引導的發展。在日本第一次侵佔青島時期，日本入侵者也是同德國殖民者一樣，採取創辦報紙的方式強化統治。而在創辦報紙方面與德國殖民者不同的是，德國創辦的報紙大多為德文和中德雙語報紙，日本第一次侵佔青島的八年間，亦即從 1914 年 11 月到 1922 年 12 月間，日本人在青島創辦了三家中文報紙。之後，經過清政府建置以及德日兩國的殖民統治，北洋政府收歸青島時，青島已經由一個海邊小港向現代化城市邁進，不僅社會環境較為穩定，還有一個相對寬鬆的文化環境，而且收回時期，同德日佔領時期相比，國人創辦報刊者眾多，報紙各具特色，該時期可以說是青島報業較為繁榮的時期。從 1897 年至 1929 年，在青島地區出現的中文報紙、英文報紙、德文報紙、日文報紙、中德雙語報紙有幾十份之多。

　　報紙的產生其源在於社會對信息的大量需要，正是所謂「沒有需要，就沒有生產」〔註1〕。細究根源終在於商品經濟的發展使得人們需要大量信息，威尼斯的手抄新聞正是起源於此。報紙的產生既與當地的政治、經濟、文化等外部環境又與報業狀況、運營條件等內部環境息息相關，考察這些資料信息，與實事報紙相結合，可以盡最大可能還原歷史真相，探究當時的報業環境。尤其對於青島報業史這一地方史而言，分析當地的政治背景、經濟發展程度、文化思想以及青島當地的報業產生條件、政策法規等，可以最大程度的還原青島地方報刊新聞史原貌。

第一節　青島近代報業的外部環境

　　新聞事業具有很強的傳承性，一個地區的外部環境在很大程度上會相應的反應到當時的新聞報業中，且地域環境的特點也會映像到新聞事業中，成為該地區獨有的報業特色。對青島地區而言，其報業的發展歷程從一開始就呈現出了不一樣的特點。

〔註1〕　中共中央馬克思恩格斯列寧斯大林著作編譯局：《馬克思恩格斯全集》第二卷，人民出版社，1972 年版，第 222 頁。

1. 政治

　　19 世紀末，世界資本主義進入了壟斷階段，即帝國主義階段，當時世界上大多數地區都被歐美帝國主義國家佔據，甲午戰爭後，帝國主義又掀起了瓜分中國的狂潮。

　　1897 年 11 月德國以「巨野教案」〔註2〕為藉口，強佔膠州灣，1898 年 3 月 6 日同清政府簽訂《膠澳租界條約》，條約規定「將膠澳之口，南北兩面，租與德國，先以九十九年為限」〔註3〕，至此青島正式淪為德國殖民地。

　　需要提出的是，被德國侵佔的膠澳地區當時並沒有一個官方劃定擁有明確界限的城市。德佔領膠澳後，所謂的「青島」其實是德國人口中的「村庄」〔註4〕。德國當局通過規劃建設將原本的建築拆除，淹沒熱舊式青島城鎮，經德人規劃後的青島城鎮逐步顯現出來。1899 年 10 月 12 日，德皇威廉二世才正式把膠澳租借地的新市區定名為青島（Tsingtau）。

　　早在德國出兵侵佔膠州灣之前，德國人就曾多次前來中國進行考察，如地理學家斐迪南・馮・李希特霍芬。李希特霍芬先後兩次在山東進行了考察，考察目的主要是地形、地貌以及礦產資源的分布和可利用性。回國之後，李希特霍芬發表了很多相關著作。在出版的《在中國的寫作日記》中，李希特霍芬除了提到山東各地的地質地貌外，還提到了當時居民的生活方式、精神面貌、道路狀況等。而在 1870 年向德國政府的秘密報告中，李希特霍芬就寫到：「欲圖遠東勢力之發達，非佔領膠州灣不可。」〔註5〕由此可以看出，李希特霍芬的著作給德國政府侵佔山東提供了很多的信息支持。

　　雖然李希特霍芬是以科學角度進行考察和寫作的，但仍不可避免的受到當時歐洲流行的社會思潮的影響，即「歐洲優越論」。「歐洲優越論」認為白種人是世界上最優越的人種，認為中國無法憑藉自身的努力去改變教育、文

〔註2〕1897 年 11 月 1 日，在山東西南部巨野縣的磨盤張莊，發生了一起兩名傳教士被殺事件，為德國入侵青島提供了藉口，這就是轟動一時的巨野教案，因巨野縣但是屬曹州府管轄，故又稱曹州教案。引自陸安：《青島近現代史》，青島出版社，2001 年版，第 10 頁。

〔註3〕《膠澳租界條約》

〔註4〕〔德〕謀樂著：《山東德邑村鎮志》，載青島市檔案館編：《膠澳租借地經濟與社會發展——1897～1914 年檔案史料選編》，中國文史出版社，2003 年版，第 374 頁。

〔註5〕蔣恭晟：《中德外交史》，中華書局，1929 年版，第 19 頁。

化、生活水平的落後狀態，而外國列強的進入，正是可以幫助中國解決這種狀態，他們在中國鋪設鐵路、開發礦產，是一種有利於經濟發展的幫助，李希特霍芬將其稱之爲「內部的開發」或「國家的提升」〔註6〕。而這種外國入侵有助於國家提升的論調，在德國也是十分盛行，尤其是在涉及殖民活動的問題上，主張由德國幫助實現「文明化」的概念可從經濟地理學家拜倫斯曼事例中窺見一斑：

> 爲山東創建的一個重要的商業區的種種努力，從一開始就由向當地居民施加影響的教育性目的相伴隨……同樣，商人和技術員在其職業活動中也起著教育作用，他們把德國的工作方法和德國的產品作爲樣板而加以引進。〔註7〕

這種觀念進而影響到了德國的新聞媒體，新聞媒體對殖民的呼聲越來越大，中國作爲殖民擴張的對象收到了普遍的關注，並且越來越具有吸引力。德國佔領膠州灣之後，德國本土大量的報刊雜誌發表了積極言論，齊聲歡呼在中國謀取到了一個據點〔註8〕。

在中國，德國佔領青島的消息，最早是由《申報》向全國披露的。1897年11月19日（光緒二十四年十月二十五日），《申報》刊登了一篇《德兵據膠》的報導：「有德國教師在山東傳教，本月初二日突遇強人，刃斃二命。德人飛遣兵艦三艘，於十九日駛赴膠州灣。其地本有炮臺三座，德提督勒令守臺武弁將軍士撤去，否則，即當開炮轟擊。軍士聞之，驚慌失措，攜取兵器逃竄一空。德提督遂驅兵登岸據而守之，向地方官詰責是事。答以須由總署作主，爰即發電達京師，不知將如何處置也。噫！時事艱難，海疆多故，消弭外釁，是所望於袞袞諸公。」這是國內第一篇關於德佔膠州灣的報導。

〔註6〕 李希特霍芬：《山東及其門戶膠州灣》（Richthofen, Ferdinand Freiherr von, Schantung und seine Eingangspforte Kiautschou），迪德力茨·海默爾出版社，柏林 1898 年，第 300 頁。

〔註7〕 （德）余凱思著，孫立新譯：《在「模範殖民地」膠州灣的統治與抵抗：1897～1914 年中國與德國的相互作用》，山東大學出版社，2005 年版，第 66 頁。

〔註8〕 卡尼斯·孔拉德：《從俾斯麥到世界政治。1890 年至 1902 年德國的對外政策》（Can, Konrad, Von Bismarck zur Weltpolitik. Deutsche Aussenpolitik1890 bis1902）柏林 1997 年。轉引自（德）余凱思著，孫立新譯：《在「模範殖民地」膠州灣的統治與抵抗：1897～1914 年中國與德國的相互作用》，山東大學出版社，2005 年版，第 109 頁。

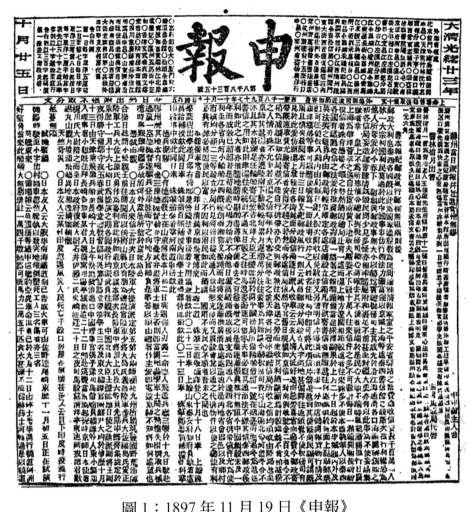

圖 1：1897 年 11 月 19 日《申報》

　　之後《申報》又接連四天持續刊載有關膠州地區消息、評論，如《詳述德兵據膠事》、《論膠州兵事》、《述西友論德兵據膠事》、《申論德兵佔據膠州灣炮臺事》等文章，報館最初認爲「德人久與中國和好，決不至於決裂如此。且戕害平人之事，不但中國有之，即泰西各日報所紀亦往往有之。凡有文教之國，斷不因一二人之命，以致大動干戈。他日者，一經兩國理明，諒仍必言歸於好也」〔註9〕之後又刊登文章，認爲我國軍械購之於德，武備取之於德，且德國派員教誨我軍，且「德與我之情誼較他國爲厚」，德教士被殺是由「中國不率教之民」，要「嚴密查拿」，望「德不妨稍待須臾以觀其後，何遽以干

〔註 9〕摘自 1897 年 11 月 20 日（十月二十六日）《申報》文章《詳述德兵據膠事》。

戈相見」，同時還以爲和德國交好數十年，倘若德人因教士一案加兵於中國，奪取膠州灣，「其處心尚不至於如是」〔註10〕。之後更有文章指出，若膠州灣爲德人所佔，俄人不應袖手觀之。同時又寄託於清政府的外交，認爲「雖公論在人，要亦在中國內外各員之上論調停耳」〔註11〕。

可以說此時國內報紙上刊載的相關言論對膠州灣一事還懷有和平解決的願望，並將和平解決膠州灣一事寄託於中德兩國的交好以及清政府的外交上，但同時也擔心一旦處理不好，將兵戈再起，國家再被瓜分。

隨著事件的擴大，國內其他報紙也開始關注德佔膠州灣這一事件，天津《國聞報》刊登文章《論德人舉動大礙耶穌教流行》，認爲德國派遣大批傳教士前來「意非愛教士、保其民也，志在趁機侮奪而已……夫較之不行久矣，德人果爲是舉，無乃甚之，使西教而無足信亦已矣」〔註12〕。澳門《知新報》、新加坡《叻報》、英國《泰晤士報》、香港《孖喇西報》、東京《日日新聞》等報紙也就德兵佔領膠州灣一事發表評論或報導於此相關的新聞。康有爲在《上清帝第五書》中也明確論述了德國入侵之事：

> 土希之役，諸國何以惜兵力而不用，戰艦之數，諸國何以競厚兵而相持。號於眾曰：保歐洲太平，則其移毒於亞洲可知。文其言曰：保教保商，則其垂涎於地利可想。英國《太晤士報》論德國膠事，處置中國，極其得宜。譬猶地雷四伏，藥線交通，一處火燃，四面皆應。膠警乃其藉端，德國固其嚆矢耳。〔註13〕

由德國佔領一事，康有爲聯繫中法戰爭之後的外國列強的瓜分行爲，提出了一系列改革措施，如設國會、變科舉、謀變政等，甚至還提出了移民計劃。同時大批知識分子也競相上書請願，但清政府依舊無視國內輿論，堅持要求與德國進行談判，談判最終以《膠澳租界條約》的簽訂而告終。

條約雖然得以簽訂，但德國佔領膠州事件引發的後續效應還在持續。1898年，駐青德軍將即墨縣城內的孔子像砸毀，將孟子像挖去雙目，如此暴行激起民憤。事情傳開後，康有爲就此將德軍摧殘孔子像提高到關乎中華民族興

〔註10〕摘自 1897 年 11 月 21 日（十月二十六日）《申報》文章《論膠州兵事》。

〔註11〕摘自 1897 年 11 月 22 日（十月二十七日）《申報》文章《述西友論德兵據膠事》。

〔註12〕摘自 1897 年 11 月 23 日《國聞報》第二十九號《論德人舉動大礙耶穌教流行續前稿》。

〔註13〕梁啓超：《梁啓超全集》第一冊，北京出版社，1999 年版，第 182 頁。

衰的高度，繼續上書立說，終而引發百日維新，促進了維新思想的傳播，引發了國內第一次辦報高潮。而爲對報紙言論進行規範和限制，清政府於 1906年頒佈了《大清印刷物專律》，1908年頒佈了《大清報律》。《大清印刷物專律》實施了「註冊登記」制度，以及對「誹謗」進行了具體的法律上的限定，但對於報業發展、報刊理念鮮有涉及。該條律頒布的主要目的還在於禁止言論、限制出版自由。而《大清報律》更多的是在報紙編輯發行自身做了規定，制定了報紙發行人、編輯人、開辦報館以及報紙審查等一系列制度。雖然該法令重點放在了對報紙的審查發行上，但歸根究底，《大清報律》還是清政府爲控制言論、維護統治、束縛報業發展的產物。處於德國統治下的青島，雖然頒佈了很多政治管制條例，但在1898年5月膠澳總督曾宣布膠澳境內「中國法律照舊施行，以治華人」〔註14〕，這就意味著以上關於報業的條例對於青島境內的中文報紙同樣適用。

就德國本土來說，其雖然已經是資本主義國家，但德國政府獨裁色彩依舊濃厚。儘管1871年新成立的德意志政府宣布在德國全境停止新聞檢查而且俾斯麥已經下臺結束統治，但在俾斯麥統治時期對輿論控制和文化鬥爭仍然在持續，再加上新上臺的威廉二世宣傳種族主義，極力鼓吹戰爭和暴力思想，這也影響了其在青島地區的政治政策。

根據德國殖民當局頒佈的法規來看，對於報紙言論德國政府並沒有明確頒佈的法律條文，除了殖民政府在管理條例上有一條規定「創辦報紙需到市政廳登記」之外，並沒有其餘專門針對報紙創辦的管理政策。但對於報館、書館稅收卻有著單項的法律條文，如《訂立各項營生執照章程》中的《中華戲園、書館應聲執照費》規定：「執照費分爲三等，頭等每三月應納照費洋元75元，二等50元，三等25元。」在各行業中僅次於飯店、酒館，而且還不包括各種各樣的稅費。可見德國殖民政府雖未對報刊言論有所限制，其稅收政策卻加重了報紙的經營負擔。

德國帝國海軍署國務秘書的蒂爾皮茨把膠澳租借地的經濟發展放在了首位，同時也把良好的經濟發展看作是在中國成功地推行殖民計劃的衡量尺度〔註15〕，故此在1905年，德國在青島掀起了建設「模範殖民地」的運動。而

〔註14〕 青島市檔案館：《青島大事》，資料來源：http://www.qdda.gov.cn/frame.jsp？pageName=more Info&page_ nav_type=page_to

〔註15〕 （德）余凱思著，孫立新譯：《在模範殖民地膠州灣的統治與抵抗》，山東大學出版社，2005年版，第235頁。

對於帝國海軍署來說，公眾輿論對租借地的積極評價也具有十分重要的意義。受此影響，負責管理青島的帝國海軍署新聞辦公室努力協調有關膠澳租界地的各種新聞報導和宣傳政策，同時海軍署採用各種手段，嚴防可能造成不良影響的報導出現，而這些政策也直接影響到青島報紙特別是德文報紙和中德雙語報紙的言論。

1911 年辛亥革命爆發，在革命勝利後，報業活動得到暫時解禁，報刊創辦一時得到繁榮發展，這被稱為中國報界的黃金時代。而這一時期，啟蒙思想的廣泛傳播以及政局的變幻對於青島報業的發展產生了一定的推動作用。

之後處於北洋政府統治下的報業在經歷了短暫的「黃金時代」後，剛上臺的袁世凱為實現絕對專制，頒佈了遏制新聞自由的《報紙條例》，並以此為據，肆意封禁報刊逮捕報人，使得 1913 年成為自建國前新聞史上最黑暗的一年，史稱「癸丑報災」。這時的青島依舊處於德國管制之下，並未出現報人被捕、報紙被禁現象。

經過德國殖民政府對青島的建設開發，青島已經已經漸漸成為商業大都市，戰略地位日漸顯著。隨後，1914 年第一次世界大戰爆發，德國將注意力主要集中在了西歐戰場，無暇東顧。日本根據之前和英國結成的同盟，加入協約國對德作戰，但其對德作戰的主要目的是趁機奪取德國在青島的利益。

德國後期因戰事吃緊，與北洋政府交涉，提議願將青島直接歸還。但日本政府得此消息後，駐華代辦小幡酉吉照會中國外交部，警告說：「中國議收回膠州灣，此事不向英日諮，直接與德磋商，必生出日後重大危險」〔註16〕，在日本政府威脅下，以袁世凱為首的北洋軍閥並未敢將青島收回。

日本對德宣戰後，同年 9 月 18 日在嶗山仰口灣登陸，經過和德國殖民當局的激戰，於 11 月 19 日佔領青島，佔領初期聲稱：「原有德國當局施行的規章制度，只要它們不妨礙軍事管理工作時，仍可繼續施行有效。」〔註 17〕自此開始了軍事管制形式的殖民統治。

日本在對青島實施的八年軍事管制過程中，制定並頒佈了《軍政施行規則》、《青島守備軍治罪特例》、《青島守備軍刑事處分令》等刑罰，對青島人民進行嚴刑管制，加強社會控制。而關於報紙的相關法令在日本第一次侵佔

〔註16〕 山東省情網：http://military.china.com/history4/62/20140422/18461781_all.html
〔註17〕 青島市檔案館：《帝國主義與膠海關》，檔案出版社，1986 年 10 月版，第 155 頁。

日本期間並未制定，然而在日本人入侵青島後，先前德人所創辦的報刊紛紛停刊，但由國人和英人創辦的報刊還在繼續發行。

在這段時期中國正處在軍閥混戰的狀態，各處軍閥對報紙言論控制嚴厲，壓迫報人打壓報紙的現象時有發生。這時青島雖處於日本殖民者的統治之下，但報業環境相對而言還是比較輕鬆，國人在這一時期創辦的報紙較少，也未曾出現迫害報人、強制關閉報館的現象。

1919 年第一次世界大戰結束後，中國作為在最後關頭對德宣戰的戰勝國受邀參加巴黎和會。舉國上下歡騰，要求收回國家權益，尤其是收回青島主權。北洋政府迫於民意，在巴黎和會上提出了收回青島主權的要求，但又不敢據理力爭。巴黎和會被列強操控加上北洋政府內部親日派與日本暗通，最終做出不利於中國的決議——《凡爾賽合約》，合約規定將德國在山東一切利益，悉數轉讓給日本，消息傳出舉國譁然，巴黎和會直接成為了五四愛國運動爆發的導火線。最終北洋政府未在巴黎和約上簽字，為解決青島問題留下了餘地。而五四愛國運動的浪潮也衝擊了青島的報業輿論環境，帶去了積極影響。

後在美國召開的華盛頓會議上，中日代表簽訂了《解決山東懸案條約》及附件，條約最終規定將「膠澳租借地歸還中國」。1922 年 11 月 17 日，總統黎元洪頒佈了《膠澳商埠暫行章程》，決定將青島改為膠澳商埠，直接隸屬中央。11 月 18 日頒發《青島市施行市自治制令》，規定「青島為特別市，依市自治制組織之。」1922 年 12 月 10 日，北洋政府正式收回青島，日本結束了對青島八年的殖民統治。

北洋政府收歸青島後，繼續強化專制統治。當時在北洋政府統治下的青島，其城市建設已具規模，並且全國軍閥混戰的大環境中，青島地區局勢較為平穩，未受戰爭影響。然而儘管青島已經收回，但日本勢力依舊存在於青島地區，青島行政移交委員長秋山雅之介曾宣稱，「現在日本雖已將行政及其他一切事務移交於中國，其實精通各項事務之日本人仍以顧問或監督之名義如常服務。今後自亦無少變動，而依然可以活動也。」〔註18〕日本在青島殘餘的勢力依舊十分強大，加上當時青島直屬中央管轄，北洋政府派遣往山東地區的督辦並不能完全將青島納入勢力範圍，所以相較於全國其他地區因戰爭頻繁從而使報業充滿變動的情況下，青島地區依舊有一個相對而言較為寬鬆的環境。並且與日本統治時期相比，由北洋政府收回後的青島報業有了很

〔註18〕《青島交待事務尚未結束》，《晨報》1922 年 12 月 30 日。

大的發展，記載稱這一時期「降至挽近，報章繁興，印刷鼎盛，以視前期，不啻相去十倍。」（註19）

但奉系軍閥張宗昌督魯後，日本統治者通過其駐濟南、青島領事館對張宗昌進行扶植，再加上當時北洋政府並未給膠澳自治給予必要的扶持，張宗昌的勢力雖未完全涉及青島地區，但卻憑藉著日本政府的支持進入青島干涉青島的自治統治，在親信的教唆下，捕殺與其有嫌隙的青島報人胡信之。這也是發生在北洋政府統治下青島第一位報人被害事件。

2. 經濟

馬克思說經濟基礎決定上層建築，新聞事業作爲上層建築，自然離不開經濟基礎。新聞事業的發達程度與經濟貿易、城市現代化程度、人口流動狀況等直接相關。可以說新聞事業隨生產力水平的發展而發展，生產力水平的高地直接影響新聞事業的發展速度和規模大小，這是新聞事業的一條客觀規律〔註20〕。

青島建置後，在章高元進駐時期，青島海關貿易發達，經濟有了穩定發展。在1897年春，根據胡存約《海雲堂隨記》記載，青島商鋪店家計：「馬車旅店九，洪爐一，成衣、估衣三，油坊、磨坊、染坊六，雜貨、竹貨、瓷器店鋪七，藥鋪二，當鋪一，織網、麻草、油簍、木柴八，魚肉、鹽鋪六，帽、皮貨各一，紗布、綢布、洋廣雜貨店三，酒館、飯鋪九，醫園、豆腐坊各一，糕點茶食三」。胡存約是青島早期著名的商人，其開設的瑞泰協商號，是當時青島規模最大商號之一。胡存約寫有的這本《海雲堂隨記》，以日記的形式記載了清末青島工商業發展概況，是研究青島歷史不可多得的材料。

德國佔領青島的目的之一就在於進行經濟掠奪，故此德國殖民當局十分重視經濟發展，這就使得德國侵略者在青島原本繁榮的海關貿易上進行了更深一步的開發。

據記載，德國在青島的全部投資爲 122，158，274 馬克〔註21〕，這些投資爲德國殖民者開展掠奪活動提供了基礎，除了設立德華銀行、山東鐵路公

〔註19〕青島市檔案館：《帝國主義與膠海關》，檔案出版社，1986年版，第242頁。
〔註20〕李良榮：《新聞學概論》，復旦大學出版社，2012年版，第116頁。
〔註21〕壽楊賓：《青島海港史》近代部分，人民交通出版社，1986年版，第49頁。

司和山東礦物公司經濟機構外，德國政府還進行了港口建設和修築鐵路，其中港口建設在德國經濟侵佔中佔有重要地位。1898 年 4 月，德國國會通過法案，撥款修築青島港，1898 年 9 月 2 日，青島港定位爲自由港向各國開放，1901 年建成小港，1904 年建成大港一號碼頭，1905 年建成大港二號、五號碼頭，並在五號碼頭建成了當時世界一流、亞洲最大的船塢，1905 年中德簽訂《青島海關徵稅修改頒發》，改自由港爲自由地區制，發展過境貿易，吸引外船和貨物過境，加速港口運轉，加速資本積累，帶動港口和城市的發展〔註22〕。1908 年，又建成了以運輸石油爲主的四號碼頭。青島港建成之後，貿易吞吐量更是直線上升。隨後還開闢了國際海上航線，同世界其他地區的一些重要港口建立了聯繫。

而當時青島地區的通郵主要是通過捷成洋行的輪船運行，該洋行每四至六天，就由輪船往返於上海、青島、芝罘和天津等地進行郵件傳遞。洋行也常在《膠州報》中做廣告：

1903 年 4 月 21 日《青島捷成洋行船務局業務廣告》：

　　（專保洋面貨物水險，平安公司）

　　　　本行有兼顧快輪三艘，按月兩次載貨搭客，往返粵城、香港、
　　青島、煙台、牛莊等埠，可保一等水險，載腳客位從廉以招廣來。
　　貴客裝貨搭船請預早到本行掛號，特此周知。
　　　　青島捷成洋行布告

現代化的港口建設加之膠濟鐵路的全線通車，不僅使德國掠取了大量利潤，還促進了青島的貿易發展。對比過去十年，到 1911 年，青島地區貿易金額達到五千二百萬兩關銀，海關收入增至一百二十五萬一千兩關銀。到 1910 年，青島港在全國各通商口岸已占第六位，北方各港位列第二位〔註23〕。

經濟的迅速發展帶來的是人們對信息的需求，尤其青島作爲一個海港城市，海運貿易極其重要，商家對該類信息更是急需，而這種需求使得各類航班信息、商品價格等經濟行情的公布變得越來越重要。報紙，則正好是刊載該類信息的有效載體。德國殖民政府創辦的報紙中就由特闢專欄進行經濟行情類消息的刊登，廣告業也在這一背景下逐漸興盛。

〔註22〕安作璋主編：《山東通史》近代卷・下冊，人民出版社，2009 年版，第 267 頁。

〔註23〕青島市檔案館編：《帝國主義與膠海關》，檔案出版社，1986 年版，第 248 頁。

　　同時，經濟的發展也帶來了印刷業的繁榮，印刷業的繁榮也保證了報刊發展所需的物質資料。而印刷業正是青島較早的現代工業之一，1900 年 7 月，德國駐青島當局在斐迭利大街（現中山路）和科隆大街（現湖北路）拐角處開辦印刷所，組織印刷出版《膠澳官報》，該印刷所是青島現代最早的出版印刷機構。1901 年，廣東人朱琪在就在青島印刷出版了第一張中文報紙《膠州報》，這是中國人在青島出版的首家報紙，青島的印刷業也由此開始逐步發展起來。1902 年，德國天主教會在青島柏林大街（現曲阜路）3 號修建天主教堂，教堂內除建有印刷所，稱天主教印刷所，這是青島地區出現的第一個專業印刷廠家，使用德國生產凸版印刷機械。1905 年，天主教印刷所更名為天主教印書局。1910 年，即墨人徐敬興在河北路 22 號創辦了第一家民營印刷廠，即鴻順公印刷所，主要印刷中式帳簿、信封、信紙等。1912 年，廣東人陳乃昭集資 2 萬元大洋在濰縣路 81 號辦起宜金印務，1913 年，賀蘊山在濰縣路 55 號創辦公華印刷社，實施鉛印印刷。

　　除此之外，德國殖民者還建設了大量的輕工業企業，如啤酒廠、繅絲公司、造船廠等企業。工商業的發展不僅為人們提供了大量的工作機會，使得外來人口大量湧入，還刺激了人們對信息的需求，為報紙提供了廣泛的受眾群。

　　從建置之初到 1897 年，青島人口僅有 83,000 萬，主要從事農業和家庭手工業。到 1910 年，青島人口已經達到 161,140 人，其中還不包括外僑，人口增長率達到 52.36%。

表 1：德佔時期青島外籍人口

年　　次	歐美人	日本人	印度人	朝鮮人	南洋人	合　　計
1902	688	78				766
1903 秋	962	108				1,070
1904 秋	1,057	152	7			1,209
1905 秋	1,225	207	9			1,441
1907 秋	1,484	161	9			1,654
1910.5	1,621	167	11	5	5	1,809
1913.7	2,069	316	11	12	3	2,411

資料來源：田原天南：《膠州灣》，滿洲日日新聞社，1914 年，第 133 頁。

1917 年，青島地區華籍人口的性別比率為 198.6：100〔註24〕，男性居多，且在青島人口年齡構成中， 青年占相當大的比例。這類人尤其是從外地湧入青島的青年人，大多從事商業活動和青島的建築事業，他們是經濟、政治活動的主要參與者，同時也是亟需各類信息的受眾群。流動人口的大量湧入給城市帶來了巨大勞動力，同時也給報紙提供了受眾市場。

而隨著從商人員越來越多，民族企業開始興起，部分華商企業也開始仿照外商在報紙上打廣告宣傳商品，增加了報紙的資金收入，推動了報紙廣告的需求，報紙能從其中獲利，這就刺激了報業的擴大再生產。

在德國佔領初期，青島對外的直接貿易，是以對德貿易額為最大，其次才是對日貿易。但在後期，德日競爭趨於激烈，1907 年以後，日本幾乎包攬了洋貨和土貨的進口，在青島的商業界逐漸居於舉足輕重的地位。1913 年是青島建港以來貿易額首創最高紀錄的一年，日本以一千零四萬的貿易額遠超五百一十七萬貿易額的德國，居青島貿易額的第一位。尤其在第一次世界大戰爆發後，日本對華的貿易額更是大幅度上漲。

在日本政府正式「接管」青島後，殖民當局繼續進行經濟掠奪。與德國殖民者不同的是，德國政府在進行經濟掠奪的同時，也對青島進行了投資建設，而日本只是單純的進行經濟壓榨。正如《青島接收十年以來之回顧》一書所言：「日人佔據青島，前後八年沒有大量的增布，保持著德人的成規。」

1914 年日本侵佔青島後，其進行的經濟掠奪依舊集中於鐵路、港口和礦業。在日本侵佔青島時，膠濟鐵路已經成為了橫貫山東的大動脈，其經濟價值和戰略地位簡直不可估量。日方接管之後，繼續通過膠濟鐵路謀得大量利益，同時對膠濟鐵路進行增修和擴建，僅 1915 年到 1921 年，日本從膠濟鐵路獲取的利潤就達到了 5126.5 萬元。

1915 年 7 月恢復航運貿易的青島港也馬上由日方所壟斷，在 1921 年進口青島港的日本船隻就占百分之五十五。同時日方還控制膠海關，截留中國關稅，自此，膠海關的收入源源不斷流入日本殖民政府之中。

同時，日本佔領青島後，大量吸引日本本國人前來移居青島。1914 年 12 月 28 日，日本守備軍司令部正式宣布，青島對所有日本國民開放，一時間青島地區日人大增：

〔註24〕青島總工會編：《青島慘案史料》，工人出版社，1985 年版，第 480 頁。

表2：青島日人僑民統計表

年　代	日僑人數	年　代	日僑人數
1901	60	1915.9	14,000
1907	196	1916.12	14,241
1910	167	1917	18,579
1911	312	1918	19,260
1915.1	400	1919	24,500
1915.4	10,000	1922.12	24,132

資料來源：任銀睦，清末民初移民與城市社會現代化——青島社會現代化個案研究，
　　　《民國檔案》，1997年第4期，第106～112頁。

　　得益於日本政府在青島的政策，日本在青的人口快速增加，同時日資企業也開始大量興建。日資企業採用直接投資或者「中日合辦」等形式，主要開辦棉紗廠、麵粉廠、火柴廠等輕工業工廠，利用這些輕工業進一步控制青島經濟，實行特權經營。同期，日方除了多方面掠取青島地區資源外，還壓榨在其工廠工作的中國員工，不僅工作時間久，工資待遇也十分少，管理十分嚴格。

　　爲了維護日商利益，日佔當局不僅控制商品貨源，還明令禁止中國商人向日本企業、機關出售商品，而這些措施對青島當地的民族企業造成了衝擊，扼制了青島民族商業的發展。一些民營企業在日本當局的壓制下經營受損，資本短缺。而這些行爲客觀上促使了出現了一些專門滿足日商的信息需求，服務於其生活和工作的日文報紙。

　　其實，日本在第一次侵佔之前其經濟就已經在青島地區有所發展。1905年起，資金雄厚的三井株式會社、日本棉花株式會社就已經到青島設立支店。1912年11月，橫濱正金銀行青島設分行，年存貸額達6億日元。至1914年，日商企業發展到143個，資本總額26.5億日元。1913年進出口額1042萬兩關平銀，擠下德國，占青島外商進出口總額的31％，位列第一。

　　此外，日資企業的大量興建，也促使著社會爲報業發展提供先進的物質手段。日本僑民眞崎一郎於1916年在青島創辦了青島印刷株式會社〔註25〕，在北洋政府接管青島前夕，日人青柳憲龍又開辦了泰東號印字局。1924年，

〔註25〕根據1922年2月15日出版的《青島概要》記載，該印刷所經理人爲山下清三郎，印刷所組建資本4萬元。

另一位僑民開辦了《青島新報》印刷所。其間，由於辦印刷投資少，見效快，在日本僑民創辦印刷業的同時，華人也紛紛投資印刷業。1916 年 7 月 15 日，昌邑人馬潤生在朝陽路 4 號創辦了恒聚興號。1920 年，文登人陳敬興在大沽路創辦了同文公記印刷局，即墨人陳子麒創辦了益祥印刷社等印刷企業。

在德、日統治青島的這段時期，德、日人開辦的印刷廠佔有獨特的優勢。其中以德人開辦的教會印刷所和日人開辦的東洋印刷所規模最大。雖然民族印刷廠規模較小，且倍受欺壓。但在德日佔領時期，外來先進印刷技術輸入，促進了青島現代民族出版印刷業興起。

1922 年北洋政府收回青島之後，青島印刷業又有了進一步的發展，除前時期的印刷業繼續保持並有所發展外，又新建了三個華人印刷所，日本僑民也新開辦了 2 個印刷所。總計，青島的書刊印刷廠共有 8 家。其中，日本人辦有印刷廠 3 家。

青島回歸後，北洋政府定青島為商埠，商業有了較大發展，同時一些日商企業或停辦或改為中日合辦，日本企業減少。據《膠澳志》記載，市區商業行業增至 85 個，計 2510 個企業，從業人員 2.6 萬餘人。同時膠澳商埠督辦公屬將青島改為一等口岸，刺激外商對青島的投資，發展本埠經濟。到 1928 年，青島市區商業行業增至 85 個，共計 2510 個企業，貿易淨值共計關平銀一萬四千九百四十九萬九千八百五十九兩，較之去年增加一千三百八十萬五千五百九十五兩。日本此時雖掌控著青島經濟的命脈，但在 20 世紀 20 年代青島掀起的提倡國貨抵制日貨運動，在一定程度上削弱了日商的發展勢頭。對青島的經濟發展創造了一定機遇，城市人口繼續增加，「延至民國十一年，我國接收政權，作第一次人口調查，市內市外，則較前更為增加，共為二十八萬九千四百十一人」〔註 26〕。青島港進行貿易的商埠範圍進一步擴大，不限於僅與德日兩國進行互相貿易，各國商人紛至沓來，在 1922 年青島港經營額度居全國沿海口岸的第九位，到 1929 年一躍成為全國第六位。

從整體而言，青島的貿易發展有了進步，為報業發展提供經濟支持。但因為當時全國正處在軍閥混戰的形勢下，加上日本政府經濟政策的滲透，青島經濟依舊處在緩慢發展階段。

儘管如此，青島的民營工業還是在一定程度上有了發展，如在青島成立的山東第一家機器捲煙廠，和日商紡織業進行抗衡的華新紗廠，製革業和地

〔註 26〕魏鏡：《青島指南》，平原書店，1933 年版，第 10 頁。

毯業等輕工業，以及 1923 年 7 月 5 日成立青島支行、1924 年 5 月由膠澳商埠督辦高恩洪籌辦的青島地方銀行等金融事業的興起，這些民族企業都爲青島報業的發展提供了一定的經濟基礎。

3. 文化

經濟的發展帶來的是整個社會生活水平的提高，當人們滿足最低層次的生存需要之後就會逐漸轉向更高層次的自我滿足，此時與經濟發展相伴隨的文化產業也要有一定的發展，去滿足人們更高層次的需要。

報紙作爲文化產業，它的發展程度可當做是一個地區文化產業發展程度的標誌。與之相應的，報紙的發展也離不開周圍文化環境的孕育。

山東是儒家文化的發源地，在德國入侵青島之前，青島地區的居民還是處在自給自足封建社會文化中。當德國打開膠州灣的大門，帶來的不僅是青島這一地區地域性質的轉變，與之而來的還有強制性西方文化的輸入，大大改變了青島地區傳統的社會文化習俗。西式文化逐漸走入青島社會之中，與傳統文化進行融合，塑造出青島地區的新式文化。

在青島建置之初，該地區就有傳教活動的出現，但一開始受到大部分當地居民的抵制。在德國入侵青島之後，由於有了德國政府的支持，其政治地位得到提高，活動的範圍也漸漸增大。原本「統治」青島地區的儒家思想受到基督教、天主教等教派的衝擊，加上一些地方非正統教派的興起，還有 1900 年義和團打擊傳教活動和基督教思想，以及清政府統治末期，各種維新派人士的思想、改革啓蒙思想的傳播，都在一定程度上豐富了青島文化，促進了近代青島文化交融。而這些文化也給德佔時期國人的辦報行爲產生了影響，《膠州報》創辦者朱淇就爲同盟會成員，《青島白話報》的創辦者明顯也是受了清末維新派人士提出的白話辦報主張。辛亥革命後，英國人也開始在青島辦報，青島第一家英文報紙就是在 1912 年創辦的《泰晤士報》（該份報紙與英國《泰晤士報》並無關聯）。

而在日本強佔青島後，政府頒佈政策，吸引大批日本人來青，日本僑民一時大增，在日僑聚集處形成了自己的商業中心，繼德之後，日式文化又開始在青島傳播。在北洋政府收回青島後，青島文化已經融合了德、日等異族文化，北洋政府統治時期青島的本土文化終於得以發展，亞歐文化的交融使青島最終形成了具有自身特色的多元文化，提升了青島人民思想的包容性。

而此時民主啓蒙思想的再次傳播和馬克思主義的引入，又使得這一時期國人創辦的報紙成了各種思想交集之地，爲新聞事業的發展提供了機會。

就報紙而言，不管是創辦者還是受眾，都需要有一定的知識文化水平，由此才能使傳者和受者之間可以進行有效的信息交流。而讀寫能力的提高又與教育事業分不開，可以說教育的發展與報刊的生存再擴大有著直接聯繫。

在德國侵佔膠州灣之前，青島的文化教育事業主要還是集中於私塾教學。青島建置之後清政府在該地區設立半政半校的縣學、分院、私塾等學校。據統計，從 1891 年到德國殖民者侵佔青島，青島境內有私塾 150 餘所，教師 232 人，學生 3243 人。這些受教育者自然成爲後期報紙讀者受眾的一部分。

德人侵佔膠州灣，開始是將其作爲在遠東的軍事殖民地以及進行經濟掠奪的根據地，在文化建設上並沒有一個具體的目標，也沒有具體的政策加以輔助，只在 1898 年建立起殖民的教育體制。體制規定總督府學校、蒙養學堂、職業學校的設立、變更，由膠澳總督府決定，總督批准，總督府支持德國、瑞士、英國、美國的基督教和天主教教會開辦學校。同年，青島歷史上第一個綜合性質的圖書館——膠州圖書館成立。

在侵佔的後期，文化因素在德國殖民政府的統治中變得越來越重要，其中一個原因在於德國的強力入侵和殖民政府的統治引起了青島人民的反抗，尤其是在修築膠濟鐵路的過程中，周圍村民同政府衝突加劇，甚至會引發流血事件，這一時期，教會組織的出面在一種程度上緩解了兩者之間的矛盾。而德國政府最初在青島並未實施相關的文化政策，此時也意識到了教會組織在緩解衝突之間的能力，德國政府開始重視教會學校，對其進行扶持，而這些教會學校給德國殖民當局培養了大批量的實用人才。故此，德人正式意識到文化統治的重要性，膠澳租借地的發展目標也逐漸被說成爲創建一個「德國的文化中心」，而非是商業中心。

尤其到 1905 年，在膠澳總督府的一份基本意向書中，文化政策已被稱作支持在中國和膠澳租借地的德國政治的最重要任務：

> 在我們的殖民地，我們不應當像在香港出現的情況那樣把自己局限在僅僅培養一些只知道在學校教育中尋求一種更方便的謀生手段的中國人的水平上，而是要使學校教育全面地對中國人的精神和

品格施加影響，要使它成爲這樣一種手段，借助於它，德國的知識和德國的精神可以被貫徹到全身，貫徹到經濟上以來青島的腹地之中。〔註27〕

在中國其他地區的德國人也積極擁護德國的文化政策，同時認爲文化政策可以有效的輔佐經濟政策：

那種把我們的世界市場競爭者爲了文化目的而在中國投行數百萬資金的行動看作是理想主義或熱鬧足以激情的流露而不是某種健康的利己主義和求安全的商業本能的表現的觀點是十分荒謬的。對中國市場在不久的將來將要產生的重要影響和信念是激發我們的對手逐年增加努力的誘因。在這裡，不是今天花錢明天就要贏利的小商販式的斤斤計較，而是一種度量博大、謀略深遠的經濟正在在位帝國主義思想意義上的重大任務工作。〔註28〕

而一位德國膠澳總督翻譯官後來的回憶也證明了德國對青地區文化政策的變化：

「歐洲強國對華政策一變，群以灌輸文明爲主，而以侵略附之」「德國亦當效尤，輸入德之文明，同化華人，使華人洞悉德國情形，且信服之，以使此永久閉關自守之門戶，爲德人完全開放」〔註29〕。

除了德國殖民當局對文化作用的認識越來越明朗之外，中國教育體系自身的發展對德國文化政策的明確也產生了影響。1905 年舊式教育體制被廢除，中國教育體系開始改革，德國也借助這一事件，有意識宣傳自己的教育方針，展現自己在德佔區域的教育方式，以期影響中國新式教育體制。

在德國統治青島地區的十七年間，共建立了一所總督府學校，二十六所公立小學，十所傳教學校、四所職業學校和一所高等學校〔註30〕。這些學校可大致分爲兩種，一種爲德國人創辦的學校，另一種是爲中國人開辦的學校。

〔註27〕〔德〕余凱思：《在「模範殖民地」膠州灣的統治與抵抗》，山東大學出版社，2005 年版，第 279 頁。

〔註28〕〔德〕余凱思：《在「模範殖民地」膠州灣的統治與抵抗》，山東大學出版社，2005 年版，第 280 頁。

〔註29〕督辦魯案善後事宜公署編：《青島》，民國十一年刊，第 21 頁。轉引自魏建、唐志勇、李偉著《齊魯文化通史·近現代卷》中華書局，2004 年版，第 100 頁。

〔註30〕周東明：《德國佔領青島時期的教育》，載於劉善章、周荃主編的《中德關係史文叢》，青島出版社，1992 年版，第 145～153 頁。

學校的經費有的來源於德總督府，有的來源於區、鎮政府撥款，後期爲彌補教育資金的不足，總督府曾規定向國人增加徵收房捐、地皮捐、市場攤位捐等稅款。這些學校的教育依舊是以德文教育爲主，其教育的主要目的正如前文引述「輸入德之文明，同化華人」〔註31〕，爲德國殖民當局服務。除了這些公共教育之外，德國殖民政府還依靠教會組織創辦的教會學校進行傳教、普及科學知識、宣傳德國文明。

表 3：青島總督府在校學生數

年　份	1899～1890	1905	1909	1914
學生數	13	52	128	230

資料來源：金春植《德國在中國的文化帝國主義》，第 142 頁。

德國侵佔青島時期，這些學校的學生來源廣，如總督府學校學生來自青島、香港、汕頭、上海、芝罘（煙台）、北京、黑龍江以及日本的神戶等地，學生流動性較大，且入學人數逐年上升。

中等學校有禮賢書院和德華書院，曾任山東巡撫的周馥曾參觀過禮賢書院，德國殖民當局對德華書院畢業生評價較高。信義會開辦的德語學校，主要培養德語翻譯人員。天主教的德華中學分小學和中學兩級。這些學校培養了大批量的人才，提高了民眾的閱讀水平，而這些具有識字能力的民眾正是報紙得以發展立足的受眾基礎。由中德雙方合辦的「特別高等專門學堂」即德華大學，又稱黑蘭大學。這是青島地區最早的高等學校，於清光緒三十四年（1908 年）創辦，在日本第一次侵佔青島（1914 年）後停辦。學校經費大部分由德方提供，學校教授課程除中文課本外都使用德文課本，並且是德國人擔任教員，學校分爲預科和正科，預科是爲正科而設相當於其預備班，正科即本科，且正科學生大多爲官費生，除了官費生外還有許多達官貴人的子弟，因德華大學對普通家庭來說其學費高昂，故一般家庭的子女較難進入德華大學。在辛亥革命後避居青島的清朝官員多數將其子弟送往德華大學求學。

而同時在德國佔領的這段時間，出現了多重種類的報紙並存現象，如德文報紙、中德雙語報紙、中文報紙、英文報紙，在迎來了青島報業開端之後，處在西式教育下的青島民眾，體現出了對各種不同性質報紙的接受性，同時

〔註31〕青島檔案館編：《帝國主義侵略青島紀實》，青島出版社，1980 年版，第 48 頁。

也體現了我國文化的包容性。

在清朝滅亡之後，許多滿清遺老、王公貴族以及二次革命失敗後失勢軍閥都因青島優越的地理位置和特殊的政治環境前來青島定居，梁啟超也曾兩次避居青島。由此，在這一地區不僅有西方文化的散播，還有頑固派、維新派人士帶來的守舊和改革思想的存在，這些也注定了青島文化的多元性。

同期就國內大環境來看，在清朝統治末期，爲了拯救陷入困境的清政府，地主階級改良派號召學習西方、救亡圖存，西方資本主義啟蒙思想開始在中國傳播。青島地區由德國政府管轄，受啟蒙思想的影響較晚，但同盟會依舊排除萬難，前來青島開展民主革命活動，創辦震旦公學，利用報紙宣傳啟蒙思想。資產階級革命派同時也在進行武裝鬥爭，創辦報紙宣傳革命。革命者在青島宣傳其思想時，其擁有的外地辦報的經驗也帶動了青島本地報業的發展，青島第一份民營報紙的創辦者朱淇在創辦《膠州報》之前，就曾在廣州創辦過《嶺海日報》、《嶺海旬報》。

在德國租借時期，由於德國當局採用了「華洋分制」策略，中國人和外國人分別處於不同的生活區，這也就形成了不同的文化娛樂場所。國人地區有天后宮戲樓、三江會館戲樓、華樂大戲院、天成戲院等。外國人聚集地則以亨利王子飯店、水兵俱樂部爲代表，且其娛樂配套設施齊全有電影院、舞廳、泳池等，這就給報紙派送提供了方便。同時也因爲這一時期國人文化娛樂設施較少，也注定了在報紙上相關的文化廣告主要受眾是歐人，並且這部分歐人也是相關娛樂廣告的主要刊登者，如德文報紙《德屬膠州官報》的廣告主就主要爲在青德人。

繼德國之後強佔青島的日本，除了在統治方式實施軍事管制之外，在文化上還推行奴化教育，並且較之德人，日本政府更重視文化教育的作用。

日軍侵佔青島之後，於同年 11 月，建立起殖民地式的教育體制，開辦管理專爲日本人子女所設的各種學校和專門爲中國人建立的學校，同時管轄公學堂和歐美各國在青島辦的教會學校，接辦了德國殖民者原辦的多數學校，停辦中德合資創辦的學校如德華大學、德華書院，並開辦了小學、中學、一所商業學校和五所日語學校四所中文學校，此外還有專門的職業學校。除此之外，日軍不僅在青島創辦學校，其在膠濟鐵路沿線也開辦有學校，藉以強化日語教育，宣傳「中日親善」，如在淄博礦區創辦青島尋常高等小學淄川分校，以及在淄博洪山創建的洪山風井小學。

　　在這些開設的學校中，截止到 1922 年，十一處小學共有學生兩千六百四十人，女子中學給共有學生三百一十八人，男子中學共有學生七百三十七人，商業學校共有學生五百五十八人，四處中文學院共有學生一百四十九人，五所日語學校共有中國學生三百五十四人，幼兒園共有幼兒四十三人。在這些學校中，商業學校規模最大，該校教員主要由日軍官員兼任，並且學校兼收中國學生。

　　學校教育經費主要來源於日本殖民當局每年從大量掠奪的財富，而且這些教育經費絕大部分用於日本人子女就讀的各級各類學校，用在中國青少年上學的公學堂只是少數。日本僑民學校大約每年有經費 30 萬，人均 111.11 元；而中國學校每年經費只有 14 萬多，人均 1.4 元，普通學堂的經費由區、鎮政府撥款，私立小學的經費來源主要由校董會籌集和向學生收繳學雜費。且在辦學規模上《膠澳志》曾記載；「彼則設備完全，基礎鞏固；我則因陋就簡，有名無實」「教育之前途，數量不足尚屬其次，品質不良尤為可慮」。

　　日本在青島設立的學校主要是初、中級學校，對大學教育毫不關心。在課堂上，日本殖民當局規定學校必須教授日語，而且日語和漢語教學並重。這類規定以及提供基礎教育學校的開辦，對於日本政府來說既可以滿足適齡少年的學習需求，又可以使其產生奴化意識，消除反抗精神，並且還利於日本殖民者的統治。同時，日本政府對教育的重視也引起了有識之士對近代學校教育的反思，推動了青島教育的近代化。

　　在日本殖民期間，除推行奴化教育外，日本政府還十分重視關於信息的收集。從明治四十一年（1908 年）起，日本外務省開始令駐華使領館調查中國各地的報紙出版情形，訓令講將各地發行的重要報紙（包括中西文）及其宗旨、所有人、主筆、所屬系統及勢力等進行調查，作成報告，並根據報告，每年寫印一冊《中國報紙調查》，發送至日本各級政府。其目的是為瞭解中國官方和民間對日本的態度，以便對某些報刊採取相應的支持或打壓手段，維護在華利益。

　　日本在華所做的有關報紙調查十分詳盡，如我國第一部研究新聞發展史的開山之作《中國報學史》，在記錄德文報紙僅列舉了上海出版的《德文新報》、《遠東報》，北京出版的《德國東亞差報》，但未列舉出青島的德文報。而根據日本的《中國報紙調查》所記載，自 1903 年起，德國人在青島辦有

Tsingauer Neueste Nachrichten（青島新聞），報紙所有人是 Fink，主筆爲 von Kroppt，發行兩千份以上，是青島最有勢力的報紙，可謂事無鉅細。從日本殖民者的角度展現了中國早期報紙的發展歷程。

除了獲取相關報業資料外，日人的一些通訊社還在青島派駐人員，搜集信息，提供情報，在這期間出版了如《膠州灣》、《山東經濟事情》、《山東及膠州灣》等著作。而且與德人不同的是，日人不僅創辦日文報紙，還創辦了中文報紙，並且其創辦的中文報紙在青島具有很大的影響力，報紙受眾不再簡單局限於日本僑民，還擴展到了青島本土居民，具有很廣的受眾面。

由於日人侵佔青島之後推行同化政策，吸引了大量日本人移居青島，日本僑民在青島市場一路、二路、三路、臨邑路一帶建房定居，使這一代成爲了「新市區」，成爲了日本僑民的商業中心。與此同時，青島的文化娛樂空間也轉至於此。原屬於本土人民娛樂的華樂大戲院，被日本人佔據，改爲電影院，後改名稱爲樂樂座，主要放映日本電影。電影院可以說是在這一時期主要的文化休閒方式，根據《青島概要》記載，當時有「共和新舞臺（北京町）青島戲園……電氣館（市場町）、樂樂座（山東町）、旭座（直隸町）」〔註32〕等多部電影院。而在這一地區彙集的娛樂場所主要消費者還是以日本人居多，國人的休閒娛樂設施建設基本不受佔領者的重視。但該地區由日人建設的井然有序的商貿區街道、發達的文化娛樂設施，對青島城市和文化現代化還是有一定的推動作用。

北洋政府收回青島後，青島新聞業的發展頗已完備，從德國入侵到北洋政府接管，在被侵佔的二十五年間，在青島地區發行的報紙多達數十份，而且報紙種類多樣，每種報紙都有一定的市場，受眾接受度高。而且在北洋政府接管之時，青島報人在德、日兩國殖民時期有的就已經參加報紙創辦，積累了豐富的辦報經驗，並且通過學習國外報社的經營方式，自身也逐漸掌握了經營報社的方式。這些都爲即將再次到來的青島辦報高潮提供了基礎。

而且在這一時期，青島先後成立的報館達到十七家之多，既有啓迪民智的《平民白話報》，又有以傳達工商消息爲主的《工商新報》。同時還出版了很多定期刊物，如青島觀象臺出版的《觀象月報》、膠濟鐵路局的《鐵路月刊》等。

〔註32〕葉春墀：《青島概要》，商務印書館，1922年版，第111頁。

從國內大環境而言，自袁世凱倒下，黎元洪上臺之後，新政府廢除了袁世凱時期禁止言論出版的命令，廢除了袁世凱頒佈的不利於報紙出版發行的《報紙律例》，並恢復對言論較爲自由的《中華民國臨時約法》，營造了一個相對寬鬆的報業環境。從青島本地來說，當時北洋政府將其劃歸爲自治商埠，但對其並沒有確切的自治條例，故相比山東其他地區而言，青島還是有一個比較自由的社會環境。

回歸之後的青島，在教育方面發生了巨大變化。首先人們可以摒棄德、日的強制語言學習，單單投入知識的獲取，其次，在德、日殖民期間，青島地區並沒有只屬於中國的國立大學，在北洋政府收回青島後，政府在青島的第一所純國立大學青島大學建立。

北洋政府在青島的督辦公署按照政府頒發的教育宗旨、學制、教育科目及法規，制定教育實施的法令、法規和規章制度。根據實際需要創辦學校，普及教育，而且教育經費多由省庫撥出。在 1922 年 12 月，青島僅有兩級小學 7 所，初級小學 30 所，學生 3 000 餘人，然而到 1928 年學校增至 52 所，其中兩級 16 所，初級 26 所，共有學生 7261 人，其中受教育的女生人數約占 24%。同時還有平民學校十餘所，英國、美國、德國學校各一所，原本的教會學校和日僑學校依舊有所保留。故此，在青島地區，受教育人數大大增加，越來越多的人接受了先進的文化和思想。同時，啓蒙思想的再度傳播使得報刊成了傳播新知識新文化的有效載體。

在 1921 年中國共產黨成立後，開始在全國範圍內組織宣傳馬克思主義的活動。1923 年 4 月，山東黨組織派鄧恩銘來青島，負責籌建黨團組織。鄧恩銘爲了擴大黨的影響，宣傳馬克思主義，在《膠澳日報》謀得了副刊編輯的職位，他在《膠澳日報》的副刊上刊載《列寧傳》等進步作品，將馬克思主義在青島進行廣泛傳播，同時這也是在青島報刊上首次介紹馬克思主義。在鄧恩銘堅持不懈的努力下，青島最終建立起了團黨組織。在這其中報紙發揮了莫大的宣傳作用。

同時，在第二次奉直大戰時期，全國政局動盪不安。青島作爲華北重鎮卻遠離戰場，成爲了休閒旅遊勝地，再加上青島報刊、影劇院十分之多，青島再次成爲了名人聚集地，給青島文化的發展帶來了新動力，爲青島的報業活動注入了新的活力。

4. 物質條件

物質技術也是影響報業生存發展的因素之一，報紙的印刷、發行、郵遞都需要物質技術的支撐。而物質技術的進步可以推動傳媒技術的發展，也就是推動報業所需硬件設施的發展。報紙能在競爭中處於有利位置，對先進技術的採用是其重要措施。

從交通運輸方面來說，交通是溝通信息和連接各地區之間的一條重要紐帶，對新聞事業的發展有著重要的推動作用。在德佔之前，青島並沒有一條自己的鐵路，雖然其海運發達，但都局限在經濟貿易層面上。德國侵佔膠州灣的目的之一在於經濟掠奪，德國殖民政府把在青島商業開發的實現依賴於將殖民地和腹地連接起來的基礎設施的建設。因此，德國殖民當局把鐵路的修築和礦業的開發放在了殖民任務的首位，1898 年 3 月 6 日清政府同德國簽訂的中德條約規定，給予了德國政府在山東省內經營鐵路和開採礦產的特殊權利。

德國政府當時獲取了修築兩條鐵路（膠州——濟南——德州和膠州——沂州——濟南）的權利，之后德國政府將修建鐵路的權利轉讓給了德國國內一些銀行和企業組成的聯合辛迪加，該組織於 1899 年 6 月 14 日成立山東鐵路公司，資金總額五千四百萬馬克，修築一條濟南和青島之間的鐵路線，亦即膠濟鐵路。在青島修建的這條鐵路線是山東省境內最早的鐵路，同時也是全國最早的鐵路之一。膠濟鐵路於 1899 年 9 月 23 日從青島正式開始修建，到 1904 年通車，正線里程爲 441.4 公里（包括張店到博山的支線 38.87 公里）。鐵路通車之後，其客運和貨運都很繁忙，經營順利且獲利頗豐，德人從中汲取了大量利益，同時也應該看到，膠濟鐵路的通車也給青島和山東內地帶來了好處，即溝通了兩地之間的信息也給報紙的發行帶來了便利。

鐵路當局和德國郵政局訂立協議，從膠濟鐵路的青島——膠州段開始通車，就由鐵路車廂傳送郵件。而自從郵差送信改爲鐵路傳送信件之後，大大提升了郵件的運送速度。隨著膠濟鐵路的全線通車，山東郵政也在旁側的商業中心設立了相應的網點，鐵路運送郵件的範圍越來越大。

在膠濟鐵路修築的同時，港口建設也同期開始。在青島港一號碼頭建成時，山東鐵路公司鋪設了專用鐵路和膠濟鐵路相接，就地進行車船直取作業，運送修建膠濟鐵路西段的所需器材，這是山東省最早的鐵路專用線。

青島港建成之後，德國在大港碼頭均建有通往膠濟鐵路的專用線。1898

年，德國捷成輪船公司的郵輪航行上海──青島，每週一次。次年，每 4～6 天往返上海──青島──芝罘──天津。1901 年捷成公司改爲漢德美輪船公司，每月定期有 1 艘客輪自歐洲來青島，並有香港經青島的航線。此外，還有日本大阪輪船公司的客輪定期航行神戶──青島──芝罘──牛庄──神戶等。青島德意志帝國郵局的郵件主要交漢德美輪公司的郵輪帶運，也利用其他航運公司輪船帶運，或利用軍艦和貨輪發送。《青島新報》作爲在青本地發行的報紙也曾銷售至德國本土，但當時青島報紙的運送是以陸路爲主，海上航運因耗時久，獲取新信息不便，故多用於郵包投遞。

德國殖民者還進行了青島市內公路的建設，同時將汽車引入，進一步把持公路運輸權力。而公路的建成，道路運輸的通暢，更是給報業投遞帶來了方便。

在日本侵佔青島後，日方除了利用德佔時期修建的膠濟鐵路進行經濟掠奪外，還在滄口至李村間修建了一條輕便鐵道，全長 5.8 公里。原本專爲軍用，1915 年 2 月開辦營業，運輸旅客和貨物，同年 11 月停止運營後拆除。該條鐵路對報紙運送所起的作用不大。

就日佔時期青島租借地內道路建設來說，日方修築了德佔時期遺留下未完工程，同時將原本用於軍事用途的道路改造成了能行駛汽車的林蔭道路。其中一條道路，可以從市區直接通到嶗山山麓，該道路全長達十七英里，便於報紙在本地發行。

膠濟鐵路於 1923 年 1 月 2 日正式交還給北洋政府，但當時運輸權依舊握在日本政府手中。接受膠濟鐵路後的北洋政府對鐵路破壞之處進行修繕，縮短列車運行時間。同時對青島本埠，對舊式公路進行維護，並增加建築新路。此番修繕，不僅有助於提升青島與外地之間交流速度，在報紙投遞、新聞採集方面也變得便利且快速。

此時的青島航空，多是軍用飛機適用，商業航空還未曾出現。

印刷業一直是青島較早的現代工業之一，爲報業印刷提供了強有力的技術支持。然而就造紙業而言，在 1935 年以前，青島並沒有造紙業，所需紙張，多是由其他省市運進或是由國外進口。這就在無形中增加了報業成本。

就郵政通訊技術而言，早在 1896 年，清政府就成了中國郵政總局，然而青島地區的郵政機構一直到 1899 年才成立。當時根據德國殖民當局的請求，清政府開闢了第一條郵差送信的路線，解決了青島和內地之間主要地區通信

的需求。經營有有平信、明信片、掛號函件、新聞紙、印刷物書籍等業務，後期又增加了快遞掛號函件和代報館寄遞報紙。

在德國殖民當局方面，1899 年 10 月德國郵政部成立「青島德意志帝國郵局」。之後又在膠州、高密、滄口成立郵政代辦所，1901 年 5 月青島德意志帝國郵局所建的郵電大樓投入使用，開辦郵政、電報、電話業務。後來又在濰縣、青州、李村、濟南等地設立郵政分局。

在青島建置之時，清政府為解決駐軍的通訊問題，曾在楊家村（登州路一帶）設立有線電報房（光緒十七年設），該電報房可與濟南、煙台、膠州通報，使青島和外界的聯繫更加便捷。據《海防檔・電線篇》記載，電報線「由膠州造至青島海口止，設線 141 里，動用工料轉運後費銀 8488 兩銀有奇」。在德國侵佔之後，德人稱膠澳租借地內中國電報房由中國派員查驗不便，應派德員會辦，青島電報房遂改為商辦。

1898 年德國軍隊在青島設軍用電話站，次年 6 月設公眾市內電話局，初裝時有普通用戶 26 戶，官用電話 19 部，電話分普通和軍用兩種，居民可以通過電話訂購報紙，擴大了報刊的銷售範圍。除此之外，德國當局還建設有兩條通往上海和煙台的海底電纜，使獲取信息變得更加方便。同時在德人所創建的電報房中，為更好的為德國通訊服務，培養了一批掌握通訊技術的國人。除了有線電報外，德方還在設立了無線電臺，常與位處太平洋的雅浦島電臺通電，且通話質量優良，該電臺可以接受官方和半官方消息。1898 年，青島開放公眾電報，電報分尋常、加急、政務、新聞、交際 5 類，開放後的公眾電報，再次增加了新聞信息的傳遞速度，擴大了新聞採寫範圍，並且與外地通訊員聯繫更加方便。

而從 1914 年日本強佔青島之後，德方的電話設備多讓戰火破壞，日方遂將部分公眾電話拆除裝於炮臺供軍用。到 1915 年青島地區才恢復通話，電話用戶有軍用 60 部、民用 143 部。同時日本殖民政府頒佈了《市內電話規則》，規則規定電話業務分普通電話、電話副機及附件、同線電話、用戶交換機、分機中繼線、專用電話和公用電話。這些都便利了報社收取信息，如《膠東新報》就曾多次運用電話來搜集新聞。

除電話之外，日本殖民當局在青島和山東鐵路沿線各地也設立了郵政機構、電報機構和電臺，但同時也停止了我國政府設立在青島的電報郵政機構，火車郵運也被日本軍隊所禁止。1918 年 10 月 10 日北洋政府同日本殖民政府

簽訂《膠州灣及膠濟鐵路間關於中日兩國郵電事務處理辦法》，我國郵電機構才得於 11 月 1 日起恢復業務。在此 4 年間，青島郵局為了維護正常的郵寄事宜，開辦了郵差郵路去維護郵運。郵路全長 399.5 公里，由 42 名郵差每日發 1 班，每一單程需要 7 天，大大增加了郵件的投遞時間。而日方自己設立的郵政和電報機構在一開始是以戰地郵政服務為主，後期才逐漸改為一般郵政機構，可以收發普通郵報，進行報紙訂購運送。1921 年，日本人在團島建長波無線電臺，名稱為青島無線電臺，電臺有效距離為五百英里，波長六百米，便利了市內和其他地區的通訊。

日本在青島也開辦了新的輪船郵路，海上郵路多通往日本。此外，與海參崴、日本及被其侵佔的大連、基隆和朝鮮的仁川均有輪船運送郵件。

在北洋政府收回青島之後，從 1923 年起，青島港有了定期的國內輪船郵路。但在陸路郵寄上，北洋政府收回青島後，隨即撤銷了日本所設的在膠濟鐵路沿線和青島地區之內的郵局，後期成立中國民國郵局進行郵件寄發收辦。同時，青島郵局自備郵運汽車 1 輛，開闢了市內郵路，接送郵件，其國內郵寄業務種類有運送平信、明信片、掛號函件和新聞紙、書籍印刷物、代報館寄遞報紙等，國外郵政業務有信函、明信片、新聞紙、書籍印刷物、代收貨價等項。從青島郵局的業務經營範圍可以看到此時的報紙投遞已經不局限於市內投遞，國外也有報刊的運送，擴大了報刊的受眾和發行範圍。如在北洋政府收回青島之後創辦的《膠澳日報》曾經發行至日本、歐美等國家和地區。

電話局於 1912 年 12 月 20 日由北洋政府接辦，同時增設膠濟鐵路沿線的長途電話線，到 1925 年鋪設完成開始通話。而且電話用戶逐漸增加，購置電話者越來越多。根據這些客觀條件的存在，一些報紙的報頭中會直接寫明報紙的訂閱電話，供讀者訂購報紙。同時，長途電話線的設立亦利於青島本地獲取山東省內其他地區的信息。

日本政府在青島設置的電報局和海底電纜也統一由北洋政府接管，接管電報局後，又增加了兩處分局。青島報館獲取國外新聞消息主要是靠青島電報局傳遞國際電報。其中為接受青島無線電臺，北洋政府付出了巨額贖金。該電臺可以使用日文報碼，但因民間用者較少，收支不查抵償，最後只得靠有線電報局貼補，1925 年又新設電報局專供官用。在 1929 年 5 月，青島又新增了兩座無線電臺，既可官用亦可民用。

由於交通運輸、郵電通訊技術的發展，使得信息傳遞、流通的速度加快，快速運輸郵遞的成本降低，給報刊的新聞採集和徵訂、發行和投遞帶來了便利。

第二節　青島近代報業的內部環境

徐寶璜在其著作《新聞學》中提出，「新聞者，爲多數閱者所注意之最近事實也」〔註33〕，報紙所報導的新聞應滿足大多數人的信息需要。新聞正是借助報刊這一傳播工具，進行信息的搜集與傳遞，然後借助特定的傳播方式，擴大受眾範圍，溝通社會。報刊這一信息傳播工具一方面推動信息流通，促進社會發展，另一方面又被各種各樣的社會環境所影響，又對社會發展有著重要意義。

在德、日、北洋政府統治青島時期，社會環境的發展歷經幾次大的變動，隨著國門的被迫開放，西方的科學文化逐漸傳入我國，外國人開始在中國辦報，西方的自由主義報刊思想也隨之而來。受西方自由報刊的影響，爲維護國家主權發出自己的聲音，激發了國人辦報，各種黨派、機關、個人紛紛創辦報刊，力圖開通民智，師夷長技。此時的青島與全國其他地區相比，雖然在 1897～1922 年處在殖民統治下，但其報業環境還是比較寬鬆，收歸北洋政府後，規定青島自治，故而也沒有政策規定對青島報業進行過多限制。儘管當時我國新聞報刊事業起步較晚，且事業發展不成熟，與西方國家相比，我國的新聞報刊事業處在相對落後狀態，但在各報業同仁的努力下，新聞事業還是取得了一定的進步。

1. 全國報業整體狀況

我國近代化報刊的出現是伴著西方國家入侵出現的。我國早先的新聞消息大都是通過宮門抄、轅門抄、民間小報等方式進行傳遞，而且這類通知消息中很少有自己主動採寫的新聞，多是發布宮廷消息，以官報爲主。

鴉片戰爭後，西方國家撞開了中國大門，作爲當時辦報主力軍——傳教士的活動範圍也逐漸由沿海向內陸延伸，外國人在中國的辦報活動進入了一個新階段。在十九世紀四十到七十年代的將近半個世紀的時間內，他們先後創辦了近 170 種中、外文報刊，約占同時期我國報刊總數的百分之九十五，

〔註33〕徐寶璜：《新聞學》，中國人民大學出版社，1994 年版，第 10 頁。

其中大部分是以教會或者傳教士個人的名義創辦的〔註34〕。而這些外國人主辦的報刊，對同期的國人報刊創辦也產生了影響，我國的一些近代報刊，在辦報形式上就曾汲取了這些外國報刊的創辦經驗。

第一次辦報高潮的到來是在戊戌變法時期。根據記載，從 1815 年第一張近代中文報刊問世到甲午戰爭爆發，中國出版的報刊總計 73 種，而從 1895 年《馬關條約》簽訂到 1898 年戊戌變法失敗，短短三年間新辦報刊約 120 種，其中，國人自辦報刊約占五分之四〔註35〕。這一時期報紙種類多樣，國人積攢了大量的辦報經驗，第一次辦報高潮的主要力量是以梁啓超爲首的維新派，在這一時期除了宣傳維新思想外，梁啓超還發表過一篇論述報業的文章，提出了報館的兩大天職：「監督政府」和「嚮導國民」，同時還區分了新聞與評論的界限，促進新聞事業的專業化。戈公振稱，「戊戌以後，辦報者多曩日當路之士，政治新聞，一時大爲改觀。而各地報紙紛起，得以互相轉錄，社會新聞，亦遂不虞缺乏。以後又有專電及特約通信，彼此仿傚競爭，進步自一日千里矣。」〔註36〕

1900 年，八國聯軍佔領北京，慈禧太后和光緒皇帝撤離京師。1901 年，經慈禧太后指示，光緒皇帝發布上諭，聲稱三綱五常雖爲萬事不易之理，但政府的統治方法則應順應時事加以改革〔註37〕。改革內容包括教育、軍事、行政制度的改革以及編纂新法典等。在編纂新法典方面，清政府於 1906 年起聘請了日本法律專家幫助編纂新法，1908 年 1 月 16 日，清政府參考日本的新聞紙法擬定了《大清報律》，同年 3 月 14 日《大清報律》正式施行。雖然是爲封建階級統治者進行服務，但《大清報律》還是爲近代報業的規範化做出了貢獻。

同時也由於《辛丑條約》的簽訂，打破了不少人對清政府改革的幻想，要革命不要改良的呼聲越來越高，民主革命思想開始在國內傳播。革命派的活動越來越活躍，與改良派相比，他們的思想更具有革命性，更符合當時對清政府改革失望人士的期望。資產階級革命派先行通過小冊子宣傳革命思想，隨著形勢的發展，不久資產階級革命派第一份機關報《中國日報》於 1900

〔註34〕 方漢奇：《中國近代報刊史》，山西人民出版社，1981 年版，第 18 頁。
〔註35〕 李彬：《中國新聞社會史》，上海交通大學出版社，2007 年版，第 61 頁。
〔註36〕 戈公振：《中國報學史》，嶽麓書社，2011 年版，第 172 頁。
〔註37〕 費正清：《劍橋中國晚清史（1800～1911 年）》下卷，中國社會科學出版社，1993 年版，第 436 頁。

年 1 月 25 日在香港創刊，接著又有革命派報刊相繼出現。這些報紙創刊後，
一方面通過報刊宣傳革命，另一方面又將報刊同革命宣傳小冊子相配合，擴
大了民主革命思想的影響。據統計，資產階級革命派所出版的報刊，約有 120
種，其中日報 60 餘種，期刊 50 餘種。革命派宣傳革命思想報刊的創辦，也
引起了全國的辦報熱潮。在武昌起義後的半年內，全國報紙由十年前的一百
多種，陡增至五百種，總銷數達四千二百萬份〔註 38〕。這一時期，亦即第二
次辦報高潮。這些革命報刊的創辦，進一步推動了革命進程，最終導致武昌
起義的發生。

在這一時期，尤其是發生在 1905 年革命派和改良派的論戰，報紙在其中
起到了極大的作用。該場思想論戰以報紙為根據地，兩方觀點在此進行了激
烈交鋒，最終論戰以革命派成功告終。雙方進行的這場思想論戰不僅削弱了
改良派的聲望還使得使資產革命的思想得到了進一步傳播。與此同時不可忽
視的一點是報紙在這場思想論戰中起到的作用，它不僅是思想傳播的載體，
更是啓迪民智的傳播工具。

與戊戌變法時發生的第一次辦報高潮相比，這一時期的報刊工作，除了
新聞採訪和寫作受到了更多的重視外，新聞記者的地位也相應得到了提高。
在報紙編輯方面，增加了報刊欄目，使用一些生動活潑的標題和副標題，並
增加標點以便於讀者斷句，同時出現了刊載文藝作品的副刊，用圖片和漫畫
的方式報導新聞，說明廣告。這一時期的報刊改革工作，為後期報紙業務的
發展積累了豐富經驗。

在思想論戰結束後不久，1911 年辛亥革命爆發，革命最終推翻了清政府，
成立中華民國。舊的禁錮被粉碎，全國人民沉浸在勝利的喜悅中，各種事業
發展的欣欣向榮，同時新聞事業也有了飛躍發展。

在孫中山擔任臨時大總統時期，廢除了舊式法律，一如《大清報律》、《大
清印刷物專律》，同時頒布新式法律保護言論出版自由，如《中華民國臨時約法》
第二章第六條第四款規定，「人民有言論、著作、刊行及集會結社之自由。」在
新建立的各政權機關頒佈的法律條令中也都有保護言論出版自由的條款，如浙
江軍政府頒佈的《浙江軍政府臨時約法》第二章第五條中規定：「人民得享有……
言論著作集會結社之自由。」〔註 39〕，四川大漢軍政府在他和地方鄉紳共同簽

〔註38〕方漢奇：《中國近代報刊史》，山西人民出版社，1993 年版，第 676 頁。
〔註39〕方漢奇：《中國近代報刊史》，山西人民出版社，1993 年版，第 680 頁。

署的《獨立協定》中明確規定：「巡警署不許干涉報館議論」〔註40〕，這些都對新聞事業的發展起到了鼓勵和保護作用。除了報業發展外，在這一時期國內的一些主要省市還出現了通訊社。同時受新聞事業飛速發展的影響，通訊社也有了很大發展。

然而這段報業「黃金時期」並沒有持續很久，在袁世凱上臺後，各處軍閥割據和反動勢力作亂，使得新聞事業發展受到了限制。

在袁世凱執政時期，先是廢除了對言論自由有所保護的臨時約法，接著創辦自己的御用報紙，收買部分報刊己用，限制言論自由，頒佈《報紙條例》、《出版法》等條令，對報紙的登記出版和編輯發行多加干涉。同時把反對自己的報刊、報人加以查封和進行迫害。種種措施，限制言論出版自由，壓制了新聞事業的發展。

徐寶璜提出，「言論出版自由就法律之立場而觀之，則有其絕對之神聖，為任何人與任何努力所不能侵犯。」肯定了人民所擁有的言論出版自由神聖且不可侵犯。馬克思說，「新聞出版法就是對新聞出版自由在法律上的認可……法律上所承認的自由在一個國家中是以法律形式存在的，法律不是壓制自由的措施」〔註41〕，但袁世凱政府所頒佈的報紙法律，既干涉了報紙的登記發行又限制了言論出版自由，這是為了維護自己統治頒佈的一部倒行逆施的法律，於新聞業並沒有助益。

袁世凱倒臺後，一些被查封的報紙紛紛復刊，新報紙又開始出版。在黎元洪就任大總統初期，通電宣布恢復了《中華民國臨時約法》，言論自由再次得到解放。到 1916 年年底，全國共有報紙 289 種，報刊比前一年增加了 85%〔註42〕。新聞事業有了短暫的復蘇，但不久後執政的段祺瑞政府又恢復了袁世凱時期禁錮報紙的法令，宣布《出版法》繼續有效，1918 年又頒佈了內容苛刻的《報紙法》、《管理新聞營業條例》，限制新聞事業的發展。在這些政策的控制下，報紙出版困難，不少報紙成為軍閥政客的喉舌，整個新聞事業幾乎是處於被禁錮狀態。

一直到 1919 年五四運動時期，這種遭到禁錮的報業狀態才開始有所改

〔註40〕唐宗堯等：《攤開事實看四川立憲派》，《四川文史資料》第一輯。轉引於方漢奇：《中國近代報刊史》，山西人民出版社，1993 年版，第 681 頁。

〔註41〕中央編譯局編譯：《馬克思恩格斯全集》第 2 版，第一卷，人民出版社，2002年版，第 176 頁。

〔註42〕方漢奇：《中國近代報刊史》，山西人民出版社，1993 年版，第 726 頁。

善。此時各種外來文化傳入，大大刺激了思想文化界，加上在北洋政府統治時期軍閥混戰，社會動盪，各派政治力量無暇顧及文化政策的管理，客觀上也爲報業思想自由提供了空間機會，一如春秋戰國時期的「百家爭鳴」。加上當時文人傳統文化底蘊深厚，又接受了新式思想的薰陶，在這些客觀因素的影響下，第三次辦報高潮到來。在這一時期報刊數量激增，新聞教育、報業經營開始起步，職業記者出現，新聞專業主義開始萌芽，給政治社會帶來了一定的影響。

然而即便這一時期我國經歷了三次辦報高潮，但同西方國家相比我國的報業依舊處在不發達狀態。

首先，雖然歷經清朝後期教育制度改革，但中國的大部分民眾還是未能受到普及教育，識字率不高。

戊戌變法之前，康有爲在《上清帝第二書》中寫道：「其各國讀書識字者，百人中率有七十人。而我中國文明之邦，讀書識字僅百之二十。」之後各維新派、部分改良派人士紛紛上書教育改革。1901 年經光緒皇帝上諭，擬行新政之後，各地設立了不少新式學堂。到 1909 年，辦學已斐然可見，各級各類新式學堂達五千餘所，在校學生超過十六萬人〔註 43〕。可以說基礎教育是識字率水平高低的決定性因素，然而歷經新式教育的發展，在清末能識字的人數還只是 4000 萬左右，以當時人口 4 億計，識字率僅爲 10% 左右〔註 44〕。

民國成立後，歷經幾次學制改變，到 1918 年推出了《推進義務教育案》，要求政府實行義務教育，全國各地也紛紛按照法案興建新學校，推行義務教育。分散在城鄉村鎮私塾變成了主要集中於城市的新學校。1919 年，全國的小學生人數達到了 5，722，213 人，到 1922 年，已有中等學校 547 所，加上 1922 年新學制的頒行，提高了教育水平，普及了初級和中級教育。到 20 世紀 30 年代初期，通過對 22 個省 308 個縣的 87000 人抽樣調查時，已有 45.2% 的男性和 2.2% 的女性曾上過幾年學，排除地區差異，識字率達到 30% 左右〔註 45〕。換言之，百人中僅有三十人可以讀報。

〔註 43〕孫培青：《中國教育史》，華東師範大學出版社，2000 年版，第 348 頁。

〔註 44〕章開沅、馬敏、朱英主編：《中國近代史上的官紳商學》，湖北人民出版社，2000 年版，第 660 頁。

〔註 45〕J.Lossing Buck, Land Utilization in China, 1929～1933, NewYork：Paragon Book Reprint Corp, 1964, p.p.373～375.轉引自陳德軍：《南京政府初期的「青年問題」：從國民識字率角度的一個分析》，江蘇社會科學 2002 年 1 月，第 115 頁。

表4：光緒三十二年至民國十二年之逐年學生數（教會學校學生數未
　　　列入）1906 年至 1923 年

年度	1906～1907	1907～1908	1908～1909	1909～1910	1911～1912	1912～1913
學生總數	468,220	883,218	1,144,299	1,536,909	2,933,387	3,643,206

年度	1913～1914	1914～1915	1915～1916	1921～1922	1922～1923
學生總數	4,075,338	4,924,251	3,974,454	4,987,647	6,615,772

資料來源：《中華民國檔案史料彙編》，第三輯，教育，江蘇古籍出版社，1991 年版，
　　　　　第 928～929 頁。

　　而根據《中國新聞發達史》所記載，在 1919 年「全國已註冊的報紙雜誌
為 1，059 種，而中國人口為 430，198，798 人，以此比例，則每 40 萬人不
過一種報紙。」與日本相比，在「大正九年（1920 年）人口為 5，561，140
人，其比例平均 12，000 人有一種報紙」。

　　由此可見，即便初級教育有所普及，但能讀報者依舊很少，同時可供人
們閱讀的報紙也少。

　　其次，在第一次國人辦報高潮中，報刊出現的地區大多局限在北京、廣
州、香港、上海等現代化城市。在第二次國人辦報高潮時期，雖然報紙的創
辦延伸到了各大省市，已不局限在大都市中，但這些在第二次辦報高潮中崛
起的辦報城市，其經濟、交通都較為發達，所以在辦報條件上依舊有著客觀
因素的限制。

　　除此之外，對於已經創辦的報刊而言，從清末到民初，對報紙出版的限
令幾乎一直存在，查封報館逮捕報人現象屢有發生，從大環境來看報紙言論
並沒有十分自由。一些報刊為軍閥收買由政客收編，令報紙為其發聲的事也
是層出不窮，嚴重損害了新聞的客觀性。同時也存有因經營不善，導致報館
難以為繼或收歸官辦的現象，如《膠州報》這份民辦報紙最終因經濟問題後
期轉為了官辦，依靠政府資金維持生存。

　　最後，就全國報業而言，在這一時期動盪的社會局勢下，出現了一些「有
報無館」的「馬路小報」，他們常用現成的報紙換一個報頭，即出一家報紙。
這些報紙的出現大大擾亂了正常的報業環境。

　　與西方國家相比，我國近代報刊事業出現較晚，在採集新聞和獲取信息
方面較為落後。早先沒有專職的新聞記者、新聞人，在報紙新聞報導方面，

經常使用「據聞」、「據悉」、「聽聞」等字眼，使新聞眞實性大打折扣。同時獲取外界信息的渠道有限，新聞時效性不強。而一旦戰爭禍起，憑藉當時並不發達的通訊條件，加上各派軍閥、黨派的出現影響，報紙上所報導新聞很容易有所偏向。

雖然新聞事業在發展中受到種種限制，與同期誕生報刊自由主義、報刊責任論的西方世界相比還有很多不足，但從總體上看，新聞報刊還是有所發展，一如創立通訊社，改進通訊條件，新聞記者的地位逐漸受到重視等，都爲推動了現代報刊的發展，爲後世辦報提供了經驗。

2. 青島報業概況

就青島報業而言，在該地區被佔領前，青島還一直是舊式封建社會生活方式，雖然位處沿海，但鮮少受到西方乃至日本的影響。一直到 1897 年之前，該地區都沒有報刊活動存在。在國內第一次辦報高潮中，雖然可以說德佔膠州灣是戊戌變法的引子，但青島卻未受到此次辦報高潮的影響。

此時的青島地區剛被德國所佔領，青島民眾正處在歐式統治方式和文化思想的衝擊中，資產階級改良派的思想並未在該地區得到廣泛傳播。青島地區的第一份報紙《德國亞細亞報》是憑藉官方力量，在德國侵佔青島一週後誕生的，由此拉開了青島報業的序幕。

就青島地區本身來說，其報業環境在很大程度上受到了西方自由主義報刊理論的影響。

首先就膠澳租借地的宗主國德國來說，其本身是世界近代報業的發源地。1450 年，德國古登堡發明金屬活板印刷術，此後 200 多年，德國成爲歐洲印刷業最發達的國家。1457 年，德國第一張印刷新聞紙誕生，1568 年到 1604 年發行的單頁不定期報紙《德國特別新聞》，是德國最早的不定期報紙。1588 年，世界上最早的定期出版物在德國出現。

在德國侵佔膠州灣之前，德國本土境內就已經出現了完全商業化報紙和報團。受此影響，同時也爲了更好的貫徹統治，在德國侵佔膠州灣後，青島地區出現的報紙大多數都是由德國殖民政府官方所創辦。

再從青島地區的經濟條件來說，建置初期，青島的海運貿易就是十分發達。從航海大發現以來，世界各地之間的聯繫越來越緊密，市場經濟開始向全球拓展。尤其鴉片戰爭後，中國國門被迫打開，國外列強紛至沓來。青島

位處沿海，擁有一個天然不凍港，生產力更是得到了極大地開發，尤其是章高元的入駐穩定了青島的海防，給海運貿易帶了一個穩固的環境。但此時青島未能有報紙的出現，其原因一如前所述，人們生活穩定，缺少對信息的需要，報紙沒有立足的基礎。

在德國入侵之後，受德國本土報業環境的影響，在青島並沒有限制報業出版的政策頒行，人們若想創辦報紙，只需要在膠澳總督府進行備案即可。但此時出現的報紙多數爲德國殖民政府官方所創辦，國人辦報條件還不成熟。究其原因，主要有以下幾種：

首先，報人缺乏。在德國創建報刊之前，該地區基本沒有報業活動，更遑論報人的存在。在德佔中後期才出現由國人所創辦報刊，而這時在青島辦報的報人不僅受國內大環境的影響，在其他地區取得了辦報經驗而後回青辦報，同時也是受了青島地區外文報刊的影響，通過學習外報經營，創辦自己的報紙。

其次，物質條件不允許。德佔之初，青島地區經濟比較發達，交通運輸和通訊條件卻很落後，海上運輸主要在膠州灣的青島口、女姑口、滄口一帶，民船主要從事著當地一些土特產品的貿易往來，並沒有郵包的傳遞。陸上交通運輸既無鐵路，也沒有正式的公路，從交通運輸而言，始終沒有脫離人畜力車的傳統落後方式。

再次，資金不足。在德國未入侵之時，青島商業雖然有所發展，但經濟收入多集中於海運貿易上。在德國侵佔後，德國爲了進行經濟掠奪，加大對青島投資，建設港口鐵路，輸出入商品逐年激增，市場日漸繁榮。然而在侵佔青島一週後立即出版報紙，此時陸上貿易還停留在青島建置之時，在經濟上也會受到很大限制，此時只有靠官方強制出版的報紙才能存活。直到後期經過德國投資青島地區自身的發展，經濟越來越繁榮，民辦商埠、企業越來越多，報紙創辦有了資金支持，國人辦報才成爲可能。

最後，受教育者不多，報紙受眾群尚未形成。德佔之前，青島地區還是以私塾教育爲主，受教育者人數較少，德佔後出版的德文報紙讀者也主要是在青德僑和德國軍人。而經過新式教育的普及，受教育者增多，報紙有了潛在受眾群，國人報紙才開始勃興。

此外，青島本地的出版、發行、印刷業發展歷史悠久。清代青島的出版商號，如成文堂書局是山東省用雕版印書較早的書局，也是清代青島地區唯

一擁有雕版印刷作坊的書局。同時在德國侵佔時期，青島現代印刷業興起，德國創辦的德國亞細亞報館，出版了《青島近聞》等書報刊，當時只有該館具有鉛排能力，是青島現代印書業的先導。這些也爲德佔時期國人報刊的產生提供了客觀條件。

當時西方自由主義新聞思想興盛，德國政府本身受言論出版自由的影響，在青島殖民時期，除了爲經濟掠奪而對書報館收稅之外，德國殖民政府還是尊重報刊言論出版自由，未曾出版限制新聞報刊出版的法令，使得這一時期的新聞自由度較大。但即便報業環境寬鬆，國人所創辦的報紙依舊數量不多，還有一方面的原因是1900年爲限制言論清政府頒佈了《大清報律》等相關律法，青島地區雖然受德國管轄，但在法制上，德膠澳總督曾言「膠澳境內中國法律照舊施行，以治華人」〔註46〕，也就是說該律法在德國膠澳租借地內仍然有效。但即便有種種客觀條件的限制，從總體來看，青島報業環境還是比較寬鬆，並且基本沒有受到《大清報律》的影響，尤其後期隨著資產階級革命派登上歷史舞臺，青島地區受到了民主革命的影響，出現了由革命黨人創辦的報刊，如《膠州報》、《青島時報》等報刊。可以說，德佔時期青島報業迎來開端，並隨著客觀條件的發展，慢慢開始向近代報業轉型。

在第二次辦報高潮中，該時期全國各重要省市幾乎都創辦了報刊，然而處在德國佔領之下的青島卻未受此影響，辛亥革命的浪潮並未波及到這個被德國統治的海邊城鎮。即便民國成立後，在那段簡短的報業「黃金時期」內，根據《山東省志·報業志》記載，這一時期，青島地區也只是新增了兩份報紙。雖然創辦的報紙較少，但青島地區的報業環境一直比較寬鬆，袁世凱執政時期對報刊報人的限制和迫害都未曾波及到青島。

同樣，第三次報業高潮雖促進了民主自由思想的傳播，但在處於日本殖民統治下的青島這一時期僅有一份報紙創辦，而且報紙還是日文報刊。日本第一次侵佔青島時期，雖然報業環境寬鬆，但創辦的報紙卻很少，直到北洋政府收回青島後，青島報業才迎來了國人辦報的高潮。

在日本第一次佔領青島時期，青島地區的報業已經經過了德佔時期的萌芽，其經濟狀況、受教育人數、交通條件同青島建置初期相比，都得到了極大地改善。日佔青島主要目的是爲了經濟掠奪，在此期間，日本政府還推行

〔註46〕青島檔案信息網：青島大事，http://www.qdda.gov.cn/front/qingdaodashi/preview.jsp?subjectid=12259376074212119001&ID=6121986

奴化教育，建立小學，教授日文。在這段時期內，日方因忙於經濟掠奪，對報刊出版和言論自由也是鮮少干涉，但這一時期新創辦的報刊僅有八份，其中還有五份為日文報。

與德國入侵時類似，在日本第一次入侵青島後一個月內，日佔時期的第一份日文報紙《青島新報》創辦。而就如經濟的提前滲透一樣，在正式入侵青島之前，日本就已經在中國的其他地區創辦了多份報紙。戈公振在《中國報學史》中，對此概括為「外國人在我國辦報也……語其時間……數量以日人為較多」〔註47〕。

這一時期雖然報業環境依舊比較寬鬆，但創辦的報紙主辦人多為日本人，青島地區基本沒有國人創辦的報刊，對此現象加以分析，可以看出，當時國民企業被壓榨嚴重，國人創辦報紙缺少必要的資金支持，無法與背後是日本政府的日人報紙相匹敵。另外，雖然沒有對報紙進行限令，但日本政府對青島實行軍事管制，頒佈的限制居民社會生活的法律較多，使得國人不能放開手腳去創辦報紙。

借助於政府政策保護和日商企業支持，日人在這一時期內創辦的報紙既有日文報，也有中文報，除了日人辦報外，在日本殖民時期還出現了英文報刊。

就日本政府來說，日本的現代新聞傳播，是在西方影響下產生的。明治維新後，日本報業進入了商業報刊時期，在日本國內辦報思想的影響下，作為日人創辦的報刊對青島報業的現代化產生了推動作用。

從日人創辦的中文報刊來說，報紙的主要受眾是青島市民，報紙內容豐富。《大青島報》還開辦了副刊供讀者消遣，同時大力發展廣告，學習外報的創辦經驗。報紙社長小谷節夫非常看重報刊的內容和質量，曾經到上海買回大捆《申報》，給《大青島報》的職工看，要求他們學習寫作編輯手法〔註48〕。

在這一時期日人創辦的報紙，在報紙的經營管理和編輯方面其實已經具有了現代化報紙的特徵，給後期報刊創辦留下了很多經驗。但應該注意到的是，雖然日人所創辦的報刊優點良多，但在言論方面，還是多傾向於日本殖民者，畢竟創辦報紙也是日本殖民政府推行奴化教育的措施之一。

在北洋政府收回青島後，將收歸後的青島劃歸為特別商埠，隸屬中央管

〔註47〕戈公振：《中國報學史》，嶽麓書社，2011年版，第71頁。

〔註48〕呂溫泉主編：《青島涉外足跡》，中國文史出版社，1996年版，第189頁。

轄。錯過三次辦報高潮的青島終於迎來了自己的「黃金時代」。雖然在北洋軍閥統治時期，全國報業有過一次又一次的挫折，北洋政府也頒佈了很多限制言論和干涉報業出版的法令，如段祺瑞政府的《報紙法》，袁世凱時期的有效的《出版法》等，但從總體來看，青島報業卻鮮少受到這些法令的影響，在1922 年之後，青島的報業發展進入一個高潮期，在不到十年的統治時間中，青島地區新增了二十多份報紙，而且這些報紙多為國人所辦。且此時馬克思主義開始在中國傳播，中國共產黨成立之後，經過聯絡人在青島地區的發展，該地區也成立了黨團組織，中共青島聯絡人鄧恩銘曾在《膠澳日報》任副刊編輯，藉此宣揚馬列主義。

橫觀北洋政府統治時期的青島報業，結束了殖民統治，回歸北洋政府管制之下的青島，在經濟和技術的發展上迎來了機遇。民族企業可以不受壓制，報紙有了穩固的資金支持。而且經過德日殖民者對青島的規劃，無論是陸路交通還是海上交通，相較建置時有了很大發展。給報紙的投遞傳送提供了便利。而西方殖民者的入侵也給青島帶來了新式技術，不管是通訊水平的提高還是印刷行業的現代化，都給青島報業的繼續發展提供了良好的物質技術條件。

早期因為德日的殖民統治，那時青島報紙以德、日文為主，這在一定程度上限制了國人報刊的發展。但同時也應該看到的是外國殖民者在青島地區報紙的創辦，也給國人提供了辦報經驗。德國殖民時期官方報紙的創辦和日本統治時期商業報紙的出現，都給青島報業發展帶來了很多的創辦經營經驗，故此隨著經驗的積攢，到北洋政府收歸青島時期，國人辦報一下出現了井噴現象。雖然此時的青島報業依舊存在著一些弊端，諸如沒有專職新聞記者，新聞來源多出自於官方布告、外報摘抄，收發電訊時效性較低，甚至出現了格調底下的黃色小報，如重新出版的《膠澳日報》等。但這一時期報業發展的成果還是值得肯定的，如報紙欄目增多、通訊社出現、新聞中有標點斷句、重大新聞集中於同一欄目下等，除此之外，在這一時期青島還出現了新聞團體，1929 年，《青島時報》總編輯王子雲發起組織了青島新聞記者聯歡社，這是屬於青島新聞記者的第一個團體組織。以上這些都為青島近代報業邁向現代化打下了基礎。

第二章　青島近代報業活動

　　青島近代報業是隨著外國殖民者的入侵而開始的。早期在該地區出現的報紙多是由德國殖民當局爲鞏固在膠澳地區的統治而創辦的以德文爲主的官方報紙，由德人創辦的報紙就此也掀開了青島近代報業的序幕。

第一節　德人報刊

　　德人創辦的報刊主要存在於德國殖民時期，從 1987 年至 1914 年，在長達 17 年的統治時間內，德人創辦了近十份德語、中德雙語報刊。此時的德人報刊官報氣息較重，主要負責傳達官方消息，自採新聞較少，在鞏固統治、傳達消息方面發揮了不小的作用。

1.《德國亞細亞報》

　　德人侵佔膠州灣一週之後，即 1897 年 11 月 21 日，創辦了青島近代史上第一份報刊，《德國亞細亞報》。

　　因年代久遠，報紙原件已不可尋，故報紙的停刊時間、停刊緣由以及報紙的內容板式、發行編輯狀況無從知曉。該份報紙所能查詢到的資料多存在於其他書籍的記載中，如在清光緒二十四年（1898 年），梁啓超主編的《清議報》第二冊中：「德人既據膠州，去年 11 月 21 日，在該地倡設一報館，題名曰《德國亞細亞報》。而該報之報面印出『W・J・R』三字，蓋係顯德鷲畫爪痕地，即永歸德領之意。今據該報，與 11 月 14 日，即佔領該地紀念日。」〔註1〕

〔註1〕　青島市政協文史資料委員會編：《青島文史資料》第 15 輯，中國海洋大學出版社，2006 年版，第 193 頁。

2. 《德華彙報》

　　《德華彙報》又名《德屬膠州官報》（德文：Deutsch—Asiatiscche Wart，直譯爲《德亞瞭望》），報紙爲德文報，中途曾多次易名。青島檔案館保存有報紙部分原件，但不予開放。國外的日本京都大學附屬圖書館和德國聯邦檔案館存有原件，且德國聯邦檔案館官方網站稱其存有完整的《德屬膠州官報》。國內各史志報刊資料對該報紙內容甚少提及，相關研究也並未展開。根據搜尋的報紙原件照片和德國馬維利教授的文章〔註2〕可知，報紙爲週刊，創刊時間爲 1898 年 11 月 21 日。

圖 1：《德屬膠州官報》1898 年 11 月 21 日創刊號

〔註 2〕摘自 Alltagsleben in Schutzgebit. http://www.dhm.de/archiv/ausstellungen/tsingtau /katalog/aufl_8.ht. 原文爲：Von1898 bis1904 wurde dort die Wochenzeitung "Deutsch-Asiatische Warte" publiziert.：1898 年至 1904 年出版的週刊《德亞瞭望》。

報紙性質根據田原天南所著《膠州灣》記載，報紙創刊後，雖並非總督府機關報，但還是被要求擔負起發布總督府命令的職能〔註3〕。可即便報紙主要職能爲發布德國總督府的各種密令，但《德華彙報》的內容更傾向於歷史和文學，對政治言論較謹愼。報紙編輯 V. Roehr，有一個文化副刊「東方世界」，其刊登的內容十分有意思〔註4〕。

報紙的廣告頁面已經有插畫出現，受限於德文字母，廣告多以方塊式橫排自左向右閱讀的排版，且其廣告內容豐富，包含有飯店、酒吧、旅館、磚瓦、打字機、文具店等。從廣告類型中可見在德國殖民統治下青島地區經濟的繁榮發展。然而中式廣告的缺乏也可以看出當時的青島經濟主要還是由德國殖民當局把持，且當地華人並未意識到借助廣告宣傳商品的重要性。

3. 《青島官報》

《青島官報》，德文原名爲 Amtsblatt fuer das Deutsche Kiautschou Gebiet，報紙於 1900 年 7 月 7 日出版，1914 年在德國撤離青島時停刊。報紙是德國殖民政府創辦的官方報紙，每週六一期，每期八開，書頁式裝訂，一期四到八頁，有時會出 12 頁。1908 年 11 月 2 日起報紙改爲每週五出一期，1911 年 2 月 17 日報紙改名爲《膠澳官報》。報紙主要刊登總督府的全部法令和通告。其中較爲重要的和與華人有關的，除以德文文本通告全境外，也附有中文文本以「曉諭」華人。

報紙定價爲每年「2 美元=4 馬克」，並且「所有的德國郵政機構都接受預定」。可見，報紙受眾並不局限於青島本地，德國本土也可訂閱該份報紙。

報紙的官報性質決定了報紙在報導消息時會以官報通告爲主，而這一通報官方消息的特性在山東巡撫衙門經辦洋務交涉的記錄中，亦有所體現：

> 再承示日俄戰爭，尊處已奉貴國相國曉諭，業將該示登於青島官報，特照錄一紙寄示等因。遍查來函並無此項告示，咎係發函時未給封人，現已由鄙人另覓見青島官報所載局外告示，抄行沿海各州縣一體知照矣。已承示本國皇帝諭旨暨外務部所頒局外條例，亦經飭登官報，俾在青島華民知所准禁一節，具徵維持大局，不分畛域，盛意至爲佩慰。茲醫官昨已來見，因醫院另備之房屋尚未備齊，特候暫居洋

〔註3〕田原天南：《膠州灣》，滿洲日日新聞社，1914 年版，第 27 頁。

〔註4〕Walravens Hartmut, German In fluence on the Pressin China. http://ifla. queenslibrary.org/IV/ifla62/62-walh.htm〔EB/OL〕.2016-3-25.

務東局，其餘一切仍照前函辦理。鄙人已飭由中西醫院緝辦，陳道臺
妥為照料矣。珂總醫官已令其即日到省，可與陳道檯面商一切。應俟
仍一面派輪船帆船給予護照，赴沿海一帶梭巡。至局內局外各國輪商
照常通商，其餘飭遵外部所頒條規辦理，昨已備文分【別】進行。茲
承電旨，特再摘要電達。照此辦理，不過嚴斷接濟，並非一律禁止商
船出海，似不至十分有障國家稅課、貧民生計，只要地方官奉行得法，
亦當不至別滋藉口，仍希隨時督飭妥籌照辦為要。〔註5〕

　　在該政府部門的交涉記錄中，山東巡撫衙門特就要將日俄戰爭曉諭華民
一事的相關告示刊登於《青島官報》中，山東內陸巡撫直接將把應由青島華
民知曉的官方消息刊登在《青島官報》之中，並在交涉記錄中加以提及，可
見官方消息為受眾所知的渠道主要是通過《青島官報》刊登。

圖2：《青島官報》創刊號 1900 年 11 月 2 日第一期

〔註 5〕中國社會科學院近代史研究所《近代史資料》編譯室主編：《籌筆偶存》，知
　　識產權出版社，2013 年版，第 665 頁。

報紙有命令、告示、新聞、電報、廣告、輪船航行記錄、報告、氣象觀測、潮汐表、日出日落表、商品價格等專欄，刊登各種官方通告、人事任免、殖民政府頒佈的法規命令、德人婚姻狀況、地方情報以及天氣狀況等內容。報導內容雖然龐雜，但報紙官方色彩濃厚，官方告示所佔比重最大。

1903 年 3 月 12 日報紙的題目內容：

告示：

1904 年 3 月 7 日　帝國糧食支付局交付

關於肉類的交貨

1904 年 3 月 10 日　帝國警察局發給

關於飲食店經營的許可

1904 年 3 月 3 日　膠州帝國法院交付

Kabisch 商會的共同事業者 Rehde 引退

1904 年 3 月 8 日　膠州帝國法院交付

德國青島造紙產業公司的 von Erggelet 業務代理權失效

1904 年 3 月 10 日　膠州帝國法院交付

當地的商業登記簿上 Carl Schmidt 公司註冊

1904 年 3 月 9 日　警察局發給

失盜物的申報

1904 年 3 月 8 日　建設部局長發給

禁止對國有建造物的非法侵入

報告：

從 1 月 24 日到 2 月 8 日郵寄到柏林的到達通知

氣象觀測：

輪船的航行記錄：

在 1904 年 3 月 4 日～3 月 10 日

山東鐵路的時刻表：

1904 年 3 月 1 日開始

從報紙的新聞標題可見，報紙少有新聞報導，而官方通告佔據絕大部分，如照錄官方消息、命令，如土地拍賣的告示、控制鴉片進口的條例等。新聞和政務消息比重失衡，可以說《青島官報》並不具備現在報紙所應具有的特

性，然而作為一份官方報紙，《青島官報》切實履行了「有聞必錄」、「廣而告之」的職責，清晰記錄了當時德國殖民政府的政策行為。

廣告並不是報紙的固定欄目，而是根據需要出現。報紙有各色的文具店、印刷店、保險代理、雜貨店、自行車代理、防蟲店等廣告，青島第一份中文週報《膠州報》也在《青島官報》做過歡迎訂閱的廣告。

除通告、廣告外，《青島官報》常刊登的天氣、輪船、潮汐和郵政廣告，給在青島港從事沿海港口業務的商人傳遞了相關商業信息，各種航班、貨運、物價信息以及銀行營業時間的信息極大滿足了港口貿易商人的需要。

4. 《青島同益報》

根據《青島開埠十七年——膠澳發展備忘錄》一書記載，《青島同益報》創刊於 1900 年，最初名為《青島報》，由傳教士所辦的印刷所出版，報紙訂戶超過 2000，報紙宗旨是幫助教育民眾，消除對基督教和殖民者的偏見。

因年代久遠，《青島同益報》原件並沒有得以有效保存，《山東省志》、《青島市志》對該份報紙內容也沒有說明，故無法詳細獲知報紙的具體信息。但從梁啟超主編的《清議報》中，找尋到收錄其中的一篇名為《論制知方圓已教童蒙事》〔註6〕的文章：

> 報章紀有北京工藝局制知方圓以授童蒙事。其說署謂該局為教授童蒙起見，特彷七巧圖式，將各省形式用柚木刻分為若干片，凡初學地理者，先取一二片示之，告以某為直隸，某為江蘇，記認既熟，然後易以他省，並告以某省在某方，與某省相連，令其自相湊合，常以為戲。使七八歲小兒女燈前窗下，或用筆彷畫，或剪紙為牌，數月之內，國中大勢，無不了了。然後再以一省細圖，按州縣製成若干枚，授之如前法，並將各地出產及山河名目注寫背面，隨時講誦。一省既悉，再易他省，由是而推之五洲各國，寓學問於嬉戲之中云云，噫，可謂知教育之要矣。
>
> 小孩之性最喜嬉戲，此蓋天地自然。未經斧鑿，活活潑潑，純一不雜之質也。若勉強之，使不得舒，則學也而足以滯其性質，若竟縱之嬉戲而不引之以漸俾即於正，則又不足以保其性質。惟寓學

〔註6〕《清議報全編卷二十六》。

問於嬉戲之中，其斯爲善於體貼乎。

　　昔者竊聞之，外國有教授三四歲小孩之法。余乍聞而驚，繼而疑其果操何術以有此。及細考之，方知外國卻有此等學塾，專教三四歲小孩，塾以婦人爲之師。蓋以婦人爲之師，蓋以婦人與小孩性近而易入也。小孩入塾，塾師隨意出一物，與之嬉戲。如剪紙爲牛，則教之曰此牛也，若何形狀，若何生長，若何用處，既而寫一牛字與之看，則又曰此即牛字也，此即該物之名稱也，俟其隨時記認，則又進而教之曰，牛有二角四足，因教之數，既畢，則又進之曰，兩牛合計多少角，兩牛合計多少足，既畢，則又隨加三牛四牛，以至五六七八九牛教之，合算其蹄角得若干。凡此皆深合識名辨物計數之法，而又善迎合小兒之性情，引使學而忘倦者也。屆食時，其師喂之以食。食畢，教之睡，限一小時，教之起，起則復教，署如前法，漸易以他物。傍晚則導之外出，擇清涼草地，使之嬉遊，使之成群逐隊，相率跑耍，以壯筋骨，以怡性情，以消飲食。如在路適見有牛，則教之曰，此即牛也，某日所教汝看著，即此物也，其字即做何寫法者也，見他物署如之。既畢，引之歸塾。約擇數孩之比鄰相近者爲一隊，使之逐隊而歸焉，其法大署如此。雖三四歲小孩，亦可以施教，且令彼樂於入塾，蓋不啻視入塾如赴嬉戲之場也。小孩在家，其母教之也，亦大率類是。

　　今中國女學不講，母之與子，本無教法。其甚者則使之聞婦姑勃溪妯娌怨怒之言，是自幼已將其天性鑿壞，其或者又一味姑息痛愛，不至流蕩放縱不止。富有力者則養一小孩，需媼婢三數人持護之，而究其所謂持護，亦不外隨之嬉戲，苟可以將順其意，必極力造就。是只有教壞，斷無教好之理。迨數年以後，拘之入塾。則其所謂塾師者，大率味於教人之法。既不細心講求，又不甘虛心博採，其視弟子有如囚徒，使小兒視入塾如入地獄，甚且妄引古人一二語，肆行鞭撲，務窒其生性靈機而後已。吾不知古人之教戒爲人師者之言，所在多有，何以不能身體力行，而徒引夏楚一言，以奉爲囊中之秘也。又其甚者，則一意阿媚小孩，稱諛備至，以博居停之權，誤人子弟，此尤沒盡天良，不足齒數者矣。

　　　　總而言之，女學不昌，則小孩失學失養。小孩失學失養，則稍
　　　長難得賢師，已是越過一級，故常有弱冠出里門，路見田禾而不識。
　　　清班翰苑，老師宿儒，曾不解九歸淺數者甚矣。小孩之不可不教，
　　　女學之不可不講也。今工藝局同制此圖以教童蒙，此後推而廣之，
　　　考而求之，其庶有望乎。

　　文章從新式教育講起，敘述新式教育的靈活性，並以此聯繫國外的幼教
狀況，對我國幼兒的教育出現的各種現狀提出了批評，並望新式教育能夠推
廣。

5.《青島德文報》

　　根據《山東省志・報業志》記載，青島德文報創刊於 1901 年，是德佔青
島以來發行的第三份德文報紙，報紙終刊時間不詳。

　　報紙原件已不可尋，僅能從收集的史料中得知該份報紙存在的痕跡，報
紙曾刊登孫中山來青島遊覽的新聞：

　　　10 月 1 日　遊覽青島嶗山，晚乘龍門輪船赴上海。

　　　是日晨，孫中山偕夫人及秘書宋靄齡等十數人往遊青島嶗山。

　　　孫中山對於青島海港工程、森林事業及大學均異常嘉許。孫又
　　　言青島足爲德國文化及制度之模范雲。中山即晚乘龍門輪船赴滬。

　　　（上海《民立報》）1912 年 10 月 2 日據青島《德文報》1 日電）

　　（註 7）

　　孫中山在辭去中華民國大總統職位後，在濟南進行鐵路考察時，國民黨
山東支部邀請孫中山前去青島，然而德國總督府懾於孫中山的影響，擔心他
的到來會對德國的殖民統治不利，故而對孫中山訪問青島「不予同意」。此舉
引起了青島商會和德華大學學生的氣憤，孫中山聽到該消息後則說：「我本來
不準備去青島，但德國人不喜歡我去，我更非去不可了！」（註 8）

　　孫中山在青島訪問期間，拜訪了時任膠澳總督邁耶・瓦爾德克，並前往
德華大學考察，而後乘坐輪船前往上海，在接受德國記者訪問時，孫中山再

〔註 7〕王耿雄：《孫中山史事詳錄 1911～1913》，天津人民出版社，1986 年版，第 437
　　　　頁。

〔註 8〕中國史學會濟南分會編，《袁世凱叛變革命與民五討袁：山東近代史資料（第二
　　　　分冊）》，山東人民出版社，1958 年版，第 287 頁。

次提及青島，把青島說成了「未來城市的楷模」，稱讚了這一地區的行政管理、街道、碼頭、高等學校等。

6. 《青島新報》

《青島新報》的報紙原件在國內暫無可循，故最初報紙具體的創刊時間、停刊時間、創辦者以及報紙內容版式不詳。《山東省志・報業志》和《青島市志・新聞出版志》對該份報紙也沒有詳細的記載。

根據網絡搜尋結果來看，報紙原件雖未在國內留有痕跡，但在德國亞琛國際報紙博物館存有 10 份，時間跨度從 1906 年 10 月 24 日到 1914 年 9 月 26 日。日本關西大學圖書館存有 25 份，時間跨度從 1904 年 10 月 1 日到 1914 年 6 月 30 日。德國柏林國家圖書館存有 1914 年 3 月～6 月共 90 份報紙。

《膠澳發展備忘錄（1903 年 10 月——1904 年 10 月》記載：「一家新建的印刷廠在本地出版了第一份德文日報，名為《青島新報》，它與週報《德國亞洲瞭望》和兩份中文報紙聯合向民眾提供最重要的信息」〔註 9〕的記載可知，該份報紙出版時間至晚在 1904 年，並一直延續到 1914 年 12 月。此外，德國教授馬維利在自己的文章中曾經提到：「到 1904 年底，該週報（上文的《德華彙報》）改名為日報《青島新報》，該份報紙一直出版到 1914 年爆發戰爭的前幾個月。」〔註 10〕

《青島新報》正式出版於 1904 年 11 月 1 日，為德文報紙，於同年 10 月 1 日出版過一期試刊號，試刊號約有 10 個版面，正式出版的《青島新報》最初有 6 個版面，然而隨著時間推移，到 1914 年一戰之前，報紙已經增加至 16 個版面，並且廣告在其中佔了多部分，16 個版面中約有 12 個版面為廣告版面。從廣告的興旺足以見得當時青島工商業的發達。據日本新聞紙調查結果，該份報紙是德國政府在青島的機關報，是「青島最有勢力的報紙」。

《青島新報》德文原名：Tsingtauer Neueste Nachrichten，直譯為「青島最新消息報」。「青島新報」是官方譯法，直接印刷在了報頭中，故此宜採用「青島新報」這一翻譯。報紙報頭左右兩側分別寫有報紙發行出版時間及報紙編

〔註 9〕 于新華主編：青島開埠十七年——《膠澳發展備忘錄》，中國檔案出版社，2007 年版，第 273 頁。

〔註 10〕 Alltagsleben in Schutzgebit. http://www.dhm.de/archiv/ausstellungen/tsingtau/katalog/auf1_8.htm

輯和發行人。報頭下方寫有報紙發行期數及發行時間。

圖3：1914年5月9日《青島新報》

　　報紙在青島本土一年訂閱價爲 15 墨西哥鷹洋，德國是 30 馬克，零售 10
分一份。廣告最初爲 1.5 鷹元每英尺。每日晚發行，每週日及節假日休刊，發

行量曾高達兩千份。報紙編輯 Fritz Secker，發行人芬克（C.Fink），是上海《德文新報》的編輯。而這一層關係在《青島新報》上也多有體現，《青島新報》設有專門欄目以刊登來自上海《德文新報》的消息，《德文新報》也曾設有「來自膠澳的消息」這一專欄。

　　《青島新報》刊登新聞多以政治性消息為主，有「東亞新聞」、「電報信息」、「突發新聞」等欄目，同時還會刊登有「經濟行情」、「氣象預測」、「酒店及列車時刻表」等消息服務於當地德人。這一時期的廣告種類多樣，商業廣告、文化廣告、啟事類廣告等都在《青島新報》上佔有一席之地，能夠極大滿足青島本地居民的日常生活。

　　然而在第一次世界大戰開始後，尤其在日德青島之戰時，《青島新報》版面數量急劇下降，從原來的 16 版減少到 3 版，有時甚至只有 1 版，並且幾乎看不到廣告的身影。從中足以可見戰爭的影響，不僅商店關門歇業不再刊登廣告，印刷廠的工人也因動盪的環境無法專心印刷，報紙越來越薄。

7. 《德華日報》

　　《德華日報》是德國政廳創辦的中文報，根據記載報紙創辦於 1906 年，終刊於 1914 年，原件已不可尋，無法獲知報紙的版式內容。儘管報紙原件缺失，但在清政府創辦的機關報《政治官報》〔註 11〕中，還是找到了摘錄的兩則 1907 年《德華日報》新聞，原文如下：

> 「十月初二日德華報
>
> 德國與西班牙關於摩洛哥國事現又訂立新約法財政大臣與日本財政大臣近曾會晤一次
>
> 十月初八日德華報
>
> 布哇里亞國阿爾訥樂親王由亞洲回國時中途忽患肺病現在溫呢時亞地方滯留以便延醫調治
>
> 德皇偕皇后前往英國中途遇霧以至少有耽延現已行抵包爾特茂斯」

〔註11〕《政治官報》被譽為「大清第一報」，創辦於 1907 年 10 月 26 日（清光緒三十三年），記載國家政治文牘和立憲法令，內容設諭旨批摺宮門抄、電報奏諮、奏摺、諮箚、法制章程、條約合同、報告示諭、外事、廣告、雜錄等。1911年 8 月 24 日，改為《內閣官報》，1912 年為袁世凱《臨時公報》所代替。

8. 《山東彙報》

《山東彙報》，德文名稱爲 Kiautschou Post，是於 1908 年 10 月 1 日發行的德文報紙，終刊時間約在 1912 年。報紙原件在國內不可尋，日本京都大學圖書館和德國國際報刊博物館存有部分報紙原件。而根據日本在明治四十五年六月（1912 年 6 月）所做的有關中國新聞紙調查，可知曉報紙的性質、主持人和主筆。

《山東彙報》是一份親德派報紙，週刊，報紙主筆爲休職陸軍中尉 Kropff，報紙主持者爲株式組織主幹 Walthe.。報紙方針是力圖成爲「面向在青島及山東的德國人的沒有偏見的週刊」〔註 12〕。

根據史料查詢，找到了報紙在 1910 年 7 月 9 日 28 期「山東新聞欄」登載一則新聞，新聞原文爲德文，翻譯後的文字如下：

萊陽和海陽騷亂

六月中旬以來，德國保護區以北的萊陽和海陽縣傳來了官員和士紳們有關物價上漲和米糧投機的消息。這些情況使貧苦農民的生計更爲困苦，民間怨聲載道，不滿分子到處煽動是非。早在六月上旬，那個地區的形勢就已經緊張起來，這並不使人感到意外。現在還得不到可靠的消息，但是可以肯定的是，萊陽是這場騷亂的發源地。聽說那裡的縣令在七月六日被殺死了（按：縣令被殺一節，絕無其事，不過從中可以看出，曲士文的反官紳行動，的確激起了社會的普遍關注）。萊陽和海陽兩個縣的巡捕衙役們顯然不起作用了。暴亂中打死三人。士紳們說，到處都在怨恨當局對人民的壓迫。不過事態還畢竟只是局部性質的。

濟南府省撫院在得暴亂的消息後，立即採取了嚴厲的鎮壓措施，派出了軍隊，並依約把情況告知了膠州德國總督。七月五日晚，山東鐵路的第一趟運兵來到，乘載了二百名士兵，離開了濟南府，並於七月六日晨抵達德國邊界上的城陽火車站。由城陽經過即墨到達萊陽，最近的路要步行兩天。受德國總督之命，水師營長別羅夫少校和幾位軍官在城陽歡迎中國部隊的到達。城陽方面向我們報告說：中國

〔註 12〕 引自《山東彙報》的副標題「Unparteisches Wochenblatt fttr die Deutschen in Tsingtau und der Provinz Schantung」，轉印自（日）森時彥主編、袁廣泉譯：《二十世紀的中國社會》上卷，社會科學文獻出版社，2011 年版，第 31 頁。

部隊給他留下了很好的印象，特別令人高興的是，看到他們士氣都很
飽滿，面色嚴肅，士兵們無論是下火車列隊，埋鍋作飯，還是把彈藥
裝上馬車，都極有秩序，十分沉著幹練。七月六日和七日晨，陸續到
達了總共五百人。八日晨，第五鎮的現代化部隊共七百人也開來了。
這支部隊看上去訓練有素，裝備精良。隨同前來的是一位總兵。別羅
夫代表德國總督向他們問候致意。所有這些部隊，必須在今天（七月
九日）分別開赴出事地點，去平息騷亂。騷亂的起因並不明確。許多
關於『六百名紅鬍子』等的謠傳，顯然都是無稽之談。〔註13〕

　　新聞從萊陽、海陽地區的民眾叛亂一事說起，之後敘述了將要鎮壓叛亂
軍隊的概況，並在最後說明此番叛亂原因不明，且駁斥了騷亂起因是因為山
匪肆虐。

第二節　日人報刊

　　日人創辦的報刊主要集中在日本第一次侵佔青島之時，即 1919 年 11 月
至 1922 年 12 月這一時期，在日人統治青島的五年間，日人報刊為該時期的
報刊主力，並且此時的報紙也正一步步向商業性報刊邁進。

1. 《青島新報》

　　根據《山東省志・報業志》記載，《青島新報》是由日本人鬼頭玉汝於 1914
年創辦的青島近代第一份日文報。鬼頭玉汝是一個中國通，他精通四書五經，
且能寫中國古詩詞。在青島時，鬼頭玉汝就常結交清朝官吏，中國拼音創始
人之一勞乃宣就是其好友。

　　《青島新報》初發行時約為一千五百份，報紙主要宣揚日本取代德國在
山東的權益，是日本人在青島創辦的影響力較大的一份報紙，報館設在青島
中山路 158 號。

　　從《青島新報創刊的函》中所知，《青島新報》的發刊日期可以具體到 1914
年 1 月 15 日（日本大正四年一月十五日），日刊，青島新報社社長為小谷節
夫。該份報紙可以算作是鬼頭玉汝和小谷節夫合作創辦。報紙在青島的日發

〔註13〕中國人民政治協商會議山東省萊陽市委員會文史委員會：《萊陽文史資料・第
　　　　2 輯・瑞士文起義資料專輯》，1989 年第 1 版，第 313 頁。

行量曾經達到 3000 份以上，是當時青島地區頗具影響力的報紙，中途在國民政府統治青島時期停刊一次，又在日本第二次佔領時期復刊，最終《青島新報》在 1942 年停刊。

因早期報紙保存困難，報紙的原始檔案在國內已難找尋。現存僅有 1929 年 2 月 23 日和 24 日的《青島新報》日文版兩份以及 1926 年 1 月 19 日剪摘的日文《青島新報》號外一份，且從報紙頁碼來看查找到的日文版兩份《青島新報》也並不完整。

從僅存的兩份報紙看，《青島新報》日出八版，報名位於報紙右側，報頭之下刊登有發行人姓名、支局所在地、廣告科收費等詳細項目。

1929 年 2 月 23 日的《青島新報》，報紙第一版上半部為小說連載，每則小說之間使用豎線相隔，部分小說標題中使用插畫增加趣味性，且每則連載的小說都標有投稿人姓名。下半部分主要刊登各類廣告，亦如賽馬廣告。蛔蟲藥廣告、洋服廣告等。同時廣告排版多樣，字體有粗有斜，每則廣告之間的分隔既有雙排線又有粗線波浪線，同時盡可能給廣告添加插畫，可視性大大提高。報紙從第二版開始一直到第五版都在刊登新聞，新聞之間沒有具體分欄，報導的新聞既有日本新聞又有國內新聞。同時每版最末刊登廣告。在報導新聞時，已經開始給新聞配以照片，增加可讀性。

圖 4：《青島新報》新聞配圖

　　同時在報紙第六版大幅度刊登廣告，在上半部分設有專欄名爲「江戶刊載情話」，連載武俠小說，並添加小插畫使小說的內容更加形象。有時該武俠小說也會移至第八版進行刊載。

　　在 1929 年 2 月 24 日的報紙來看，其報紙版式與 23 日的版式大體一致，只是新聞從第二版一直刊登至第七版，在第八版上才開始連載武俠小說以及刊登廣告。

　　1926 年 1 月 19 日的號外，是有關日本首相的消息：

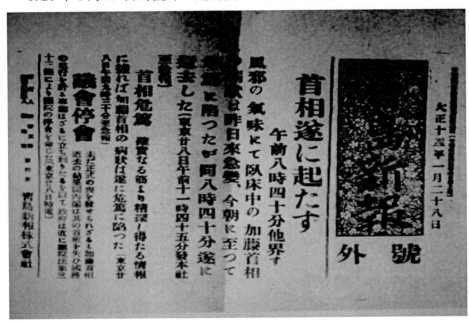

圖 5：《青島新報》號外

　　1933 年 3 月 21 日在《青島日報》出現過一則《青島新報》失竊案罪犯最終被逮捕的新聞，因原件污跡較重，僅能新聞空白處知曉，由日人開辦的《青島新報》曾在 1933 年 3 月 19 日被盜，被盜物品金額約洋元一千元，最終竊犯和窩主一同被捕獲。

　　在 1929 年 2 月 22 日的《青島新報》的號外中，曾發表過一則名爲《張宗昌動作如何》的新聞，之後青島總商會特地發表了一篇《關於青島新報報載張宗昌行動如何一文的鄭重聲明》，聲明指出「在本月二十二日（即日本昭和四年二月二十二日），青島新報號外日文內載總商會如何如何，純屬捏造……此等虛構之言，誠恐外間不明眞相，不得不鄭重聲明，除請商埠局能

像駐清日本辦領事交涉，並函限該報更正……中華民國十八年二月二十二日」

之後又有一篇《為青島新報內載關於本會之事純係毫無影響之事特請更正的公函》，公函寫到「貴報（本月二十二日）號外一件內載閱於本報之事純係毫無影響之詞合亟特請貴報自動以號外更正……並閱二十三日日報仍有不項之誤載請一併更正……中華民國十八年二月二十三日」

因原件缺乏，並未找尋到這篇號外，但從 23 日青島總商會發表的聲明來看，《青島新報》暫未對該虛構進行更正，且在 23 號的報紙中還報導了《張宗昌行動如何影響青島商務》的新聞，但公函仍指認該則新聞依舊不夠公正，認為是誤載。對此，《青島新報》最終在 1929 年 2 月 24 日的《大青島報》上進行了聲明，進行更正：

> 青島新報二十三日號外所載各項消息，現經本社特派記者調查，事實不符之處甚多。所謂青島總商會及掖縣同鄉會各界毫無何等關係，並遵日本官憲訓示，特此更正以明核實。
>
> 民國十八年二月二十四日
>
> 大青島報

從青島總商會接連發出的聲明以及公函來看，隨著報紙發展的日益成熟，人們已經意識到了報紙的輿論影響力，開始注重自身在報紙中的形象，對有損名譽的誤報信息十分敏感，並對虛構的信息有意識的加以更正。同時從時間上也能看出，此時報紙的時效性已經大大提高，在 22 日出版的報紙中出現了不實新聞，當日該新聞涉及到的主要對象就開始發了聲明進行更正，22 日誤載的新聞一出，當日便再發公函，一同要求青島新報社對這兩則新聞進行更正。最終迫於日方訓示，在《大青島報》上對該不符合事實之新聞進行了更正說明。

而且從搜尋到的資料來看，青島新報發生誤報情況已不止一次，青島各方各界曾多次發函要求《青島新報》更正不實報導，如青島市商品檢局發布的《關於青島新報報載「市黨部昨日復活」新聞一則採訪失實應以更正的函》、《關於為青島新報新聞欄有輸出大連商品徵收檢費內多處誤解請予更正的函》，青島地方監察廳的《關於青島新報所載法院不法處分稿件已更正給日本駐青領事館的公函》等。而《青島新報》更是因為報導不實新聞，遭到青島市特別社會局發訓令取締。

在 1929 年國民政府收回青島後，青島特別市社會局特發訓令取締《大青

島報》和《青島新報》，訓令上寫「大青島報及青島新報肆意造謠，言論悖謬反動已極敝部，深恐清惑眾聽，危害黨國，特提議常會決議函貴政府嚴屬取締相應函請貴政府轉飭所屬各機關，不得將通告啓事再送該反動報登載……中華民國十八年八月二十六日」。

但從查到的青島特別市公安局在 1931 年 10 月 2 日（民國二十年十月二日）發表的《關於抵制青島新報荒謬宣傳的訓令》來看，1929 年的取締《青島新報》訓令並沒有發生作用，這則抵制訓令又再次指出「青島新報迭次造謠挑撥，屢告不改，近復無端偽造新聞挑撥敝會與中央視察委員會劉紀文先生實數牯惡不脧荒謬已極……青島新報記載之荒謬，期飭使全市民眾一致抵制已過反動爲要……」。從各方發出的公函和訓令來看，《青島新報》報導不實幾乎已成常態。

《青島新報》中途曾停刊一次，而停刊的具體緣由，青島治安維持會會長趙琪發表的《青島新報新年特刊志言》中提到「黨國肆虐爲害中華，蔑棄舊有禮教，舉吾國五千餘年列聖之文化幾欲一蹴而摧毀之，以三民主義及馬克思主義等邪說爲欺世盜名之工具，有識之士及無辜黨派之報紙偶發表眞正民意之言論而遭暗殺者不可勝數……貴報發行於青島歷史悠久言論正大記載詳實……因受前市政當局焦土政策之影響曾一度停刊，今年一月間小谷社長返青島，諸位同仁本其偉大思想副刊以來，精益求精，銷路日旺，紙貴洛陽，不脛而走，實足以領導全市民眾而使之趨向於地方明朗之途際……貴報再發揚而光大之換起民眾，力謀中日之親善，早現和平增進兩國之福祉……」由此新年特刊志言可見，復刊後的《青島新報》立場不言而喻。

之後根據記載，在 1943 年，《青島新報》和《山東每日新聞》合併，報紙改稱《青島興亞新報》，合併後的社址位於上海路六號。

2.　《大青島報》

《大青島報》，日刊，英文報名爲 The Ta Tstng Tao Pao。報紙初在中山路，後遷至武定路。報紙的創辦時間一直存在爭議，《山東省志·報業志》、《青島市志·新聞出版志》以及《青島百科全書》記載報紙創刊於 1914 年，魯海的《老報故事》記載報紙是由 1915 年原中日文對照的《青島日報》分出來的。《近代日人在華報業活動》一書則寫到《青島新報》在 1925 年改名爲《大青島報》，同時戈公振《中國報學史》也記載報紙發刊日爲民國十四年，即 1925

年。而日本外務省解密的對中國新聞調查中寫到報紙創刊於 1915 年 6 月，且報紙屬於株式會社青島新報社。

根據上述資料的種種記載，可以說關於報紙創辦時間眾說紛紜。經實地查詢資料後，從《大青島報》發出的一封請求補助的信函來看，信函中寫到「創刊八年」，信末署名時間為大正十二年三月即 1923 年，由此可推斷《大青島報》的創刊時間應為 1915 年。同時在 1939 年大青島報社發出的《大青島報社請求補助的譯呈》中也有寫：「敝社自大正四年創刊以來，已達二十五年之歲月……」大正四年即 1915 年，如此可初步斷定，《大青島報》的創刊時間在 1915 年。

報紙社長為小谷節夫，發行人是守屋英一，總編輯先後有酈文翰、張海鼇、王效古，日人總編輯喬川濬，編輯有陳介夫、姬鐵梅、何東林、李萼等。

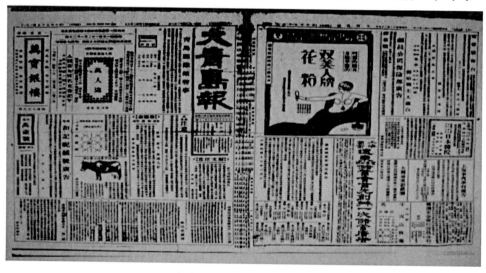

圖 6：《大青島報》

報紙社長小谷節夫是日本岡山縣人，為上海同文館畢業的學生，畢業後曾去上海、天津、濟南等地，後期來到青島，創辦《大青島報》。小谷節夫可以說是一個「中國通」，他能寫流暢的文言文和白話文，對中國歷史也頗有研究。小谷節夫曾當過吳佩孚的顧問，月支車馬費四百元，後來又當張宗昌的顧問，月支車馬費六百元〔註14〕。

〔註14〕市北區文史資料研究委員會：《市北文史資料·第 1 輯》，1989 年版，第 173頁。

鄷文翰，字洗元，山東濰縣（今濰坊）人，生於 1878 年，山東師範學堂肄業，後去日本留學，在留學期間，加入了中國同盟會，1919 年回山東，歷任《山東法報》總編輯，後任《大青島報》總編輯。前《膠東新報》編輯張海鼇因與鄷文翰私交甚好，也轉投至《大青島報》下。

陳介夫曾爲青島名人。其留學日本期間，受小谷節夫賞識，招入到《大青島報》並受重用，小谷節夫曾帶陳介夫去日本，並會見了當時的日本外相。陳介夫在《大青島報》任編輯的同時經營企業，後脫離報社專門從事企業經營，電視劇《大染坊》中曾有過關於陳介夫的情節。

李萼原名李種蔚，中學入讀禮賢中學，1923 年因反抗德籍校長蘇保志參加罷課鬥爭，與近百名同學一同離開學校。膠澳當局爲安排這些學生成立了膠澳商埠公立職業學校，李萼入該校，畢業後在《大青島報》任記者、編輯，又爲編輯部負責人。

報紙雖爲日本人創辦，但在創刊初期，報紙言論可以說是自由公正，報社內有很多愛國記者、編輯，社長小谷節夫曾買過有抗日言論的報紙，並且帶回去給報社員工看。報紙發行量不斷增加，報社也因發行量增加，而增加分社，以繼續擴大報紙銷量，如 1923 年 10 月 17 報紙曾在《青島晨報》上刊登開設分社的啓事：

> 本報出版伊始，茲爲擴充銷售起見，特在高密南門□□新設立
> 分社議處，委託單子鈺君爲經理，擔任通信，凡膠高諸各縣有訂閱
> 本報及登載廣告者均請逕向敝分社接洽可也。恐未周到，特此廣告。

《大青島報》中途於 1937 年停刊後，又在 1938 年日本第二次佔領青島時期復刊，在 1945 年終刊，是老青島發行時間最長的一份報紙。創刊時報紙發行量約 2000 份，復刊之後發行量約 4000 份，報紙復刊後的政治立場有所改變，1939 年《大青島報》社長小谷節夫請求補助的譯呈中除寫創刊時間外，還有提到「敝社自……創立以來……專以讚揚中日兩國親善與兩國文化之邁進，今爲貢獻新東亞之建設起見，圖謀充實內容，改良篇幅……」可見，報紙在復刊之後把重點放在了「新東亞之建設」上，報導傾向有所轉移，一些愛國記者也因此而離開了報社。

根據搜尋到的資料，《大青島報》早期原件並沒有得以很好保存，現青島檔案館保存有 1923 年之後的報紙。而從現存的《大青島報》進行分析來看，報紙一般日出八版，有時也會縮小至四版。在報紙第一版右側寫有豎排「大

青島報」，之後寫有該份報紙的主辦單位、出版日期，報社編輯部、營業部的電話，以及告示逢年節休刊。

在 1942 年，當時日本在太平洋戰場上連連失利，人力物力缺乏，生產運輸都成爲了問題，爲節約紙張，《大青島報》和《青島新民報》合刊，改名爲《青島大新民報》，並同時在《青島新民報》中刊登更名啓事：

> 青島新民報與大青島報統合爲一，改名《青島大新民報》。報費訂定每月一元五角，惟大青島報報費原訂一元二角，今後關於大青島報報費亦均按青島大新民報之定價（一元五角）收費，恐未周知，特此聲明。

再者各閱戶如遇有報差短送，或漏送情事時，請電詢二、二○六○電話可也，並歡迎直接訂閱，俾得享受充分便利，希各閱戶注意爲荷。

從檔案館現存的《大青島報》看，報紙社址位於青島靜岡町十四番地（今青島中山路），後期改爲青島山東路門牌號四十八號，報紙報首寫有廣告和訂閱價目表：

> ●本報價目
> ▲零售每份銅元五枚每月洋八角定
> ▲購半年每份大洋四元四角全年大洋八元
> ▲外埠每份每月加郵費大洋一角五分
> ●廣告價目
> ▲普通廣告按五號字起碼（每行十五字）
> ▲刊登一日大洋五角
> ▲特別廣告每行刊登一日洋一元起
> ▲有登錄商標及刊刻字號均按所佔地位計算，若長期登載，價
> 目臨時閱講〔註15〕

相較早期德佔時期廣告，經過長久發展，在日佔時期的青島工商業得到了一定的發展，而工商業主也意識到了宣傳商品的重要性，最爲直接的表現就是報紙中廣告類型變多，早期占廣告三分之二分量的洋行廣告早已不見蹤影。《大青島報》廣告所佔分量極大，除了特設兩版乃至四版專登廣告外，在刊登新聞版面的邊角乃至報紙中縫也常有廣告出現，且《大青島報》雖爲日人創辦，但並不受日本殖民政府的資金支持贊助，故而廣告就成爲其資金的

〔註15〕該價目摘自 1923 年 2 月 24 日《大青島報》。

重要來源，從報首的廣告價目到報紙各處充斥的廣告身影，由此也可以看出這是一份商業報紙。

從廣告排版來看，當時依舊是豎排文字自右向左讀，多數廣告沒有標點符號。偶而有廣告在廣告內容使用句號來進行詞語分隔，與現代標點符號的用法並不相同。

廣告排版樣式變多，首先表現為廣告標題已經不單單只限制於豎排文字，而是出現了橫排、傾斜文字的方式使報紙頁面更加美觀。其次，除了插畫、花邊來進行廣告說明外，照片已經開始在廣告中使用，極大增加廣告可信度。由此也可看出當時報紙印刷技術的進步。

從廣告類型來看，廣告以商業廣告為主，有招工、銀行、眼科、眼鏡、汽車、藥水、飯店、藥店、法律事務所、保險公司、照相館、啤酒、葡萄酒、影院、旅社、房屋變賣廣告等。而商業廣告類型的多樣也反映出當時青島人民生活需求多樣，一如眾多的電影院、劇院、體育會廣告的出現，滿足了基本溫飽之後人們已經漸漸傾向於尋求精神層面的滿足。

如文化廣告裏面的各種電影廣告：

1923 年 9 月 19 日的青島電影社廣告：

> 敬啓者本社準於每晚演放愛情滑稽實景及偵探各種歐美最有趣味之影片，時間每晚八鐘開演，十一鐘止。價目優等八角，頭等五角，二等三角，包廂每間二元五角，軍人幼童二等二角。地點在河南路廣西路交口，每逢禮拜三六更換新片。

1924 年 2 月 3 日影戲園廣告；

> 青島第一影戲園南海沿大飯店電影公司
>
> 陽曆一月三十一日二月一日二日
>
> 即禮拜四禮拜五禮拜六日準演（每晚九點開幕）
>
> 每星期日下午三點接蠻荒異怪並滑稽笑片
>
> 每禮拜更換三次新片，禮拜日禮拜二日禮拜四日更換
>
> 價目　頭等一元　二等五角　三等三角
>
> 三晚好戲開演
>
> ◎萬人迷（六大本）
>
> 叫看官心懷大暢不受迷處也受迷
>
> 使顧客神醉意蕩不消魂處也銷魂

環世知名影場著名花旦 笑柄濃豔

康士坦托梅姬女士串 情甘味美

◎苦女冒名充書記

▲此外加演小鬍子滑稽笑片

開肺腑破愁城之妙品

1924 年 8 月 21 日電影廣告：

平安開演中國影片

平安電影公司近則運到中國影片（好兄弟）於今晚起開演三天。聞是片係上海商務印書館出版為最近中國名片之一，其立意為手足之情勝過男女戀愛，不啻對醉心男女戀愛者予以當頭棒喝，至其背景多採取西湖名勝觀，是片後與臥遊西湖無異云。

當時就影院一項來說可供人們選擇的消遣方式就十分豐富，並且個影院播送的影片內容多樣，常換新片，既有國產影片又有歐美電影或基督教青年會電影，題材既有男女戀愛兄弟之情又有滑稽短劇偵探怪異，這就使得當地受眾對影片有一定的選擇餘地。而且除電影外，影院還在其中播放戲劇，滿足群眾的不同需求。

在影院價格方面，除了一般規定的頭等二等座位之外，影院還對軍人和兒童加以優惠，這也可以看做是當時社會文明的進步，更加關注個人權利。

在「平安開演中國影片」這則廣告中，影院開演影片《好兄弟》，在對影片進行介紹的還提出「不啻對醉心男女戀愛者予以當頭棒喝」，可以看到隨著清王朝覆滅中華民國的建立，社會風氣已相對開放。電影宣傳詞除男女情感外，還提倡兄弟之愛，並認為兄弟之情足以蓋過男女之情，這也可以看做當時社會風氣開放之下觀念的碰撞。在廣告末尾說明因為影片多採自西湖名勝，受眾閱片後會「與臥遊西湖無異」，這說明電影已經開始注重視覺效果，除了故事內容對電影取景也十分在意，影院正好拿此進行宣傳以吸引受眾前來，提高受眾的觀影感受，從中亦可看出受眾已經開始注意到了對電影的審美。

除了影劇院廣告，還有賽馬廣告：

春季大賽馬改期通告

敬啟者，五月九日為國恥紀念日，全市停止娛樂一天，故敝會特將是月原定賽馬日期改定如下：五月九日不賽，第一天改為十日

　　星期日，原定十日改爲十六日星期六，原定十六日改爲十七日星期
日，原定十七日改爲二十四日星期日，仍舊共四天。

　　各種票券概照上開日期順延，務請各界注意。

　　起賽時間每日下午十二點半掛牌起賽，一天賽十二次，搖統票
第一天每套二十七元，第二天二十七元，第三天（內附五元大香檳
票一張）三十元，第四天而是奇緣，四天一共一百十三元……

　　從賽馬票的定價可以看出，該項運動的參與者需有一定財力，並非面向
一般的市民群眾。而參加該賽馬運動也成爲當時上流社會昭示身份的一種象
徵。

　　文化廣告中還出現了一些招生、書局類廣告，雖然數量不多，但從中也
可看出新式教育開始流行，人們開始注重教育的獲得。招生類廣告既有女子
中學、初中、外國語等的一些普通學校，也有一些諸如西服講習、機器縫紉、
養蜂、鐵路學院、國醫等的職業學校。尤其女子學校的出現，使女性受教育
者相比以前大幅度增加，而該類受教育者也成爲了報紙的潛在受眾。

　　與人們衣食住行相關的商業廣告也凸顯了西式文化的入侵和審美風氣變
化給青島地區居民帶來的影響。

　　各種旅社、汽車運輸、輪船航行類廣告爲人們出行提供了方便。旅社類
廣告大多宣傳本旅社環境優美、地方寬大、擁有西洋器具、價格低廉並且會
在冬日供暖，提升顧客入住體驗。汽車輪船類廣告都會登載汽車發車時間、
輪船出帆時間，尤其是從德佔時期就開始規劃的道路交通體系，到日佔時期
該體系運營發展的更爲成熟，汽車輪船目的地也從青島本埠山東內地一直延
伸到到海外，方便居民出行。現簡單摘錄 1923 年 2 月 24 日「大連輪船公司
青島出帆廣告」：

　　榊丸　開往上海　二月二十日前九時入口　二月二十日後四時出
口

　　益進丸　開往上海　二月二十四日入口　二月二十七日出口
……

　　海州丸　開往石臼所　欠航

　　西京丸　開往大連　二月二十一日入口　二月二十一日出口
……

　　箚幌丸　開往門司橫濱　二月十三日入口　二月十八日出口

……

神戶丸 開往門司神戶大阪 二月十六日入口 二月十九日出口

……

在衣物穿著方面有了歐美毛呢廣告、專門的綢緞廣告、帽子廣告，以及為了吸引顧客特地標出的獲得大連博覽會金牌的棉布廣告等。

1924 年 2 月 3 日的「青島和記呢絨號廣告」：

啓者，本號開設山東路中華電報局南首第二家，迄今二十年專辦歐美名廠高等材料花案，嗶嘰純毛花呢、各色直貢呢、華達呢、駝絲錦、赤甲丁海虎絨、駱駝絨、橡皮雨衣、各色毛絨毛線、異樣西式紐扣，代理寧波立興廠各種純色毛手套、毛襪、圍巾、暖肚小人絨、帽羅宋氏毛線暖帽等花色繁多，不及細載前，倘蒙賜顧，無任歡迎。

本主人敬白

1931 年 4 月 19 日「巴拿馬帽廣告」：

時興流行 模造巴拿馬帽

敬啓者，敝社自選模造巴拿馬帽以來頗蒙各界紳士淑女歡迎購用，惟模造巴拿馬帽均選上等材料編製，樣式時興，美麗可觀，永不變色，如有垢塵時，無論何時皆可曬洗，絕無鄙陋之觀。對於旅行攜帶尤為便利，非同他種帽可比，誠於理想中之妙品也……

同時該則廣告還附上帽子圖式供讀者參考，具有很強的直觀性。

由上可以看出，當時的衣物商業廣告中，既有原料布匹又有成色的大衣、帽子，在穿戴方面可供人們選擇的範圍有所增加。先前洋行廣告中僅售賣布料的現象已鮮少存在，受西式文化的影響，在生活水平提高的條件下，人們開始注重自身衣物外在美。此外，還出現了洗衣部廣告，這也是人們關注服飾衛生以及生活水平提高的表現。

而各種西式飯店，採用歐美風格裝飾餐館的出現也能體現出青島所受的西式文化影響，飯館食物除了一般的中餐、西餐外也有了日本飯菜乃至高麗菜、朝鮮料理。

1924 年 2 月 3 日的「千代春高麗館經營餐館廣告」：

啓者，本館自開設以來，多蒙各界賜顧，心感難銘。今為擴充應時營業起見，大加改良，除日本飯菜意外，新由高麗本國招來新

妓十名，伺候周到，無論高麗飯菜中國飯菜無不齊備。內中設備完
全便利非常，擇於十二月一日開始營業，屋內並設娛樂品以添趣清，
如蒙惠顧駕臨，一試即知言之不繆也。

該則廣告在最末還畫出了餐館所在的路線圖，雖然簡便，但更為直觀，
讓報紙受眾對餐館所在位置一目了然。

除此之外還有一些月餅、糖果、罐頭食品、牛奶、果品等的小食品，以
及雪茄、官燕、洋酒一類的奢侈品，如此種種亦可看出當時青島地區人民消
費水平有了一定程度的提高。

其中青島啤酒可以說是《大青島報》忠誠的廣告客戶，幾乎每期報紙中
都會看到青島啤酒的身影。而在做廣告時，青島啤酒的廣告也十分簡潔，僅
畫有一副躺在沙發上喝啤酒的插圖，並且啤酒還溢出了啤酒花，而後在旁寫
上「青島啤酒」四字。雖然簡單，但著重宣揚出了青島啤酒的品質。

圖 7：《大青島報》「青島啤酒」廣告

德佔青島之時將德人和華人生活住處相分割，曾施行「華洋分治」管理
方式，目的之一就是為了保障德人健康，不受「不衛生」華人的傳染。而隨
著國門漸開，西式文化傳入，國民觀念逐漸進步，人們也越來越講衛生，注
重個人健康。

　　青島濰縣街同裕和食品號直接從衛生角度發表了一則有關「衣食住」的聲明：

　　　　我國人口於衛生初不講究，此無他習慣使然，自歐風東漸凡明達，士無不急起直追以圖強身，蓋衣者所以避體，若過積穢污，不但外觀不雅，即衛生上亦大有不宜住者，所以圖安適也。顧窗戶宜多俾便清入濁出，以上兩者雖於衛生上必要之務，然屬身外惟飲食關於身內，故較諸濁外尤為重要，然自製食料可以隨時留神，往往有現成買來而食者倘遇□□□之不括食之等，無不悉心研究清潔販售品，亦隨時查看一切黴腐即行。如出此辦法，敢圖利實為公共衛生起見，各界注意是幸。倘蒙賜顧尤為感激。

　　除了食品外，還有一些澡堂、藥品、化妝品廣告正好可以證明人們越發注重個人健康，開始注意保持個人衛生。

　　1923 年 9 月 13 日「潤發塘改良廣告」：

　　　　敬啓者，本塘開設以來，深蒙各界惠顧，趕集莫名，茲又大加改良，創設樓上池塘、女客盆塘，另雇女婢接待女客，特別修理上等房間，文明剪髮，花露香皂一應俱全。凡電話風扇各種茶葉任客檢用，至於招待人員伺候周到。現已修理告竣，業經開張由濟南聘請婢媼梳頭修面搓背，各進義務特祈士商惠顧，無任歡迎。

　　　　本塘主人陳培武謹啓

　　　　電話一五四七番

　　1923 年 10 月 4 日「日本賣藥株式會社出張所廣告」：

　　　　本所由東京分設青島，歷有數年信用，堅實聲譽，各著一凡

　　　　醫療藥品　工業藥品　化妝藥品　醫療器械　衛生材料　化學器械物理器械　昭種標本　置備俱全　如荷惠顧一體歡迎此諮日本買藥株式會社青島出張所

　　　　青島山東町二番地

　　　　電話一五二一番

　　1923 年 2 月 24 日「山東共合藥房廣告」：

　　　　啓者，本藥房新到德國各種香皂，物美價廉，零售批發，價值格外克己，望各界光顧是幸，特此布告。

　　　　青島山東共合藥房啓

1925 年 10 月 9 日「寅屋大藥房本號經營各種貨物業務廣告」：

　　青島膠州路西頭山東路轉角

　　寅屋大藥房本號

　　電話九六七番

　　營業品目

硝酸銀　樟腦油　酒石酸加里　那鳥留母　安母尼亞水　過酸化曹達　硫酸強水□酸強水　次亞硫酸曹達　矽　酸曹達　硝酸（強水）醫療藥品　醫療器械　衛生材料品　蓚酸　火酒　頭痛膏　水醋酸　工業用品　各種染料　電器匣子　起死回生靈寶丹　其他尚有東西兩洋藥品批發零售蓋不克己　黑明磨　樟腦丸　重衣酸　青酸加里　石膏

1924 年 8 月 27 日「雙美人牌香皂廣告」：

　　　　經驗四十餘年，更又加意研究，用最新之良法，所製造香皂也，

　　絕不侵皮膚，真天下之憂品也。

　　　　請用雙美人牌香皂，就皮膚嬌嫩增豐潤；

　　　　請用雙美人牌香皂，就皮膚顯自然之優美；

　　　　請用雙美人牌香皂，就皮膚上永留可愛的香味兒

1941 年 10 月 5 日「雙美人牌化妝品總行業務廣告」

　　　　芳香馥郁，細膩滋潤。

　　　　雙美人香蜜粉不但有十分的潤肌香粉之效，兼有雪花膏的作用，所以能抵抗日光暴曬，同時還可以防止斑點粗皺。若常用雙美人香粉準可保持肌膚柔潤不失自然的健康美也。

　　此外還有《雙美人牌雪花膏》、《雙美人牌牙膏牙粉》、《伯慶生毛髮香水》、《中央皂廠椰子香皂》、《三環香皂總行藥品部》廣告等。

　　同時為減少疾病困擾一些醫院還開始免費種痘，推廣預防疾病的重要性。

　　這類廣告都極大向群眾宣傳「衛生」觀念，同時講出所售商品物美價廉，在公眾講究衛生的時候不會受資金問題困擾，而民眾在這類紙質媒體的宣傳影響下，也會逐步大範圍養成講究衛生的習慣。

　　藥店售賣的藥品種類多樣，各種化妝品也是陳列在目，並且藥品和護膚品都大量採用圖片進行說明產品，如「仁丹」保健藥品，則是一位少女舉起「仁丹」的圖式，形象十分鮮活，而護膚品廣告，如雙美人牌系列多採用美女圖片，吸引讀者注意力。同時需要提出的是，化妝品、服飾廣告的受眾主

要為女性，因而從當時眾多的化妝品以及服飾、洗衣部廣告中可以看出報紙已經有了一定的女性讀者，這也是當時女學教育興起，女性識字率上升的表現，廣告主開始注意挖掘女性這一消費群體，增加銷售。

圖8：《大青島報》「仁丹」廣告

此外還有單獨治療耳瘡、眼科疾病、戒煙、牙疼、咳嗽、胃痛、頭疼的廣告，以及一些治療花柳病、婦科病的藥丸廣告以及醫院、診所、醫師廣告，其中不少廣告更是打出了有西醫、醫科博士坐診的消息招攬患者：

美國牙科醫院畢業，牙科博士卓景生敬告開診

專治一切奇難牙患，口腔外科新藥注射，拔牙無痛……治療時

間上午十時至十二時下午二時至五時止，診所裏村路四十九號中國

青年會對面（註16）

―――――――――――――――――

〔註16〕摘自 1927 年 11 月 2 日《大青島報》。

　　值得一提的是在《大青島報》上做醫療廣告的不僅存在於青島本地，還有濟南、北京的藥行廣告主也在該份報紙上做藥品廣告，宣傳自己。

　　而在這其中也有一些藥品廣告含有誇大成分，一副所謂「起死回生靈寶丹」，實爲助消化、解胸悶、治頭痛、酒醉的保健性藥品。

　　金融類廣告所佔的廣告比重也是很多，此類廣告內容多爲銀行儲蓄、貸款，如橫濱正金銀行、河南省銀行、交通銀行等。除銀行類廣告外還有保險業廣告，保險類主要分爲人壽保險和水火保險，此類廣告大多號稱自身「收費低廉、賠款迅速」，以及在各地都設有分公司，以此來證明自己「信譽良好」。

　　《大青島報》是在日佔青島時期創辦的一份報紙，在日佔時期，青島地區的民族工商業雖然有所發展，但還是被日本殖民政府壓榨，爲發展民族工商業，號召群眾支持，《大青島報》雖爲日人創辦的報紙，但也刊載支持國貨的廣告，分量雖然不多，但也可窺探出當時民族工商業想持續發展的願望以及民眾愛國情感的迸發。由此也更能看出《大青島報》是一份商業報紙的初衷。

　　1925 年 10 月 9 日的國貨廣告：

　　　　諸君注意國貨

　　　　濟南泰康公司

　　　　鳳尾魚　油燜筍　黃花魚　鮮竹筍

　　　　經理北京雙合盛　五星啤酒　五星汽水

　　　　駐青泰康公司謹啓

　　每期的《大青島報》都會登載啓事，這類啓事多爲個人性質廣告，如遺失聲明、尋物、更正名譽、鳴謝、慶賀開幕等，同時《大青島報》還特別開闢有天氣預報、汽車輪船時刻表、警察廳、檢疫局發表公告的專欄，一些尋人廣告也多在此類別發出，一如 1925 年 1 月 11 日中國共產黨山東黨組織創始人之一王盡美就曾在此報紙刊登啓事：

　　　　敝人此次來青，因無適當住所，致於各界接洽諸多不便，殊深
　　　　抱歉，現與國民會議促成會籌備處商妥每日下午二時至五時，假李
　　　　村路二十九號神州大藥房內三層樓上，該會會所招待各界，如有以
　　　　國民會議事見論者，請屆時駕臨爲盼。

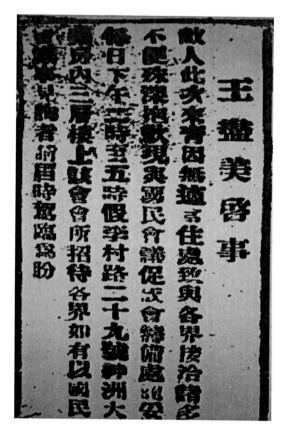

圖9：《大青島報》「王盡美啟事」

王盡美，原名王瑞俊，1898 年 6 月 14 日生人，是中國共產黨創始人之一，同時也是山東黨組織最早的組織者和領導者。1922 年作為中共代表之一參加了共產國際在莫斯科召開的遠東各國共產黨及民族革命團體第一次代表大會，會議期間，列寧曾接見中國代表，1924 年去廣州出席了改革後的國民黨一大。而王盡美此番來青，是以孫中山指派的特派員的合法身份公開出面活動，宣傳和籌備召開國民會議的工作。王盡美一方面和青島黨組織的鄧恩銘聯繫與早年來青的鄧恩銘一起，宣傳召開國民會議的重要性，另一方面又跟國民黨左派人士魯佛民聯繫，以國共兩黨組織為核心開戰活動。

該則廣告刊出後，根據記載，青島各階級，各階層，各團體前來拜訪和諮詢的人每天絡繹不絕，王盡美耐心傾聽來訪人士的問題，並向其詳細宣傳召開國民會議的目的、意義，有力促進了國民會議運動在青島的開展。之後王盡美又在中國大舞臺電影館和膠澳中學舉行的會議上演講，擴大了國民會

議宣傳。而在宣傳國民會議的同時，王盡美還和鄧恩銘一起領導了青島地區的膠濟鐵路工人運動。

同期，在廣告上出現的還有律師事務所和律師個人所做的廣告，該類型廣告的出現可以看出當時人們法律觀念的增強，開始注重保護自己的合法權益。不僅個人開始雇傭律師，商業行也開始雇傭法律顧問，一如《律師周昼業受任楊君予瑚常年法律顧問通告》、《律師盛家良受任愛世開洋行法律顧問通告》、《王繼興大律師事務所承辦訴訟案件及辦理契約登記廣告》等。

在當時因爲物質技術的發展，攝影開始在本國流行，並被群眾逐漸接受，人們開始進照相館進行拍照留念，學習攝影技術。這一時期照相館廣告也常出現在報紙中，且廣告詞多樣，在向讀者傳播照相新知識的同時也引起讀者照相興趣：

柯達攝影術

「設能拍成照片又當奚若」，近年來，君發此言不知幾次矣，君每次欲將園中景致、運動場、朋友及遊蹤所到之處中途相見之友，永留鴻跡，今可務必悻悻。然曰「設能拍成照片又當奚若」，君可用科大鏡箱，將所愛之景致拍成照片，須知科大鏡箱在半點鐘內即能學會也。

請用柯達鏡箱留快活

鏡箱上有自寫之特色者，惟柯達鏡箱而已，用柯達鏡箱攝影能將時日事實寫於軟片上，就請近向柯達經理人索閱最新式柯達鏡箱，外埠未設經理處，請殷實商號爲經理人。（註17）

除柯達售賣攝影器具的廣告外，還有諸多如宣傳可在「櫻花怒放」時節同友人攝影留念的生明照相館，「添設兩萬燭白熱光電，無論陰雨夜晚均可照相」的高橋照相館，提出新年要多吸收新空氣換上新衣服來館進行拍照的華德泰照相館等。無一不提醒讀者要多多攝影留念，以展現精氣神。

此外還有五金商行、招生、書店、機械製造、煙草等廣告。

《大青島報》雖然作爲一份商業報紙，廣告所佔比重較大，但同時未忽略新聞的登載，且兩者相比，新聞所佔份額比廣告更多。

從新聞的版式來看，新聞從右向左豎行排列，沒有標點符號和署名。每條新聞的主標題由●或○表示，副標題則用▲進行標注，同時還會選擇性添加

〔註17〕摘自 1924 年 3 月 16 日《大青島報》。

照片，對新聞內容進行解釋說明。此時《大青島報》已有具體的分欄，排版緊湊，每個分欄用豎線、雙豎線、方框或者花邊分隔，進一步美化了版面。而且在第一版廣告專版之後，報紙早期第二版報首右上角常刊登報社各類啟事，之後再依次陳列「命令」、「社論」、「國內專電」、「國外專電」、「時事新聞」等欄目，根據現有資料，最晚到 1935 年，《大青島報》排版才將「本埠新聞」放在第二版首位。

圖 10：《大青島報》新聞專版

報紙報導新聞內容較雜，既有民生性新聞又有政治性新聞，但主要是以政治軍事新聞為主，鮮少涉及經濟類新聞，也未開設經濟行情的專欄。

從新聞來源來看，《大青島報》的新聞來源廣泛，既有來自通訊社、訪員採稿、自由投稿以及國外通訊社的電報也有各地通訊、官方發布的布告命令、摘自其他報紙的新聞。其中，《大青島報》在本埠並沒有訪員，為此《大青島報》還特發啟事進行聲明：

> 本報之本埠新聞統系各處自由投稿，並無專訂訪員，倘有假借
> 本報名義，在外招搖者請勿為所愚，此啟。〔註18〕

在版面內容上，《大青島報》新聞專版約有四版，且新聞版面並不固定，主要有「時事要聞」、「各省新聞」、「本埠新聞」、「各埠通信」、「本省特載」、「世界要聞」、「本省新聞」、「緊要通訊」、「國內專電」、「國外專電」、「命令」、

〔註18〕摘自 1941 年 2 月 3 日《大青島報》。

「社論」、「時評」等欄目，以及「雜俎」、「靈囿」副刊等。

「時事要聞」在《大青島報》中一般分成「時事要聞一」「時事要聞二」兩欄進行登載，其內容多為現在國內發生的各大時事新聞，並且政治性強，基本無社會新聞。現簡單摘錄 1923 年 2 月 24 日「時事新聞一」的新聞標題：

《張揆之統一計劃　聯孫岑化除隔閡　孫中山反閻目的》

《元旦之特別閣議　討論議題約有三項》

《眾院之緊急會議記　為金佛郎付法賠款問題》

《吳佩孚最近之態度》

《重慶會議中川局》

《禁土會反對鴉片》

新聞中提到的吳佩孚、孫中山及金佛朗案都和當時發生的事件緊緊相關，吳佩孚鎮壓的京漢鐵路大罷工，孫中山的聯俄政策以及由賠款衍生出來的金佛朗案都是當時民眾所關心的大事。

「本省新聞」報導山東省內消息，內容既有政治時事，亦有社會新聞，總體而言其政治性不強。該欄目新聞多來自於各地的信函，且在該欄目的排版方面，報紙會先將新聞發生的地區列出來，然後再統一報導新聞。如同期的「本省新聞」：

濟南

《女子教育之危險》

《省議會制開會期》

《頒發各屬獎懲錄》

《津浦路布告商旅》

《警察禁青年吸煙》

《夏曆節中之火警》

《春節中之大講演》

《濟南市政新規劃》

……

諸城

《保衛專餉之困難》

《肘腋下發生劫案》

牟平

《盤格莊匪徒可疑》

平原

《將創辦牧雞公司》

「各省新聞」則是報導除山東省以外其他全國各地發生的重大新聞，依舊傾向於政治和軍事方面的報導。同時《大青島報》會在「各省新聞」這一欄目的新聞標題中標注各新聞發生的地點，如 1924 年 1 月 11 日「各省新聞」：

《渭南縣官逼民變（陝西）》

《新年之後開封要聞（河南）》

《湘省西南兩路戰事（湖南）》

《贛南消息日形緊急（江西）》

後期《大青島報》便摒棄了這種在「各省新聞」標題後注明地點的做法，轉而先標注新聞發生的市，再報導在該地發生的各類新聞，有時會詳細列到該市的下屬區縣。

「本埠新聞」多採自膠澳通信社、青島日新通信社的消息，除此之外鮮少注明新聞來源，內容單敘述在青島地區發生的各類新聞事件，政廳布告不在此欄目登載，現簡單摘錄 1924 年 8 月 21 日「本埠新聞」：

《督辦署取締雞卵油質》

《平民教育演講詞》

《德艦運到大批軍火》

《教練所實彈練習》

《青年匯各校已開學》

《日軍艦二十二日出港》

《海軍派員聯袂西上》

《水警又查獲販槍犯之快聞》

《膠路修改輔幣貼水辦法》

《商會之怪現象》

《港局大宴官紳盛況》

《建築天橋之又一聞》

《平安開演中國影片》

《大概是有精神病》

《飼犬傷人》

從新聞標題可看出，「本埠新聞」涵蓋內容眾多，既有政事新聞又有社會新聞，讀者不僅能知曉青島地區政府官方政令、雜事，也能閱讀可以當做消遣的社會新聞。

「各埠通信」是採自全國各地的通信，一般為這類通信來自比較發達的地區，如上海、天津、哈爾濱，欄目並不固定出現，相對比「各省新聞」，「本埠通信」所報導的新聞內容與其大抵類似，且多戰事新聞。「世界要聞」內容一般源自路透社電報，時效性不強，早期「世界要聞」同路透社發電時間之間約有四到五日的時間差，對日本的新聞報導最多，如 1923 年 10 月 5 日的「世界要聞」刊登有《希臘抗議大使會議決議案》、《萊茵地黨徒擾亂》、《日皇儲遊歐日記出版》。

以上兩個欄目政治性所佔版面不大，但足以供讀者瞭解國家內外的大事。

「命令」則是刊登各種官方發布的大總統令、攝政命令，在北洋政府被推翻後，該專欄也不復存在。「本省特載」一欄並非固定欄目，內容約為報館訪員所寫，如 1923 年 2 月 24 日「本省特載」的《春節前後山東政聞》在報導開頭寫道：

> 腰鼓聲催爆竹連響，舊話中所謂一歲除矣。各機關按照春節定
> 例放假休息，各報館亦均停刊，此數日內無所事事，茲就見聞所得
> 記述三焉。距今數日前……

「國內專電」多來自於上海、北京、天津地區的電報，內容精練短小，每則電報不超過 45 字，時效性不強。如 1924 年 8 月 21 日「國內專電」：

> 《蘇浙形勢漸吃緊》（上海十三日發電）
> 「嘉興湖州松江龍華一代已有蘇探蹤跡」
> 《派員查邊陲礦產》（北京十九日發電）
> 「農商部派地質調查處員趙進才調查邊陲各地礦產」
> 《唐蕭王均已返鄂》（上海十九日發電）
> 「唐生智、蕭耀男、王汝勤均已返鄂，唐有充任湘軍援粵總指揮說」
> 《擬宣布蘇浙真相》（北京二十日發電）
> 「軍事處擬宣布浙軍行動防近況真相，擬派幹員往探」
> 《航空署注意京寧》（北京十九日發電）
> 「航空署以東南金風雲如此，京滬航線有其他關係特起辦京寧

飛航聘美國飛航家為駕駛主任」

《鄂皖豫聯合剿匪》（漢口十九日發電）

「鄂皖豫三省因皖匪猖獗特組聯合討伐隊，以靳雲鶚為臨時總司令」

以上六則電報，發電時間既有十九日也有二十日，甚至有十三日，可見受限於當時通信技術，報紙暫時還不能接收實時電報。

「國外專電」相比「國內專電」，並不固定出現，電報多來自美國華盛頓、日本東京、英國倫敦等地，時效性也是不強。

之後隨著通信技術的發展，《大青島報》逐漸將「國內專電」、「國外專電」合為「電報」一欄，內容囊括國內外專電，且電報時效性大大提高，不論國內電報還是國外電報，其電報接受日和報紙出版日之間多數僅有一日之差，且收報方式除有線電報外，還有無線電。如 1928 年 9 月 14 日「電報」標題：

《京奉路上之戰況》（天津十三日電通）

《直魯軍之窮途日暮》（大連十三日無線電放送）

《唐山附近變成活地獄》（北平十三日電通）

《唐山附近秩序恢復》（天津十三日電通）

《直魯軍之善後》（奉天十二日電通）

《華蒙交涉決裂》（哈爾濱十二日電通）

《差等稅率表製成》（南京十三日電通）

《美國對華南京案交涉絕望》（上海十三日電通）

《國際法典化運動》

《駐華德公使歸國》（北平十三日電通）

《日本航空運送公司之開幕》（東京十三日電通）

《朝鮮北部之水災》（京城十二日電通）

此外，《大青島報》還有評論欄目，一如「時評」、「演說」、「社論」等。評論文章涉及內容廣泛，文章針砭時弊，言辭犀利。

如反諷社會道德缺失：1926 年 3 月 19 日「漫言」《祀孔》

在這土匪橫行，豺狼滿野的社會裏，只要鼎拜盜跖。至於孔子，是什麼東西，抬出他來，只好把這如火如荼的大舞臺，弄得無聲無臭，豈不寂寞，豈不平淡。

　　有人說孔子，得祀的，不祀孔，向哪裏找衣服好的面具戴。沒有面具，便露了馬腳。現下無論偉大人物，偉小人物，都是聖人其面，而盜跖其心。不然，便不足以稱爲人物。不祀孔子，直接是向臉上撒灰……還是把孔子抬出來，用他的忠恕、精神、作救、□能，今日是祀孔的日子，望祀孔的人，看實想一想纔好。

痛斥當權軍閥：1924 年 4 月 19 日「時評」《因果報應》

　　因果報應，談者多指迷信，其實種瓜得瓜，種豆得豆，有何因即有何果，固循環之理也。今之當權軍閥，其勢竭誠炙手可熱也，但就彼平日行爲觀之，所種惡因在乎皆是，惡因既多，焉有善果。軍閥末路，必有不堪，想著，若輩今日之猶得橫行，殆彼惡果尚未滿盈耳。

對軍閥混戰的評論：1924 年 9 月 9 日「時評」《國民應有之覺悟》

　　江浙戰事，形式日漸擴大，反直派與直派之爭，將來必演成事實矣。

　　直派之行爲不良。固已不可演示，但反直派之以往成績，亦在難滿人意，是以此次戰事，無論何方勝利，皆難望彼爲國家造福也。

　　惟經過一次戰爭，吾民即受一番荼毒，軍閥爲國民公敵，當爲婦孺所公認矣，吾民欲長受軍閥魚肉則已矣，如不欲受軍魚肉，其急起自衛，謀國家根本改造之道也可。

還有同時的「社論」《說討》也就江浙開戰一事發表見解：

　　今江浙已實行開戰矣，誰勝誰負，局外人固不敢臆斷。然勝者固不得爲是，負者亦不得爲非也。負者亦不得爲是，勝者亦不得爲非也。若徒以紙面上之文章，而欲將自己罪惡，刷洗淨盡，更將一切罪名，悉加諸他人之身，嗚呼可。

　　嗟乎，蘇齊浙盧，皆武夫耳，只知發電討人，而竟昧討字之意義，豈不貽笑大方耶。余不責齊盧不識字，不能不責齊盧幕府之無人。

對民眾罷工之事之的研究：1925 年 1 月 16 日「社論」《預防同盟罷工之研究》：

　　今欲防罷工之事情，必先究罷工之原因。其間所謂複雜，而總不外乎資本家之意思及設施。每與勞動者相反，故勞動者有所要求，

彼爲資本家者，不但不體察其谷中，反出財力結合之氣勢，以抑制之，終引反動……故罷工一事，人皆歸昇於勞動者，吾獨實備於資本家，請關以下列諸原因，可以明瞭矣。一曰利益不消，凡資本家與勞動者，因分配不均之故，往往而起紛擾……

對官員變動的評論：1925 年 1 月 11 日「演說」《我對宋先生的責言》：

我看這幾天的報紙上都重痛責路局的不是。因爲他任免員司，很是不公。那有很大功勞的，也礙不住撤查，素日舞弊路人皆知的，也礙不住提升，所以人言嘖嘖，大抱不平。不過關氏初次到任，不知底悉，受了他人蒙蔽了吧。怎麼說呢，想朱氏在濟南的時候，曾和宋某立的條件，大概是人人都聽見了的。不料想宋某只爲葭上兩個半人，朱氏可就得了手啦。老宋呀，你豈不是貪一點兒些小的利益，就把山東人都發了行嗎……我不是給關氏原情，因爲關氏初次到局視事，素日和各員司們無恩無仇，決不能沒來青島以前，就先定下撤換誰人，並提升哪個……我想魯籍的處長，撤的撤，辭的辭，膠濟路局造成了朱派清一色，哈哈，朱氏當然就心滿意足……

預防同盟罷工和對宋先生的責言兩篇評論文章所提到的關氏即新任膠濟鐵路管理局局長關澤，在其新任伊始同副局長朱庭祺一起撤換了魯籍人員，遂此惹得各界反對，由此引發了膠濟鐵路大罷工，罷工最終以撤換關朱二人職責而告終。同期國內其他大報如《晨報》、《大公報》、《民國日報》等皆刊登了與該次罷工相關的新聞，如《晨報》刊登有《膠濟路裁員風潮益趨激烈》、《膠濟路風潮難解決》、《膠濟路罷工風潮解決》等新聞，《大公報》刊登有《膠濟路局長向沿線員司之通電》，《民國日報》刊登有《膠濟路罷工經過及救濟辦法》等文章。

而在第一次鐵路罷工解決後，四方機廠因工資待遇問題又擬行二次罷工，對此青島本地報紙《中國青島報》和《青島公民報》均刊登了相關新聞，報導該事後續。

《中國青島報》於 1925 年 4 月 7 日刊登一則《機廠工會之籌款聲》新聞，新聞指出工會決定籌得款項，使財政充足，儲蓄備用，一方面可以辦理種種有益善舉，另一方面可以抵禦當局的一切不良對待，由此爲罷工做準備。

《青島公民報》在 1925 年 5 月 3 日刊登的《路局隱弭工潮之計劃》中報

導了爲解決四方機廠的二次罷工膠濟路局所提出的辦法：

> 日前，膠濟路四方機廠工人等，以各處工潮四起，又借勢要求
> 當局，按照交通獎勵定章。自接受後，頃又據路局機務方面消息，
> 該局機務處長孫丙炎氏，自經各工人要求加資後，以鑒於現時民氣
> 膨脹，本埠各工廠工潮四起之際，對於該機廠此次要求，大有驚工
> 之勢。爲防患無形□，昨特據情呈周副局長，提出局務會議。聞最
> 後議決辦法，按照沿線各段工人等資格年限，一律分別酌加。大約
> 月薪者，自二元至五元，日薪者，自二角至五角，以示優遇，而防
> 隱患云。

但最終根據《第一次中國勞動年鑒》記載，四方機廠的工人罷工最終因工人和工會之間要求相異而消逆，而由此罷工引起政府派兵鎮壓，造成「青島慘案」震驚國內。

同時在新聞欄目上，《大青島報》曾新增有一欄「滿訊」，其產生時間最晚可至 1935 年，該通訊欄主要報導東三省新聞，如 1935 年 12 月 27 日《大青島報》「滿訊」新聞標題：

《滿洲政府爲撤銷治外法權正進行編訂六法》
《新京爲謀研究植物便利　明春將修大植物園》
《滿洲拓殖會社籌備完竣　召開成立委員會》
《阿城社會教育成績甚好》
《新京自治委員會改選》
《日滿軍人會館　工程日内完竣》
《遼中開辦金融合作社　貸款者極踊躍》
《奉天市協和分會舉行開幕典禮盛況》
《滿洲準備是幸徵兵制度　募集志願壯丁編軍》
《前菲律賓副總督在滿發表講話》

《大青島報》的副刊刊登的文章主要以消遣性文字爲主，可以說充分履行了副刊的職能。

副刊「雜俎」下設「文苑」、「小說」、「諧著」、「考據」、「社會常識」、「家庭衛生」、「社會明鏡」、「職業教育」、「笑林」、「經濟」、「法制」、「遊記」、「家政」等小欄目，每個欄目不定期出現。與新聞欄目不同，副刊中的文字，除標題外，每一個字旁都標有標點句號，藉以標示斷句。

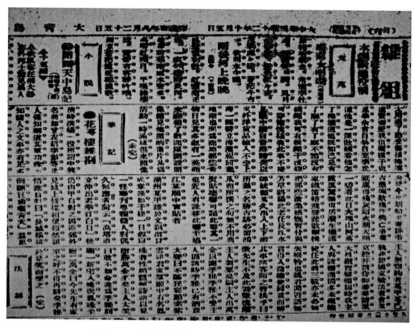

圖11：《大青島報》副刊「雜俎」

　　而從 1924 年 4 月 18 日「雜俎」副刊「家政欄目」中，有一篇名為《為妻者須知》的文章，作者在文章開頭寫明自己從西文雜誌中讀得有為妻者須知一文，認為其文簡意精，所以特進行解釋以便公知。靜坐著翻譯為妻者須知一共七條，要求為妻者要知道子女受家庭教育的重要，要在丈夫不快時予以安慰，丈夫的要求要先滿足，要維持家庭平靜，保持房舍清潔，在丈夫失意時曲言相勸不激怒等，如此種種亦可看出當時的婚後女性地位，而從文章來源看，作者說自己閱讀「西文雜誌」看得此文，由此可見在當時西方社會女性地位並沒有很大提高。

　　「雜俎」副刊中「小說」、「文苑」、「遊記」、「笑林」等專欄登載小說、散文、詩歌、笑話，小說多為連載的武俠傳奇類小說，篇幅較短，根據現有資料並沒有在連載的小說中查詢到名家之作。「諧著」主要刊登一些詼諧雜文，有時刊登的文章偶有時評的味道。1924 年 1 月 13 日《與墨盒談話》：

　　　　墨盒汝又來乎，汝自去歲飛上□臺，為王議員接去，此後韜光
　　匿彩，不觀汝面者經年矣。今又來乎，別來無恙耶？尤憶汝在議場
　　中，風頭者數數矣，只以汝每□議論紛呶之際，亂飛亂擊，不辦黨
　　派人多疑汝，態度不明究竟事齊事楚，莫可指定，遂訾汝外雖精明，

內實渾濁徒供人搗亂之具耳,何意必事,今突於議長問題爭執不決
之時,挺身而出,瞥然一擊不與他人而獨於議長,汝之態度至此,
遂大明瞭。夫議長之任期應延長與否,議長之資格存在與否,議員
諸君舌爭已久……

文章以虛擬和墨盒對話的方式諷刺當局控制言論,不教他人發表意見的
現象。文字輕鬆幽默,卻針砭時弊,極具特色。

此外,還有一些諸如「經濟」、「法律」、「考據」、「職業教育」、「社會常
識」、「衛生」等專欄,刊登類似具有科普性質的文章,開闊讀者眼界,與群
眾日常生活相貼近,如《未成年人經營商業之限制》、《山東縣名之溯原》、《匿
報契價的處分》、《德國實施職業指導辦法》、《無子婦人應受健康診斷之必
要》、《用牙粉者注意》、《牙粉製造法》等。此外還有「社會明鏡」專欄登載
各類社會消遣文章,並且該類文章多在標題之下注明發生事件的地點,主標
題多為四字,且引人注目,從《蕩子破產(江蘇)》、《衣冠禽獸(奉天)》、《愛
蟋蟀癖(揚州)》、《姑娘打人(北京)》、《天理昭彰(濟南)》等標題可窺見一
斑。由此可見,「雜俎」副刊內容多涉及日常社會生活,極少涉及政治內容。

由於青島地區位處沿海,對外交通便利,加之又受德日侵佔,人員複雜,
由此也出現了不少教派,《大青島報》也在「雜俎」中開闢了「宗教」一欄,
進行宗教講解。

後期「雜俎」成為《大青島報》副刊中一個下屬欄目,其各小分欄也不
復存在。《大青島報》副刊統一設有「文苑」、「筆記」、「雜俎」欄目,登載小
說、散文、詩歌。

除了「雜俎」副刊外,還有「靈囿」、「晨光」、「新地」、「青潮」、「文藝」
副刊。該類副刊中多數沒有專門特設欄目名稱,大多刊登短文、紀實類文章、
連載武俠小說、詩歌、影評、散文等。如 1938 年 3 月 19 日「靈囿」副刊文
章標題:

《聽濤廬主談叢》
《幻變的事》
《邂逅》
「菊苑雜綴」《劇中花絮》
「長篇豔情狹義偵探社會小說」《塵海波瀾》
「紀實短篇」《乖離恨》

其中副刊「青潮」有固定欄目「清平樂」用以刊登與戲曲、電影等相關的小品，「銀壇拾零」刊登影星介紹，如趙丹、胡蝶、鄭小秋、王人美、陳雲棠等。

由此可以看出有時副刊之間內容也會有所差別，「雜俎」副刊內容繁雜而且多有和社會生活有關，「青潮」「靈囿」等副刊則多是小說適合人們消遣閱讀。除此之外，投稿要求也是不一：

「雜俎」副刊中「讀者喉舌」一欄的投稿要求：

欄內投稿本社不負文責

投稿者須注明真實姓名地址

（一）本欄歡迎投稿

（一）投稿注讀者喉舌字樣

（一）匿名信函概不刊登

（一）關於鳴冤曳念及近於告白廣告之交件恕不接受

「靈囿」副刊投稿要求：

一、本刊不拘體裁，凡有以風花雪月之文、寄情寫景之詩、無論長短什、語體文言見餉者，均所歡迎

一、本刊以意味雋永、含有時間性者為限

一、本刊一經登載者，酌贈薄酬

一、來稿須注明確實之姓名及住址

一、未經刊載之稿，如欲索還者，請附足郵票，以便奉寄

又如「青潮」投稿要求：

一、本刊絕對公開歡迎投稿

二、來稿凡屬關於學術、婦女、生活等討論文字，每篇以千五百字以內為限。文藝創作、批評等每篇最長不可超過一千字。清平樂欄歡迎戲劇、電影、軼聞、掌故等短篇之趣味小品

三、來稿請繕寫清楚，並加標點，勿用鉛筆寫，橫寫，一紙兩面寫

四、稿末請注明真實姓名及住址，並加蓋印鑑

五、稿費月終結算，次月十日通知後，憑原印鑑來社領取，外埠者郵匯

六、來稿刊載與否，概不退還

七、來稿請寫明《青潮編輯部》

此外還有每週二出版的「兒童週刊」，每週日出版的「婦女」週刊，以及「教育」「電影」週刊等，內容龐雜，類型多樣，滿足群眾需求。

3. 《濟南日報（青島版）》

報紙創刊於 1922 年 6 月，由濟南日報社所辦，是日本人辦的中文報紙，日刊，對開四版，報紙社址位於山東路一百六十號，電話二一一七號。

從青島檔案館現存的三份《濟南日報（青島版）》來看，隨著時間的改變，報紙報首也有所變化。在 1923 年的《濟南日報（青島版）》中，「濟南日報」四字位於「青島版」上方，字號小於「青島版」並且橫豎排列，而「青島版」三字為大號豎排，在報頭之下，寫有出版時間、社址、電話、報紙定價和廣告定價以及「本版禮拜日休刊」的通知。

按照 1923 年物價來看，《濟南日報（青島版）》定價「每月大洋六角（外埠郵費酌加）」，廣告費用為「五號字每行十三字，每日五角，特別廣告發加倍（長期另議）」。

1924 年《濟南日報（青島版）》的報頭排版就有所不一，從 1924 年 3 月 20 日報頭，「濟南日報」四字改為全豎排，字號依舊小於「青島版」，但其位置用單豎線和「青島版」相分隔，位於「青島版」右側。「青島版」為豎排，字號大於 1923 年版式。

圖 12：1923 年《濟南日報（青島版）》報紙版頭

圖 13：1924 年《濟南日報（青島版）》報紙版頭

在報頭之下的內容寫有出版時間、社址、電話等內容，休刊由週日改爲了週一，並且添加了報紙的半年和全年的訂閱費用：

▲半年 大洋二元八角

▲全年 大洋五元五角

此外還添加有報紙的發行所名稱：濟南日報青島支社

報紙第一版和第四版爲廣告專版，《濟南日報（青島版）》的廣告多爲銀行類廣告，如青島銀行、橫濱正金銀行、青島山東銀行、朝鮮銀行青島支行等，廣告主較爲單一。除了銀行廣告外還有煙草、衣服、藥物、照相館、書店、五金、律師啓事、牛奶、電影、眼鏡等廣告，排版多樣，時常穿插有形象圖示，提升讀者的閱讀體驗。報紙中縫刊或登有鐵路公路的行車時刻表，或刊登有各類啓事廣告。此外，該報紙會在廣告專版中穿插登載膠澳商埠的各種命令、布告，對該類布告《濟南日報（青島版）》沒有劃分專門的欄目。

現存的《濟南日報（青島版）》第二版和第三版主要刊登各類新聞、讀者來件，新聞內容以政治性內容居多，消遣性社會新聞所佔比重少，並且沒有經濟、體育類新聞。且報紙在第二版還設有「廣告」專欄，繼續刊登各類廣告。

從報紙排版上，閱讀方式豎排自右向左，報紙正文使用頓號進行斷句，每則新聞之間用單豎線相隔，新聞正標題使用黑體，字號大於正文內容，欄目標題採用方框或雙豎線分隔，排版簡潔。

除了從電報、通訊社獲知消息外，《濟南日報（青島版）》還擁有專屬的訪員進行採集新聞，如 1923 年 10 月 20 日的《退社聲明》：

　　　編輯訪員徐聖甫，經理廣告莊竣山二君另有高就，已於十月一
　　日與本社脫離關係，特此聲明。

從內容來看，新聞語言已有了白話的性質，語言通俗易於理解。如一則名爲《色鬼吃醋遭毒打》〔註19〕的新聞：

　　　膠州路娼妓王姓家，做完有徐某到彼遊玩，正在興高采烈，擁
　　妓而樂之際，適有丘八爺來遊，徐某自恃與營長至戚，不與爲禮，
　　該丘八口出不遜，徐某反之，遂遭毒打云。

雖然內容和標題之間頗有些標題黨的意味，但該則新聞現在讀來，不僅

〔註19〕摘自 1923 年 10 月 13 日《濟南日報（青島版）》「本埠新聞」。

言語流暢易懂，亦可從中看出該則新聞的諷刺意味，從中足以看出當時部分
士兵的個人素質及借與軍營有關係故此仗勢欺人的現象。

青島歷經德日佔領，受外來文化的影響，其社會風氣同較先前已大不一
樣，但人們傳統中的思想還是難以改變，如同版的《自古紅顏多薄命》：

> 四方附近，居戶管姓，經商爲業，家有一女，年近花信，頗有
> 姿色，上月初旬，經媒許與滄口某紗廠，某司帳爲妻。尚未過門，
> 日前該女探知其夫，年逾不惑，面貌惡陋，勢難匹配，自又不能取
> 消成議，事出無奈，乃於晚間私出，投海身死，脫離塵緣，俗云，
> 自古紅顏多薄命，當爲管女一歎云云。

妙齡少女結婚對象爲年逾不惑的商人，無奈改變現實只得投海自殺。從
中既有女性地位的底下以及封建社會殘餘思想的毒害，但如此悲劇性的消
息，《濟南日報（青島版）》的新聞重點卻全放在了紅顏薄命的問題上，如此
讀來不禁讓人愕然。

報紙第二版開始正式刊登新聞，第二版右上角常刊登《濟南日報（青島
版）》的各類啓事，之後開始登載各類新聞。

1929 年《濟南日報（青島版）》的第二版設有「本埠新聞」、「來函照登」、
「閒評」、「廣告」專欄。在這之中，「本埠新聞」所佔比重最大，而且在第一
版廣告版及第二版本社啓事後之後馬上就是「本埠新聞」，報紙排版注意到了
將與本地居民相關的內容放置在前。

「本埠新聞」既有官方消息又有社會新聞，「來函照登」刊錄讀者來信，
與讀者進行互動。如 1923 年 10 月 13 日的「來函照登」就刊登了一封爲自己
正名譽的信件：

> 貴報本埠新聞欄內載有膠澳公立小學校職教員朱學塾等，具呈
> 督辦公署控告鄙人破壞教育並附呈七條罪狀，事關個人名譽，並涉
> 及法律問題，除具呈督辦公署陳述，及做法提起訴訟外，謹先逐條
> 聲辯，庶各界洞悉所以明瞭眞相，想貴報主持公道，無偏無私，社
> 仍登錄來函欄內，是爲至盼，並頌撰安。溯自鄙人受職來……

「閒評」一欄則登載各類評論文章，內容時與國家政事有關，如《吳子
玉眞一時之俊傑》

> 語云，識時務者爲俊傑，吳子玉眞眞識時務哉，曹錕既得總統，
> 而攀龍附鳳者，如王孝伯吳景濂，諸人皆欣欣自得，以爲中國大事，

皆決於直派，吾輩足以睥睨一世矣，故於奉張之通電，淅盧之反對，

廣東孫大砲之北伐令，均充耳莫聞……〔註20〕

在 1924 年報紙第二版設有「電報」、「國內新聞」、「本省新聞」專欄，「電報」主要來是國內電報，多來自於北京電，時效性不強。「本省新聞」、「國內新聞」採自各類通信，新聞主標題集中在八到九字，如 1924 年 3 月 26 日的「國內新聞」：

《中俄交涉仍難奏效》

《外交正式答覆加拉罕》

《政海中之文字波瀾》

《王克敏派人赴滬借款》

《杜溫事件可解決耶》

《臧致平軍已入漳州》

《蘇俄備戰與英國輿論》

報紙第三版設有「國外要聞」、「雜俎」、「本埠商情」等專欄，「國外要聞」刊登各個國家的消息，其消息主要來源於各國電訊，其中以莫斯科電最多，報導的國家以美國、俄國、德國所佔比重最大。「雜俎」刊登文章繁雜，既有國外的奇人異事如《美國之治聾聖手》、《比利時之女偵探》、《能歌能舞之木人》，又有關於身體健康的《食物的熱力》、《飯後即就寢前休息》等文章。「小說」專欄刊登的各類小說字數較少，每篇約有三百字，所佔篇幅較小，且欄目並不固定。「本埠商情」登載報紙出版前一天的各類土產、雜糧、銀錢、方皀、麵粉、火藥等的價格供民眾知曉參考。

4. 《膠東新報》

根據《濟南日報（青島版）》發布的啓事中可知，《膠東新報》是由該份報紙改組而來，在 1924 年 3 月 26 日《濟南日報（青島版）》特刊登啓事聲明改組：

啓者，敝報由改組以來，諸承各界歡迎，感激莫名，茲爲擴充營業，增加副刊獨立經營起見，自四月一日改名爲膠東新報，特此預先聲明。

〔註20〕摘自 1923 年 10 月 20 日《濟南日報（青島版）》「閒評」。

　　由此也可之該份報紙的創辦時間為 1924 年 4 月 1 日，1929 年底該報全部資產兌給國民黨青島市黨部，改組為《民國日報》（青島市黨部機關報）。報紙社長為中島勇一，中島勇一是個著名的日本浪人，也是半個中國通，報紙主筆為張海鼇，後期曾去《大青島報》任編輯。社址和報社人員依舊為《濟南日報（青島版）》的原班人馬，根據記載《膠東新報》發行量為五百五十份。

　　改組後的《膠東新報》現存有 1925 年 8 月和 9 月幾份原件，根據僅存的報紙來看，報紙為日刊，日出一張半，「膠東新報」四字位於報紙第一版右側，報頭兩段寫有出版日期，每週一休刊的聲明，以及「中華郵政掛號認為新聞紙類」的說明。

　　報頭下側寫有社址、發行所、派銷部、定價、廣告費等消息。《膠東新報》位於「青島山東路一百六十號」，報紙由位處膠州路的興記報局派銷，每月定價大洋六角，半年為大洋三元四角，全年是大洋六元六角，外埠若要訂購郵費酌加一角五即可。普通廣告五號字每行十三字每日五角，特別廣告加倍，長期廣告另和報館商議。

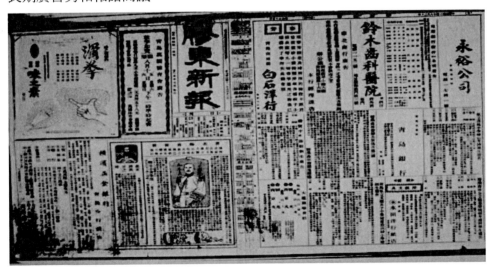

圖 14：《膠東新報》

　　從廣告來源上，與《濟南日報（青島版）》所不同的是，《膠東新報》的銀行類廣告有所減少，廣告變多且類型多樣，如 1925 年 8 月 23 日《膠東新報》第一版和第六版刊登有體育會、調味粉、藥品、銀行、洋行、醫院、商

行、公司、招生、輪船、文具等廣告以及官方布告等，報紙中縫處刊登有汽車時刻表和各大影劇院、啓事類的廣告。

從新聞排版上來說，其排版方式和《濟南日報（青島版）》一致，並無多大變化，報紙第二版和第三版主要有專電、國內新聞、本省新聞、本埠新聞、時評等欄目，並在報紙最下端刊登廣告、特別廣告、啓事等，新聞正文之間用頓號或者空格進行斷句。

新聞來源方面上，省內新聞除了原本主要來自膠澳通信社外還有了來自大北通信社的新聞，國內新聞依舊來自各大城市的電報、通信，其中，在本埠新聞方面，除了新聞來日通常的膠澳通訊社、膠海通訊社以及電報獲知消息外，《膠東新報》還使用了電話記錄登載新聞，如 1925 年 8 月 23 日的「本埠新聞」就採自電話：

　　　　趙總辦之勤政愛民
　　　　▲昨日同警工兩長
　　　　▲先至九水一帶查勘水災
　　　　▲後又到滄口餐館鐘淵富士紗廠
　　　　▲中外商民　無不欣頌

昨日接到滄口友人電（電話）告，膠澳商埠總辦趙瑞泉氏，於昨日率同警察廳陳季罳，工程事務所長唐蜀楣二君，不辭勞瘁，親赴市外各鄉區，查勘水災，及其他一切情形，計於午前趁早出發，七時許即至九水，當將九水一帶之被災情形，詳細視察訖，十二時又由該處轉至滄口，遂次第餐館鐘淵富士紗廠，當時該兩廠中日員工役，均熱烈歡迎，交口稱頌，並開會般慇招待，略盡地主之誼，且攝影以作紀念云。

新聞中提到的鐘淵富士紗廠是 1925 年 4 月青島日紗廠工人罷工的主力之一，在張宗昌血腥鎮壓罷工後，造成「青島慘案」後，《膠東新報》於 1925 年 8 月登出的鐘淵富士紗廠的中日員工熱烈歡迎膠澳商埠總辦這則消息，由此營造出一份和諧共榮的現象，從中足以見報紙傾向。

其中報紙將原本的「電報」專欄，在改組後改名爲「專電」一欄，並在刊登正文內容時僅標注電報發自何地，電報的收發日期則在電報正文合適之處進行簡單標注，並不強行刊登。報紙「時評」刊登的評論性文章也是同國家政事有關。

第三節　國人報刊

隨著朱淇在青島創辦了第一份中文週報《膠州報》，青島國人辦報的序幕就此拉開。然而，不管是德佔還是日佔時期，國人創辦的報紙數量都很少，一直到北洋政府收回時期即 1922 年 12 月至 1929 年 4 月的七年間，國人創辦的報刊才達到了一個高峰。

1. 《膠州報》

《膠州報》是近代青島地區第一份真正意義上的中文週報，報紙創刊於清光緒二十七年，亦即 1901 年，社址位於斐迪里街（今青島中山路），報紙初為每週四出刊，後改為每週二出版，報紙為書頁式印刷，每週出八張，報紙創辦者為朱琪。報紙在 1903 年為清政府收買，山東巡撫周馥派朱鍾琪主持報紙，社址遷到濰縣路。

報紙創辦者朱淇（1857～1931），是清末至民國年間著名的報刊活動家，叔父朱次琦是近代著名詩人和教育家，康有為曾是其入室弟子。朱淇先後結識康有為和孫中山，並追隨孫中山加入興中會。1895 年，孫中山謀劃第一次廣州起義，朱淇受命起草討滿檄文，然而在起草檄文之時被哥哥朱湘撞見，朱湘擔心連累家人，遂以「朱淇」之名向官府寫信高密，望將功贖罪，而這也成為廣州起義失敗的原因之一。

朱淇被誤認為告密者受到攻擊，之後便逃亡上海，半年之後才再次回到廣州。在維新運動風起雲湧之時，朱淇投身報界，參與創辦《嶺學報》，又名《嶺學旬報》，報紙於 1898 年 2 月 10 日創刊，報紙為旬刊，有國政篇、邦交篇、文教篇、武備篇、史學篇、諭旨恭錄等欄目，除了一些論說文章外，還有翻譯自西方報紙的文章。同年三月，又創辦有日報《嶺海日報》，主要介紹維新變法的消息和國內外新聞。《嶺學報》停刊後，日報亦由別人接辦。之後朱淇令其侄朱通儒在廣州創辦《東華報》，其徒張學璟創辦《通報》於香港，兩份報紙都是由朱淇主持，1901 年，朱淇來到青島，創辦《膠州報》。可以說朱淇在來青島之前，就已經積累了一定的辦報經驗。

由管翼賢主編《新聞學集成》中的《北京報紙小史》對該份報紙也有所提及：「朱氏與黃遵憲為友，曾創《膠州報》於青島，以故與中朝大老具有相當聯絡，其論文與消息頗詳實。因其嘗為要人幫襯，故有官報之目」〔註21〕。

〔註21〕管翼賢主編：《新聞學集成》第六冊，中華新聞學院，1943 年版，第 283 頁。

　　從中可見報紙與清政府的官員一直有所聯絡，並且常爲朝中要人幫襯，後期報紙收歸官辦也在情理之中。

　　1903年報紙收歸官辦，《膠州報》也於1903年4月28日刊登了呈頂告白：

　　　　啓者，膠州報自華曆本年四月初三以後，頂與和合堂承辦，自華四月初二以前一切報費即告白費祈早，賜交以便撥交舊東瑞記洋行以清首尾。

　　　　和合堂謹啓

圖15：《膠州報》承頂告白

　　之後報紙由山東巡撫周馥派遣的朱鍾琪主持。

　　周馥，安徽建德（今東至）人，字玉山。初任李鴻章文牘，爲李鴻章所器重，1902年任山東巡撫，先留京與外國侵略者交涉撤銷天津都統衙門，歸還津榆鐵路。而後赴任山東，彼時正值山東黃河決口，遂組織官民，築堤防堵，1904年任兩江總督，1906年任閩浙總督，未及到任又調去兩廣，次年以老告歸。著有《周慤公全集》，全集內容分爲奏稿、公牘、文集、雜著等類。

　　朱鍾琪，浙江杭州人，爲袁世凱幕僚，袁世凱爲朱鍾琪謀得候補道官職，周馥繼任山東巡撫後給以實職，讓其出任《膠州報》主編。

　　報紙報頭正中寫有「膠州報」三字，下面是德文「KIAUTSCHOU-PAU」。

從報紙收歸官辦後的第89號開始，報紙版頭有所變化，在原來「膠州報」報名上方，加交叉放置的清政府三角龍旗和德國三色旗，並用「大清光緒」和「大德公曆」兩種年號。

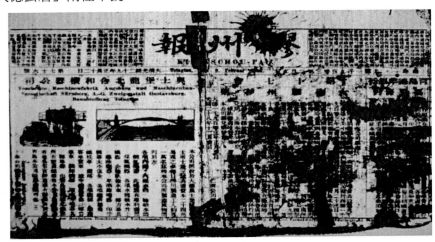

圖16：1903年收歸官辦之前的報紙版式

圖17：1903年報紙收歸官辦之後的版式

報紙右側固定寫有該報館在山東內地和山東省外所設的分局：

山洞內地各分局開列

濟南省城分局設在濟南城內小市政司街化刧堂藥店○泰安分局設在泰安府城裏西門大街路北德合興錢莊○肥城分局肥城縣南關隆德堂藥店青州分局設在益都城外東關大街晉升泰錢莊○萊陽分局設在萊陽縣城東門裏大街三義號○章丘分局設在章丘城東關大街路北和祥永

布店或在章丘東關蒜市街福德會館錢行購閱亦可。周村分局設在周村鎮綢市街蚨來棧內益和號。高密分局設在高密縣署前街寶華齊。濰縣分局設在濰縣東門裏大街益和店。平度分局設在平度州城內東西大街路南仁發號。曲阜分局設在曲阜縣城公利局○膠州分局設在膠州城南關四門口裕昌仁號○滄口分局設在滄口大街誠發棧○天津分局設在天津紫朱林海大道老菜市燈氣口巷內直報館又在天津城內府署東梁子亭處代理○安邱分局縣安邱縣城東關美國博濟一元代理

由此可見，依託強大的鐵路關係網，《膠州報》除了在省內發行外，還在省外的天津、安丘等地發行。

報紙左側寫有本館告白：

本報每逢禮拜二出報一次

凡訂購一年者宜先付報資半年

本館報費本埠每年收銀一元三角山東各內地每年收保費大錢

一千五百文以二百五十文歸分局二百五十蚨作郵費本館實收一千文

本埠報紙每張零售收大錢二十五文外埠每張零售取大錢三十

文

本館帶登告白以五十字起算宜先付刊資

從報費來說，在報紙最右側寫有報館地址「本館設在德國青島飛芝喜街瑞記洋行」北邊（註22）

報紙先後由德文書局、德華書局及福昌書局代印。

《膠州報》設有廣告、新聞、專論幾個欄目，報紙創辦者朱琪先前在廣州有過相關的辦報經驗，因而《膠州報》從版式上來說，欄目劃分比較明顯。報紙前三張主要刊載各類廣告，涉及種類廣泛，有時會加以圖式對廣告說明，增加可視性。之後便專注於新聞的報導，報導的新聞不僅有本埠新聞、山東新聞還刊登有各國新聞、北京要聞、各省新聞等。

從在《膠州報》中刊登的各類廣告來說，對於當時的青島，報紙還算是一個新興事物，本地民族工業還未崛起，在《膠州報》中登載廣告的大多都是洋行、銀行、鐵路等一些外國企業。其中洋行廣告所佔分量最大，如 1903年 2 月 17 日刊載的《青島捷成洋行》廣告：

〔註22〕摘自光緒二十九年正月二十日大德一千九百零三年二月十七日第七十七號《膠州報》。

青島捷成洋行

按月新到各式養活現薑發沽

新樣布疋 綠油 鐵樑 花紅毛棉氈 洋蠟 鮮色染料 洋火 油氈

洋針 上等洋灰 馬掌鐵 胰子 各欵鐵器 鐵釘 洋酒 各式機器油 洋

靛 洋磚 白鐵 鐵棘子 窩澤鐵 鐵鍬 價錢克己其零星雜貨不及照登

如蒙 惠顧請至本行面傷是荷 兼有頭號炸藥發沽價錢格外公道

捷成洋行謹啓

　洋行售賣各種雜貨，基本滿足青島人民的日常所需。除該則洋行廣告之外，還有《大森洋行》、《青島順和洋行》、《青島瑞記洋行》、《青島捷成洋行船務局》、《青島德威洋行》、《青島哈唎洋行》等洋行廣告在每期報紙上幾乎都佔有一席之地，而該類廣告佔了廣告總體的三分之二。從諸多的洋行廣告中可以看出，當時青島的民族商業並不發達，外國資本在很大程度上還在把持著青島市場。

　爲增加廣告的可視性，一些廣告還會添加相應的圖示，或對售賣內容加以說明或進行防僞宣傳謹防贋品，如頂上企公牌號牛奶廣告：

今有頂上企公牌號牛奶，凡購買者需認明以下盒上圖式，且不

但盒上紙黏圖之樣如是尤須彼認明，印入盒鐵之中如以上繪圖式般

無二者方爲眞實，否則即爲贋鼎諸公幸，勿爲其所欺可矣。

圖18：《膠州報》牛奶廣告

　　由此可見當時人們已經有了防偽意識。又如香煙廣告，除在說明本產品物美價廉之外，還將香煙盒子加以繪圖，並說明「各省立案曉諭不准假冒本公司各種牌號以杜偽造一體保護在案如有受其朦欺定獲究辦今將各色紙煙而登報章以選揀辦特此布告」。

　　除了宣傳謹防贋品之外，還有宣傳公司業務招攬客商的圖式廣告：

奧士堡龍北合和機器公司

　　本公司開設於大德奧士堡龍北顧士塔士堡三城，共備資本二十四兆馬克之多，每日所用製造工人約暑四萬名。茲將本公司所製造貨物開列於左 各項汽機 汽機水鍋 輪船水鍋 熱氣機器 此機器有專利護照 煤氣機器 各項水龍吸水升上機器 企輪臥輪水車 傳力器具 凝冰機器 啤酒廠機器 印字機器大小俱全 各項鐵料製造 鐵柱亭 燈塔 各項鐵橋 鐵路客車貨車 城中鐵道客車 軍營運車 裝卸機器 運車修理器具 轉車盤 由青島至濟南至鐵路，所有兼顧鐵橋皆本公司承辦製造者也，各省官紳富商有賜顧者，請至青島本公司賬房商議可也。

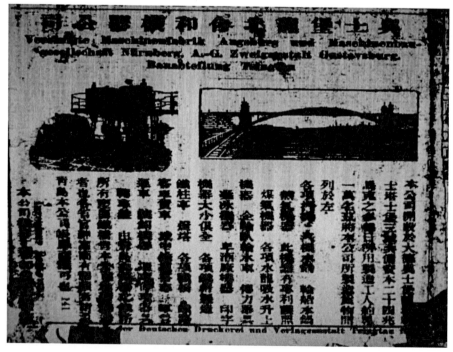

圖19：《膠州報》廣告

此外還有告白告示一類廣告，此類廣告刊載者既有企業又有個人。企業類告白告示廣告的廣告主多為鐵路公司、銀行、輪船公司、運輸公司等，廣告內容大都是列出公司所承辦的各項業務、介紹公司概況、陳述公司職能等。如1903年3月24日《悅來公司告白》：

> 啟者本公司於
>
> 　　山東鐵路公司訂立合同承辦火車往來裝運客貨，兼辦輪船進出口，以及內地往來貨物代裝、代卸一切事宜，現在青島膠州濰縣等處，均在火車站旁蓋造堅固客房貨棧。
>
> 　　貴紳商如有裝運貨物，凡由本公司承運者運價苦力，自當格外克己。各貨存貯本棧暫定半月內不取棧租以廣招來貨存。本棧如顧押款並代買代賣保險等事，均可承辦，各項章程請隨時到本公司取閱。商旅往來寄寓本公司一切招呼無不周到，將來青州周村濟南等處亦一律蓋造分棧，其餘各車站現無分棧，一切裝運事宜本公司均可辦理。凡賜顧者，請移玉本公司面商可也。

個人類告白聲明廣告多是登載借貸款、尋物、索要工資、表揚等內容，多與個人或集體私事有關。如1903年3月3日的一則《告白》：

> 　　啟者，今有大包島山東街三興洋貨店乃係梁裕積堂所做，用陸星南為當手掌櫃人，如有在外用三興號圖章與人揭借銀兩及擔保等情惟經手人是問，一概與三興號無涉，特此聲明，以免後論。
>
> 　　光緒二十九年元月二十二日
>
> 　　梁裕積堂謹啟

除啟事類廣告外，文化類廣告在《膠州報》中也佔有一席之地。

為啟迪民智，開闊民眾眼界，膠州報館特在每期《膠州報》上定期刊載特運上海各書局書籍代售的廣告，宣傳譯製書籍，介紹國外知識。書籍涉獵廣泛，既有地理政治又有理財教育，且國內國外的書籍皆有介紹。現簡單摘錄1903年6月30日的廣告書單，可從之窺探出膠州報館為使「智識發達」所推薦給民眾的書籍：

> 《政治學》、《最新經濟學》、《最新財政學》、《新編家政學》、《新編國家學》、《日本維新三十年大事記》、《世界地理》、《商工理財學》、《十九世紀歐洲政治史論》、《萬國官制志》、《英國維新史》、《男女交合新論》、《中等教育倫理學》、《現今世界大勢》、《近世德意志政

治史》、《併吞中國策》、《中國商務志》、《萬國商業志》、《理財學教科書》、《政治學教科書》、《少年中國新書四種》（第一種斯賓塞女權篇達爾文物競篇第二種俄羅斯大風潮第三種達爾文天擇篇第四種彌勒約翰自由原理）《中國魂》、《李文忠公函稿》、《李鴻章》、《精神之教育》、《強聒書社策論新選》、《再版中國文明小史》、《王安石新法論》、《再版修學篇》

除此之外《膠州報》幾乎每期都會刊登彩票廣告，廣告中詳細介紹彩票價錢、數量、購買地點、獎金等內容。

從設置的新聞欄目來說，《膠州報》並沒有具體的分欄，同類新聞歸之於統一標題之下。欄目標題使用粗體大號字，每條新聞字體一致，自右向左排列，沒有標點符號，使用符號○對新聞小標題和正文進行分隔。

從新聞來源來看，每欄新聞的新聞來源並不一致。北京新聞大部分來自於字林西報、大公報、北京西直門等，還有一些用「探聞」、「據」等說明新聞來源；各省新聞和本埠新聞一般很少寫明新聞來源，同時本埠新聞也多刊登官方公告；各國新聞多來自於上海泰晤士報，或路透電、倫敦電等各類電報；山東新聞則沒有具體的新聞來源；多用「據聞」「訪得」等類字眼來概括新聞出處，德國新聞則直接出自當地電報。此外還有一欄目名為「諭旨」，該欄目的新聞也是多出自於電報。

從時效性而言，受限於當時客觀條件的束縛，用於傳輸的物質技術並不十分成熟。多數寫有電傳時間的新聞與報紙實際出版之間約有一到三日的時間差，而在諸多的新聞欄目中，「諭旨」的時效性最為不強，欄目時間跨度較大，一般刊載四天的諭旨如1903年6月16日的諭旨是從「五月初八電傳初七」一直登載到「十三日電傳十二日」的內容。

從內容上看，「諭旨」主要刊載各類上諭、諭旨：

四月十七日奉

諭旨：此次庶吉士散館十九日派出閱卷各員，著在頤和園閱看，欽此。謹按右，諭旨一通似尚有缺文，容俟街道邸報後再行校補。

十九日奉

上諭：陳夔龍已來京，陛見漕運總督，著陸元鼎暫行署理，欽此。

二十日軍機大臣面奉

諭旨：此次散館庶吉士，著於本月二十八日帶領引薦，欽此。

同日奉

上諭：甘肅西寧道員缺著孚駿補授，欽此。

同日奉

上諭：前據御史李灼華奏參，直隸宣化鎮總兵何乘鼇縱匪殃民各節，當諭令袁世凱確差，茲據查明覆奏，該總兵被參各款，或事出有因，或查無實，據惟於營員多所徇縱，未能隨事究辦，實難辭咎。何乘鼇著交刑部議處，留直補用副將周德勝，剿匪延誤著即行革職永不敘用，游擊銜都司前洗馬林守備，朋立於匪徒搶劫衙署，捏報規避哨官千總高清選畏葸無能著一併革職，都司薛東林以潰弁留營肆行搶掠，現復在逃著即革職，仍通飭嚴挐務獲就地正法以肅軍紀，該部知道，欽此。

二十一日奉

上諭：甘肅蘭州府知府員缺緊要著督撫於通省知府內揀員調補所遣員缺著聯手捕授，欽此。

同日奉

上諭：五月二十七日大祀地於方澤，朕親詣行禮，四從壇遣廷康德茂黃永安英俊著分獻，欽此。（註23）

在此次上諭中，刊載的第一條即四月七日的諭旨在其後注明「諭旨一通似尚有缺文，容俟街道邸報後再行校補」，由此可見《邸報》在當時依舊還發揮著傳遞京師消息的作用。

「北京新聞」主要記錄北京城內新聞，如官員變動、同外國使館之間的交往、科舉信息、宮廷消息等。「各省新聞」記載除山東省外其他地區的消息，而對於距離較遠的兩廣地區，則統一將發生在兩省的全部新聞歸類到「兩廣近聞」之中。「德國新聞」主要記載德國本土發生的事件，供居住在青島本地的德國軍民知曉本國事件。「各國新聞」該新聞欄目多報導有關美、英、日、俄之間的消息，有關其他國家地區如菲律賓、非洲等新聞較少。「山東新聞」則是報導除青島之外山東其他地區的新聞，所佔比例不大。「本埠新聞」報導

〔註23〕摘自1903年《膠州報》，具體時間月份不詳。

的內容多是和青島本地人的生活相關，或是政令頒佈或是與日常生活相關的雜事，如《總署拍賣不適馬匹騾子》〔註24〕《輪船漸多》〔註25〕《狂風大水》〔註26〕等。

以上為報紙的固定欄目，基本每期《膠州報》都會有這幾類的相關消息。同時《膠州報》也會不定期添加別的欄目刊載新聞，如1903年2月9日的報紙就出現一欄名為「日國新聞」的標題，內容為一則「橫濱大同學校被劫」新聞，所佔篇幅較大。又如「電報」一欄，則專門刊載膠州報館接收的電報，刊登的電報大多接收自北京、上海和德文報紙的專電。

從新聞欄目的排列上而言，作為主要在青島內和山東省其他地區發售的報紙，與本地生活息息相關的「山東新聞」和「本埠新聞」卻排列在報紙最末一張，報導德國本土事宜的「德國新聞」的排列則僅次於靠前的「各省新聞」。由此可以看出當時報紙排版的不成熟以及在德國殖民當局統治下報紙創辦者在報導新聞方面所做的妥協。

除此之外，報紙還會不定期開闢「專論」、「論說」、「譯件」、「譯件代論」等專欄刊登論說性文章。《膠州報》對該版塊較為重視，以多種形式刊載論說文章，內容涉及廣泛，既有關於仁人志士黨派的敘述又有對當代社會的時局分析。報紙創辦者朱淇雖然是興中會會員，但在報紙的言論文章中，這種革命傾向性並不明顯，尤其在1903年《膠州報》由官方承辦後，報紙言論也不會和清政府政策相異。加之根據日本外務省在1911年6月（日本明治四十四年六月）所做的《清朝報紙調查》中明確寫出：《膠州報》具有親德主義，每月接受德國政廳補助兩百元。由此可見，其言論文章也會不可避免的傾向於德國殖民政府。

一如當時發生在安邱地區的豪士尼案，德人豪士尼槍殺了當地華人，但最後做出了「自護傷人」的判決，按當時德律僅判監禁兩星期〔註27〕。

〔註24〕摘自1903年7月14日《膠州報》。
〔註25〕摘自1903年7月7日《膠州報》。
〔註26〕摘自1903年6月23日《膠州報》。
〔註27〕案件判決見1903年5月12日《膠州報》本埠新聞──豪士定案。

圖 20：《膠州報》「本埠新聞」

「論說」欄目，報紙創辦者朱淇多在該欄目刊登政論。主要刊登各類評論文章，內容多和當時的國內政事有關，該欄目多部分文章發表時進行署名，如李承恩的《論山東時局之可慮亟宜設法補救》：

論山東時局之可慮亟宜設法補救

廣東李承恩稿

承恩僑居青島數年餘矣，初承恩之來也樓宇寥寥，街道崎嶇，蓁蓁莽莽如草昧。然由今視昔，轉瞬間耳，而青包二島土木大興建樓房，修街道築港口，理山澤通水泉布電汽興也，勃然應接不暇，有雄冠東亞港口之象。

承恩之來也，鐵道尤未經始也，今則自膠州而濰縣而昌樂而青州排布至數百里之遙矣。聞明年春間鐵路可達濟南矣。膠濟鐵路自南而北，繞道山東全省千餘里，昔之行人需十餘日始達者，今則一日之間而至矣。由此觀之，鐵路之利於行人貨物亦大矣哉，縮地之術，想亦不過如是而已……蓋自青島開闢租界以來，西人足跡殆徧全省，絡繹不絕。自鐵路達濰之後，德人遊歷內地亦日以多，今使往內地遊歷者，皆上等之西人，其於內地也，動輒強項，不馴不顧華人之規矩風俗，則動至鬧事矣。

夫所謂上等下流乃專指品行而言，往往有身居上等而品行野蠻者，亦有身居下等而舉動君子者。況鐵路上不乏築路修橋樑之德人，其管工人員豈能盡是上等人物……月前膠督之往高密巡視營兵也，纔下火車，居民即以優禮相接，膠督見居民之以禮貌相待也，方心喜之迨。夜將半則忽聞戍卒慌忙警報有拳匪數百突如其來也……詳查始知爲鐵路上打電人員強凌村民，以致口角相鬨，拳腳相加而已。幸而膠督適在高密親見其事，速令嚴責鬧事之人，否則群民數百至今之生死存亡殆未可知也。此等鬧事之人與食人肉其何以異……又近者橋樑工師之管工西人擊斃華人一案，明係德人理屈乃反謂華人先擊他，迫得放槍自護。由此觀之，華人之冤日以沈矣，吾恐將來下流之西人蔓延內地，定必敢於造次。如華人見其橫行太甚少抗其威，誰能保其不放槍以擊華人乎，設或擊斃華人若無上等西人在旁見證，該西人必以自護爲藉口，照德國例自護傷人者無罪。如此辦法地方官雖熟洋務有膽識亦不易以理爭，況官場亦鮮有力顧大局者乎。每見外人輒以奉承爲秘訣，以保全紗帽爲上策者蓋所在而多有矣，然則百姓難受外人之凌辱，亦寧居民以就人耳屈之。既多則蠢動又見一有蠢動而賠款割地之事又繼至矣哉，豈不殆哉。

自大開海禁以來，中國門戶洞開，斷不能禁外人之不來。且以公法論又無阻止外人不來之理。況於其密邇租界之省分哉，然而山東時局之可慮者，不外患下流之西人蔓延內地橫行姿勢，釀成禍端而已。

查歐洲各國之人前往彼國具有護照，否則不准入境或羈留之，以待本國政府領回或押送出境。是以歐洲不論何國人入境其警察官必能知之。山東地方官似亦可仿傚稽查護照之法，倘若照此辦理則山東巡撫可先照會青島政府及各處領事，曉諭本國之人凡欲遊歷內地者須領護照，而青島政府及各處領事以及所有上等西人亦必喜悅以助此舉。因各國政府亦不喜悅下流之人往鄰國內地滋事，因此等下流不法之德人有損其國之聲名故也，況自數年以來，多有不法之德人視內地爲逋逃之藪。每有犯事巡捕捕拿則闖進內地以逃法網。倘中國政府設立邊境之官，並箚各處地方官，凡遇西人入境則索護照，否則阻止扣留電請青島政府或各處領回，如此辦法不第山東全

省受其利益，即國中各省亦省卻多少交涉預消隱患，即德政府亦同

受其益也。如此則可免下流之德人在內地滋事，其不法者亦不能逃

其法網……

李承恩，字延育，1850 年生人，根據《通江縣志續編》記載，李承恩「先
是志薄世入武學，專意經史，值應歲考文試。縣府皆前茅，院試因詩跳韻落
榜，轉試武即入。故雖名列武科，而舉止儒雅……筆據顏魯公抒發，神骨必
肖，尤嫻吏治。在鎮八年民懷吏畏，適宣統庚戌，籌備立憲，裁除綠營，請
延屢召赴京，仿楊果毅故事，改授文職，因念國事日非，力以老辭」。李承恩
文試秀才，武試武魁，可以說是文武雙全。

自 1897 年德國佔領青島後，根據德國殖民政府的規劃，青島地區出現了
很大變化，如此種種在李承恩文章中也可窺見一斑，尤其誇讚了鐵路的開通，
認為「縮地之術不過如此」。之後又從鐵路出發，認為前往內地遊歷的上等西
人動輒鬧事，遂根據品行將人分為「上等下流」之人，之後出現的嚴責鬧事
之人的膠督自然成為了作者筆下的「上等」人，而擊斃華人的橋樑工則為「下
流」西人。同時作者也對這位「下流」西人的案件判決表達了擔憂，認為這
次開槍擊華人案件最終以自護傷人告終會讓「下流」西人越發「造次」，並擔
心長此以往，百姓受其凌辱，難免又會有所「蠢動」，如此又成割地之事。由
此可見，作者立場並非站在民眾一側，而是站在政府一方，唯恐由豪士尼一
案的判決就此滋生事端形成民怨，影響邦交「大局」。而這種心態也正是和當
時維新知識分子相像。

之後對此建議仿照西方進行護照檢查，認為憑藉護照入境不僅可以減少
「下流」西人在內地滋事，德政府也可以同受其益，為殖民政府做了考慮。

不僅如此，報紙創辦者朱淇也發表過《因豪士尼案有感》一篇論說文
章，文章開頭就指出「山東人之視青島，猶廣東人之視香港也。廣東與外
國通商久，廣東人通英文英語者多，其出洋讀書者每有學成狀師而歸……」
然後提到「德國政府之審理德華訟案也，一以德律為斷其辦理，本甚公平，
並未嘗因係華人而屈法以抑之也無如山東人不識德律，一言一動皆如作繭
之自縛，雖德政府亦無法助之。蓋德國乃議院民權之國，凡審判訟獄皆照
德律辦理，分毫不敢逾越也……」，認為與國外通商已久的廣東相比，山東
「風氣未開」，無法像廣東等地可以去國外留學，通曉外國法律而後回國擔
任狀師。且德國是民權之國，在豪士尼一案中之所以有如此判決皆因「山

東人不識德律」，而後又繼續寫道「英人有恆言曰有勢力然後有公理，蓋無勢力則無公理也。今更下傳語曰智識平等然後有公理，若知與愚相去太遠，則理之一字亦不足靠也。山東人若欲自救，則飛速開民智不可，余日望之，余日望之。」文章最末直接下定結論，指出山東人若要自救，需要開通民智，一如文章開頭所寫，同國外交流學習。文章字裏行間透漏著維護德國殖民政府的意願，而對發生在我國國土境內司法案件被當成亟需啓迪民智的案例，這無疑是有失公正。

「譯件代論」是直接翻譯外國報紙的文章當做言論表達，而且翻譯的報紙內容都是與國內社會相關。如《俄國戶部大臣維忒奏陳巡閱東省鐵路摺》一文翻譯自俄羅斯官報，內容主要關於西伯利亞鐵路末段在中國境內東省鐵路的概況。

「專件」則是刊錄近期發生的重大事件，對此並不做論述，而「專件代論」則是對一些新聞進行評論，抒發自身意見。

《膠州報》作爲青島境內近代第一張中文週報，雖然其言論更多的偏向於德國殖民政府，報紙整體言論平和，但依舊起到了傳播資產階級觀念、啓迪明智的作用，報紙的歷史價值不言而喻。

2. 《青島時報》

根據記載《青島時報》是在青島德國佔領當局登記備案後於光緒三十四年三月即 1908 年 4 月創刊，具體停刊日期不詳。該份報紙是由陳干與其他革命黨人劉冠三、景定成、陳家鼎等人在青島震旦公學共同創辦，爲革命黨人宣傳民主革命的報紙。

而《東方雜誌》登載的《各省報界彙志》對該份報紙的創辦者則有不同記錄：「青島華商商董等，以外人將續增報紙，因公議自辦一報，名曰《青島時報》，已稟准東撫代銷 1000 份……」〔註28〕

報紙原件已不可尋，故無從知曉報紙具體創辦人，但根據查找到與該報相關的資料來看，其一般認爲該報的言論比較激進，敢於揭發批評清政府的黑暗和腐敗，並「據近代報史研究者考證，清末山東創辦的……《青島時報》……言論激烈，無情揭清政府腐敗黑暗……」〔註29〕。作爲山東最早的

〔註28〕《東方雜誌》，1908 年第 5 卷第 1 期，第 44 頁。
〔註29〕馬庚存：《同盟會在山東》，山東人民出版社，1991 年版，第 57 頁。

同盟會會員之一，陳幹在青島創辦震旦公學，宣傳革命之餘，還反對清政府的種種賣國行為，維護民族主權。且陳幹本人十分重視新聞報刊的作用，曾主辦、贊助過一些報刊，如贊助《京話日報》，主辦《海岱新聞》，創辦《濤聲週刊》等，同時還在報刊上發表文章，抒發個人情感。由此，根據陳幹在青島動向和基本主張，可基本斷定報紙創辦者為陳幹及一干革命黨人。

雖已無從知曉報紙版面，但史料顯示，《青島時報》的報紙欄目包括「上諭」、「論說」、「譯電」、「政事」、「交涉」、「商業」、「工藝」、「路礦」、「學務」、「雜記」等 12 個專欄，有時還添加「碎俎」欄目，每天出對開一張半〔註30〕。

3.《青島白話報》

由於報紙原件難尋，報紙創刊、停刊時間以及版面內容記錄並不明晰。《山東省志‧報業志》和《青島市志‧新聞出版志》記載，該報是 1912 年創刊，社長伊筱農。

從查閱到的一則《關於十二月十日為接受青島四週年紀念出紀念冊一本的函》公文中，發現了當時為《中國青島報》社長伊筱農關於《青島白話報》的敘述：

> 敬再啟者，敝報原名青島白話報，由民元出版，繼因日德戰役半途停刊，迨歐戰和平始改今名繼續出版，其間竭蹶波折受損甚巨。幸自國土重光後主權復我百象更新，本商報之精神言地方之實事，十數年以來荷承各埠商界熱心諸公一再維持，回首經過良堪，感係所幸銷數日見發達，前途差堪告慶，茲籍十二月十日珠還大典仿照前次辦法發行特別紀念冊一本……

同時後期伊筱農出版《新民日報》所出具的《新民日報內容組織及負責人名姓清摺》中曾在「何處立案」一欄中寫有：「原名青島白話報，由民元出版社在地方官廳立案」。

據此，可推斷出《青島白話報》實為民國元年出版。報紙停刊主要為外部原因，因日本侵佔青島之時同德國開戰而停刊，後期改名為《中國青島報》繼續出版。

〔註30〕青島市政協文史資料委員會編：《青島文史資料‧第 15 輯》，中國海洋大學出版社，2006 年第 1 版，第 198 頁。

4.《中國青島報》

《中國青島報》，英文名爲 Tsing Tao Pao，具體創刊時間不詳，報紙社長爲伊筱農，北京人，辛亥革命之後來到青島。報紙社址位於保定路，1929 年國民黨統治青島時，社長伊筱農被捕，報紙停刊。《中國青島報》停刊後又在1929 年國民黨接管青島時又改名爲《新民日報》，並於 1929 年 10 月 1 日出版。以下爲找到的一則《中國青島報》改名爲《新民日報》的啓事：

呈爲具報中國青島報改組新民日報定期出版仰祈

鑒核事竊據中國青島報經理伊小農〔註31〕呈稱竊敝報原爲地方報性質，前於民國元年出版，迨青島收還後經照章呈准在案，嗣以本年五月間敝人偶攖重疾，又以機器損壞，遂致停刊多日，現承多數閱者來函催促，並地方人事贊助更名爲新民日報，擬於十月一日繼續出版以符眾望……

從該則上呈青島特別市務局啓事中可以直接推測出《中國青島報》的停刊原因，即既因爲社長伊筱農自身身體欠佳無以爲續，又因承辦報紙印刷的機器損壞不得已停刊。

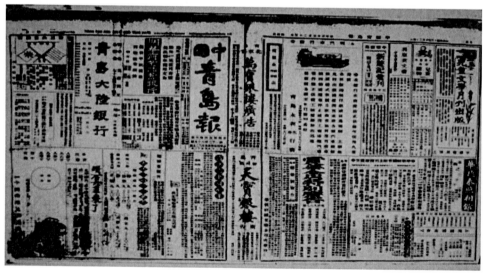

圖 21：《中國青島報》

《中國青島報》爲日刊，日出一張半或兩大張，每週六期。報紙第一版

〔註31〕原件爲伊小農，此處照原件摘錄。

右側寫有報頭名字，在報頭右側陳列有報紙售價、廣告刊費，報頭下側寫有出版時間、期數以及社址。在日本外務省所做的中國報紙調查中記載，《中國青島報》為青島總商會機關紙，日發行量三百。

報紙價錢零售為銅元五枚，本埠每月六角五分，外埠想要購買只需要加之郵費即可。廣告分三種情況進行收費，以行計算每行四號字二十五字，特別加大的按照字數多少進行收費，其餘則來函商議或者面議。

從入手的報紙原件來看，報紙每週日休刊，出版張數六版或八版不定，在報紙出版後期固定為日出兩大張八版。同時在 1926 年 3 月 14 日，報紙登載特別啟事，決定在報紙休刊日暫出號外一張以滿足訂閱讀者的需要，現登載原文如下：

> 本報多年老例，星期一日無報。近因時局之故，種種消息，人人願先觀為快，茲特擬於星期一日，暫出號外一張，專載各項要聞，籍答愛閱本報者之雅望焉，特此露布，諸希鑒察是荷

從廣告內容排版看，《中國青島報》的廣告約占報紙總體內容的 55%，但後來因廣告所佔比重太大，招致民眾責問，從而相應縮小篇幅，增加對新聞報導。詳情見 1928 年 4 月 7 日報館所發的一則啟事：

> 本報現因來登廣告者，日有增加，力卻不能，以致新聞面積縮小，致招讀者責問，深覺無以滿讀者之意，以後惟有陸續將廣告面積力事縮減，希望讀者見諒，至因地位擁擠惟能排印，暫停之廣告，以後亦均按日補足，希望賜登廣告實號鑒警是荷

由此啟事亦可看出《中國青島報》雖為商業報紙但也十分注意報紙受眾的反饋，同時從廣告刊登者日益增加這條來看，《中國青島報》報紙銷路十分廣泛，故此吸引眾多廣告主來此刊登廣告。

報紙有四個廣告專版，並且在每張報紙中縫處繼續刊登廣告，同時在新聞版面中也會進行適當穿插。完全體現出作為一份商業報紙的特點。

廣告大部分為豎排自右向左閱讀，且正文並沒有標點，但使用了空格進行斷句。而除了通用的文字敘述外，還使用插圖美化，同時多採用美女插圖進行宣傳產品，提升觀感。廣告內容也開始創新，從最初的詳盡陳列售賣物品，到後來只使用大幅圖片、大號字體進行宣傳，如一家照相館廣告，僅用了一個黑色的倒三角形和一個用手拿著的上書「留心」空白長方形，這種宣傳方式，可謂獨出一格，引人留意。

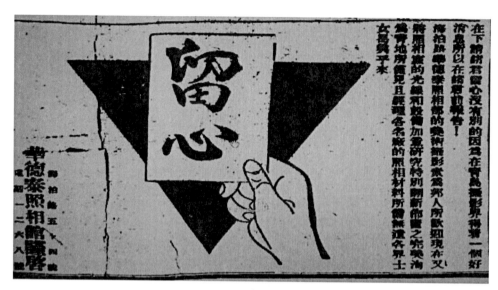

圖 22：《中國青島報》照相館廣告

此外，除了化妝品外還有香煙廣告也開始使用美女圖像，如：

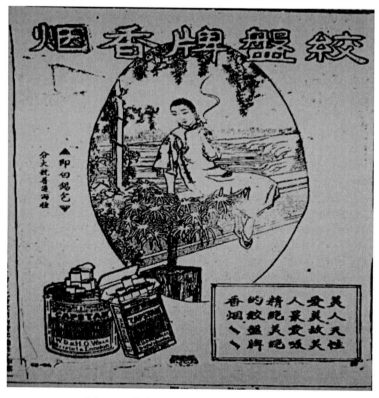

圖 23：《中國青島報》香煙廣告

香煙廣告語爲「美人天性愛美，故美人最愛吸精絕美絕的絞盤牌香煙」，廣告主使用美人愛吸絞盤牌香煙的廣告語想引起女性從眾心理從而擴大銷量。同時利用美人做廣告的還有一則文字香煙廣告，但其香煙銷售群明顯爲男性：

> 哈哈，美人畫片又到了。愛國諸君愛吸十支大愛國香煙，凡積
> 存該煙空包五十個即可換昭君出塞或豔曲警心美人畫片一張，既得
> 愛國美名又得美畫賞玩，眞所謂兩美具備了。
> 民國十二年十二月十二日
> 青島中國南洋兄弟煙草有限公司廣告（註32）

該廣告將美人畫片做成爲擴大銷路的噱頭，使人們爲搜集美人畫片而購買香煙，同時又採用愛國的宣傳標語，迎合受眾使用國貨抵制日貨的心思，凝聚愛國意識，同時公司將自身放置於愛國立場上，把購買國貨獲得「愛國美名」同銷售香煙相掛鉤，影響受眾的消費傾向。

南洋兄弟煙草公司可以算是青島的老牌煙草公司，1919 年該煙草公司股份由青島總商會認購，從可查詢到的 1921 年到 1949 年公司因含有官僚資本股份被查之外，該煙草公司在青島各大報紙均做有相關的煙草廣告。《中國青島報》還曾在「時事要聞」一欄刊登過有關南洋兄弟煙草公司的新聞：

> ●南洋煙草公司之發達觀
> ▲開第四屆股東會
> ▲報導營業狀況　▲選舉總經理
> ▲獲利達三百餘萬
> 南洋煙草公司，自開辦以來，挽回利不可數計。前日該公司在
> 上海東西華德路第五工廠開第四屆股東會，計到會股東共四千二萬
> 五百三十四股權，下午一時開會，公推簡玉階君主席，即由簡君報
> 告大略如下……（註33）

《中國青島報》廣告類型多樣，從內容上可以分爲商業、文化、社會、政府公告類廣告。而在《中國青島報》裏面占比重最大的爲商業廣告。

除了上述的南洋煙草公司的香煙廣告外，還有諸如《青島大陸銀行業務廣告》、《雪佛蘭汽車廣告》、《青島謙祥益綢緞洋貨莊》、《華新紡織有限公司

〔註32〕摘自 1924 年 1 月 24 日《中國青島報》。
〔註33〕摘自 1924 年 4 月 11 日《中國青島報》。

業務廣告》、《青島永利汽車行》、《大前門香煙》、《仁興煤廠》、《萬寶銀樓》、《東華旅舍》、《神州醫院》、《飛鷹牌煉乳》、《雙妹老牌雪花香膏》、《春花園鮮花》廣告等，涉及行業既有金融、五金、飯店、旅館、醫藥、運輸又有食物、服裝、化妝品等方面。先簡單摘錄一則汽車行廣告

　　啓者，敝行在青島開設二十餘年，信用久著，荷蒙各界歡迎，無任銘感，茲爲報酬主顧起見，特由美國運到別克牌各種汽車，機器堅固，樣式新穎且能節省油料帶有塞車圈四個，能隨意停止並設工廠添配汽車零件，無不具備工精價廉製造迅速，賜顧諸公請致敝行接洽爲盼。

　　本行冠縣路二十六號　電話七六七七二八四號

　　青島永利汽車行啓

分行安徽路一號　電話五〇九四七號〔註34〕

　　其次爲文化廣告，《中國青島報》刊登有各類招生、影劇院、書籍售賣的廣告，所佔比重少於商業類廣告。在文化廣告中，招生廣告相較以往數量有所增加，如北京交通大學、青島大學、青島中學、青島中學女校、青島英文專修夜校、英法文及速記學校、中國青年會附屬模範小學校招生廣告等。現摘錄一則青島私立文德女子中學校附設高級小學校的招生廣告：

　　一　校址青島濟陽路第四號

　　一　招考班次

　　（甲）新班生　高中第一年級

　　（乙）轉學生（即插班生）（一）初中一二三年級生（二）高小一二年生

　　高中新生須呈驗前校初中四年畢業證書，其餘插班生須呈驗原校轉學證明書以憑呈報

　　上項高中新生如有在初中三年畢業後復有高中一年級程度或舊制中學畢業者均可報名投考

　　一　報名期限　自一月十日起至二月十七日止，向本校報名即繳報名費一元

　　一　考試科目　國文　算學　英文　地理

　　一　開學日期　陽曆二月十七日　陰曆正月二十六日

―――――――――――

〔註34〕摘自1924年6月9日《中國青島報》。

　　一　入學費用　每學期學費大洋十元膳費二十元均需開學第一
星期內繳齊
　　一　學科課程　本校早經教育部立案課程悉遵章教授
　　一　附則　其他細則備載本校簡章函（註35）
　　影劇院廣告中播送的影片除了國產影片之外，已經開始進口國外電影，
如美國派拉蒙影業的電影《劇中人》就曾由青島明星大戲院引進。

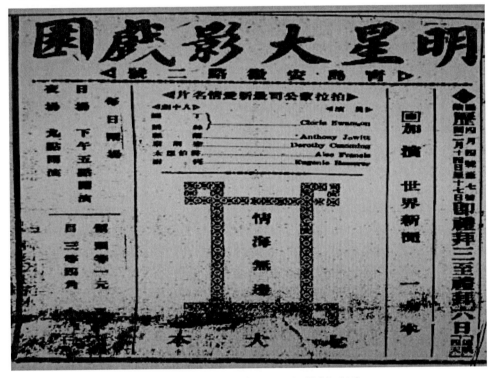

圖24：《中國青島報》影戲院廣告

　　國產影片如《火焰山》除了介紹導演、攝影、合演之外，還使用了小詩
詞的方式介紹劇情：

　　　　唐曾取經去西天，路中困苦更顛連；九月秋風忽不冷，炎熱蒸
　　　人馬不前；火焰山頭火焰高，周圍八百地五毛；有人若向山前過，
　　　還須借扇走一遭；悟空來到翠雲山，仇人相見分外難；劍去棒來相
　　　鬥苦，日色西斜戰未完；羅刹扇子扇一扇，悟空吹去小彌山；相隔

〔註35〕摘自1928年1月16日《中國青島報》。

五萬八千里，幸得菩薩定風丹；悟空搖身變小蟲，飛進公主小腹中；
巧記騙得假寶貝，一扇扇得火更紅；無奈去尋牛魔王，魔王一怒逞
鋒芒；化身再變牛模樣，惹得公主色情狂；公主生來忒風流，擠擠
挨挨纏不休；情急獻出芭蕉扇，悟空摸臉一石猴；巧記賺人又被賺，
三人大戰死相拼；牛王化作天鵝飛，悟空變成海東青。

除了電影之外還有一些如《空城計》、《三打曾頭市》、《鳳陽花鼓》、《捉
曹放曹》等戲劇廣告，以及賽馬、健身等體育廣告，可見當時民眾休閒方式
增多。

同時卓別林的影片當時在國內也有上映，不過當時將卓別林音譯爲「賈
波林」，如 1924 年 4 月 10 日《南海沿大飯店電影》廣告：

著名滑稽大家，世界笑林大王到矣，諸君可望可償矣

眞正　賈波林

新近傑串　四大本

逃犯

早晚兩場，連演兩晝夜，日場下午三點，夜場晚九點

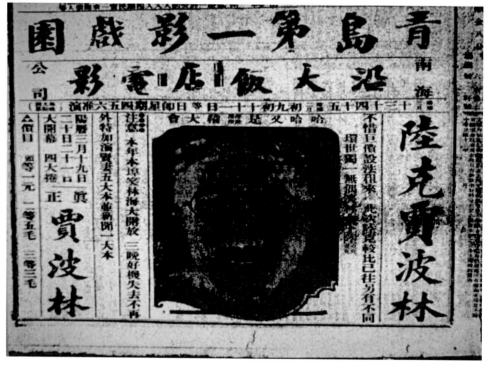

圖 25：《中國青島報》卓別林電影廣告

此外，還有一些期刊、書局的廣告，書籍既有中外專著又有成人兒童小說，如中華書局發布的再版英文書廣告，售賣的書籍就有《簡短英文故事》、《英文名人小說》、《羅斯福文選》、《英文最常用四千字表》、《英華雙解法文辭典》、《英文會話文法》等，出版的兒童讀物又有《人魚公主》、《兩個僕人》、《十弟兄》、《小工藝》、《猩猩姐姐》等。同時還有相應的教科書如《初級世界史》、《初級本國歷史》、《初級世界地理》、《初級公民課本》、《常識》、《自然》、《衛生》、《英語》等。除此之外還有如《中華英文週報》類週報，《兒童文學月刊》、《新遊記彙刊》等期刊，都曾在其中刊登廣告。同時《中國青島報》還在專欄「公布欄」中介紹文藝期刊，列出有期刊創辦者及主筆，並寫有地址供讀者訂閱：

　　嘯聲　由名家童心園朱智軒俞千芳等十人編輯，朱松盧、徐碧
　　波、龔心華、胡亞光、清心女士等文藝界名人撰稿，内容豐富，月
　　初四期，發行處：上海北四川路橫濱橋西崇福里一四一號嘯社，函
　　索每份一分五
　　　……
　　小樂天　由陳於德君編輯，有大名家嚴了盦、高天樓、俞夢花
　　等撰述，地址：浙江紹興水澄巷陳茂興柴炭行，價一分
　　　……
　　婦女旬刊　由杭州婦女學社發行，有春憐女士、明霞女士、凌
　　英女士、鄭逸梅、沈家驤、姚寶賢、龔心華等諸大名家撰述，月出
　　四冊，並有康有為等名人題字，内容豐富，形式美觀，女界不可不
　　談。〔註36〕

除了商業廣告、文化廣告之外，《中國青島報》還會刊登啓事、聲明、通告等一些社會廣告，所佔比重較少，但是内容繁雜，涉及方面眾多，而這類廣告主多以個人或政府企業爲主。個人的社會廣告，多是一些遺失聲明、致謝聲明、致謝啓事等。政府企業的社會廣告大部分是報社啓事、政務啓事、招聘、企業聲明等。

此外，《中國青島報》還會刊登膠澳商埠局、警察廳、鐵路局、汽車公司以及觀象臺的天氣預報等。其中天氣預報主要刊登今明兩天（根據報紙刊登日期多爲報紙發出日期前一日和當日）的天氣狀況，有效時間爲二十四小時：

〔註36〕摘自 1924 年 4 月 12 日《中國青島報》。

膠澳商埠觀象臺氣象報告

天宇報告

本日國內多晴

高氣壓在長江流域滯留

低氣壓在海參崴東北低降

明日（今日）天氣預報（有效期間二十四小時）

國內多晴

本埠天晴一時陰北西風最大風力每秒約十四里十六分尺

中國民國十五年三月二十二日十七時發（註37）

　　從新聞排版看，第一版依舊為廣告專版，正式新聞版塊從第二版開始。新聞正文為閱讀方式自右向左豎排，新聞標題字號大於正文字號且使用黑體，正文每句之間並無標點而是採用空格進行分隔斷句，每個新聞欄目之間用黑色豎線相分隔，欄目標題使用雙波浪線或方框裝飾，排版緊密，不同新聞欄目的新聞標題使用不同的標注方式，如「時事新聞」使用●符號標注新聞標題，而「本省新聞」的新聞標題使用⊙標注等，使得排版更加美觀。

　　從新聞來源看，《中國青島報》的新聞除來自於官方的命令布告、通訊社、自設訪員、摘錄其他報紙消息外，還接收有全國各地的電報以及設有專人探聽政府機關獲知消息。如1924年4月11日的「時事要聞」中有一則《接收外蒙之計劃》的新聞，根據正文敘述，來自於「某軍政機關消息」，同期「本埠新聞」還有一則《海軍放餉日期》來自於「海軍司令部消息」。

　　報紙有「時事新聞」、「本省新聞」、「本埠新聞」、「各地通訊」、「本埠瑣聞」、「命令」、「來件」、「專電」、「國事要聞」等新聞欄目，同時還有評論專欄「笑談」、「社論」、「小言」（後更名「斧正」）、「代演說」、「漫言」，以及「消閒錄」副刊等。報導的新聞以政治新聞為主，間或有社會新聞，除了在副刊中設有「經濟」專欄外，新聞版面極少涉及經濟新聞和體育新聞。

　　「本埠新聞」中以報導青島地區政治新聞居多，供消遣類的社會新聞所佔比重極少。從1924年6月9日的「本埠新聞」標題中亦可窺見一般：

《領事專服膺高督辦》

《清理官產中之近聞》

《交部籌贖膠濟路之計劃》

〔註37〕摘自1926年3月23日《中國青島報》。

《運輸軍火之新規則》

《督辦署天職夜間值班員》

《警務股長之易人》

《路局裁添職員之所聞》

《邵局長迅捷煙賭之嚴令》

《派員稽查中之船戶控案》

《警廳奉到解釋權限之部令》

《擴充保安隊消息》

《捉獲兩個嫌疑犯》

《虛弱癆疾之救星》

其中在以上新聞中，有一則關於膠濟鐵路回購計劃，新聞中講，膠濟鐵路為德國侵佔青島之時所建築，在歐戰（即第一次世界大戰）後，又歸日人管理，在 1922 年的華盛頓會議中，決定由中國收回鐵路，中日商権最終定價日金四千萬，以十五年為收回期限，但因款項巨大，無法一次付清，根據國家現有狀況，「唯有取資於該鐵路之盈餘」，為贖路做準備。之後報紙記載了北京交通局所提出的盈利計劃，從中可以知北洋政府為收回鐵路所做的努力以及膠濟鐵路本身的價值，並亦可看出當時北洋政府在外交上的弱勢。

在「本埠新聞二」中則會刊登一些社會新聞：

《日女生視察團來青確期》

《山東路大火警之補志》（註38）

在新聞版面中，總體而言，《中國青島報》的「本埠新聞」專欄中，所佔比重最大的是政治性新聞，社會民生新聞相對而言佔的分量較少，無經濟新聞。除此之外，在「本埠新聞」每則新聞的最末一般會出現新聞的投稿人或者訪員的筆名，這類筆名常用括號圈起，且筆名多是一個字，如（今）、（皇）、（勉）、（移）、（通）等。

「本埠瑣聞」則是相對於較為嚴肅「本埠新聞」，主要刊登各類社會新聞：

《警政瑣志》

《稽查傷重運青》

《包商大受損失》

《崗警盡職可佳》

〔註38〕摘自 1925 年 4 月 6 日《中國青島報》。

《長官何太苛求》

《洋車夫之勢力》

此外中國青島報報社所雇訪員採訪的新聞也多刊發在「本埠瑣聞」中，如同期《長官何太苛求》的新聞就爲《中國青島報》本報記者署名（方）所寫：

> 日昨記者（訪員自謂）道經雲南路，見一便衣人抓住一警察毆打，當以事屬罕見，遂多方探尋。據旁觀者云，便衣人係某機關長官，每日返家崗警均向之施禮，今忽更一新警，不知施禮，該長官怒其無禮，遂賞以飽嘗老拳，並找向第八分駐所理論云〔註39〕。

從該則新聞中可以看出此時訪員以開始自稱爲「記者」，但報館卻還未對此稱呼有正式的承認。新聞中，記者偶遇便衣人毆打警察感覺罕見，亦發揮記者職能開始走訪目擊者，經探尋得出便衣人毆打警察的原本事實。事實一出不僅讓人愕然覺出當時法制缺失，亦可看出當時官廳人員權力之大目中無人的醜態。其中報導該事的記者經目見事實到探訪來龍去脈尋找事實眞相，也是履行記者職責的表現。

除了在該欄新聞來自於本埠訪員的外，還有來自外國友人的信息，如1924年6月2日的一則《日人球賽預□》其新聞就來自於朝鮮人：

> 昨據朝鮮友人云，日商氏體育部，現通過六月七號至九號，即本星期六日，午前九點，爲青島日商野球團，大賽會預賽之第一日，□小鮑島陽信路拐角處，第□日尋當高等學校操場，爲□賽會場。決賽繫於九號，□經執行部，竭力等盡，安排一切，聞是日開會，歡迎各界參觀，屆時盛況，定可□下焉。（盧一）

其中對於有失偏頗的新聞報導，《中國青島報》也會根據當事人要求刊登函件進行更正：

> 經啓者昨閱
>
> 貴報本埠新聞欄內登載挪莊強姦一案坊志各節，殊屬失事。昨經敝會約同首事人再三查究，實因嬉耍誤會而生致起糾紛，現已調和宮結。希即速更正以免謠人駭聞是荷。此致編輯部大主筆暨諸位先生公鑒。
>
> 四月四日

〔註39〕摘自1925年4月7日《中國青島報》。

挪莊維持□移善後會仝啓（註40）

「時事新聞」內容多刊登和外交、政府政事、國內各省發生的重大事件有關的新聞，內容涉及方面廣泛，但都是政治性新聞。且有時「時事新聞」過多，會分爲兩欄分別進行報導。如1925年4月7日的「時事新聞」：

《第九次善會開議志》

《解決在即之金佛郎案》

《劉鎮華留晉與陝督問題》

《豫西軍事已完全結束》

《駸漸擴大之湘西戰事》

《王揖唐放膽入皖》

《王九齡口中之滇唐北伐》

《孫傳芳非論廢督裁兵》

「本省新聞」爲介紹政治、軍事消息，有時會刊登官方電報；「各地通訊」更多的是刊登各地的社會新聞，政治性不強；「國事要聞」則是登載各省最近發生的新聞概況，新聞較爲嚴肅，多爲一些軍事類新聞；「國外要聞」刊登外國消息，新聞多來自與路透電和柏林德化電，政治性不強，所佔比重較少，如《日報界對排日案之宣言》、《意僑到美被拒絕》、《巴爾幹諸國之軍備》、《因刺奧相案發見暗殺團》〔註41〕；「命令」是照錄各種大總統令或官方命令；「專電」和「電訊」主要是來自北京、上海、天津地區等地的電報，在電報正文中並不注明電報的獲知時間。如1928年1月16日的「專電」：

北京電

東交民巷息吳佩孚與楊森同赴萬縣川黔，擁吳說甚盛，長江上游不遠或有新變化。

又電

外訊：徐州拆城動工。

又電

滬訊：寧方欲令唐家軍讓出湘北防地，予西征軍以調停息爭，但李品仙態度強硬。

「國事特載」所刊登的新聞類似於「國事要聞」，但與之不同的是該欄新

〔註40〕摘自1925年4月6日《中國青島報》。
〔註41〕摘自1924年6月9日《中國青島報》。

聞內容字體大小有別，對於重要的事件人物使用大號黑體字進行標注，突出重點。同時常在一個主標題下附有二至四條的副標題，並且該特載內容多來自電報，如1926年3月14日的「國事特載」：

●奉國軍和議係片面宣傳

▲國民軍宣傳和議條件

▲郭瀛洲赴平地泉謁馮

▲馮玉祥決不出山

▲奉當局否認謀和

奉國和議，連日京方來電，宣傳甚力，究竟真相若何，無從揣測，但據灤州之戰報觀之，恐謀和係一方面之宣傳，據北京八日電，**國民軍宣稱，國奉兩方和議，大體分四次：**（一）雙方**誠意合作，暫維中央局面**，完成國民會議；（二）**榆關、秦皇島、熱河、天津、割為緩衝區域**；（三）特任郭瀛洲為榆關護軍使，張樹聲為熱河都統；（四）李景林、張宗昌不聽張作霖指揮，應派張學良赴魯，勸告罷兵，直魯仍歸奉系，如不遵命，國民軍當便宜處置，惟國民軍要求奉軍先出關，**直魯問題聽政府主持。**

又電**郭瀛洲**七日見段後，即由電務處發密電致張作霖……

同時報紙還常在「國事特載」中插播與戰事有關的緊急電報，如1926年3月23日的《攻津捷報》：

滄州李參謀三月二十日電，我軍連日在滄州北方姚官屯一帶之線，與敵人激戰□□□四晝夜，今早敵人被我擊敗，全線向□□方面潰退，已到青縣以北地區，正在混戰中。我軍分途施行追擊，刻已到達興濟一帶，仍行續進施行追擊，知關廑念，特此奉聞

捷報的獲取方式除了電訊外，還有來自電話的捷報：

頃據泊頭第三十五師孫師長電話報告……〔註42〕

此外就新聞欄目而言，《中國青島報》還會根據當時全國政局的情添加更改欄目名稱，如當時江浙站起，報紙特設專欄「江浙豐源」，直奉大戰，報社又設專欄「南北風雲」，這些欄目多登載各地發來的電報，以報導當時軍閥混戰的情況，如1924年9月29日欄目「南北風雲」，現簡單摘錄幾則如下：

〔註42〕摘自1926年3月14日《中國青島報》「官電捷報」。

▲天津電

據謀外報載稱，奉軍吳俊陞有佔領開魯間喜峰口僅供說，但尚無官電證

▲北京電

據總司令部消息，二十七日嘉善淞江，均被蘇軍攻下，本日下午五點，又傳有攻下龍華，盧何均乘輪潛逃說，英使館亦接此項報告，但未有官電證實

▲北京電

討逆總司令部，現發出通告，極力否認奉軍攻陷朝陽說，京師警廳來函請電報更正

……

▲天津電

據北京電訊，皖軍確已佔領嘉興，昨日有官電去京

▲上海電

黃渡瀏河間，日昨大雨，兩軍因暫停戰

……

▲山海關電

奉軍連日在戰地亂拋炸彈，秦皇島方面只海軍艦，有炸彈二枚，落於桅上，幸未成禍

……

由此電報也可看出當時戰事混亂，收到的電報內容有一定的不確定性，而為防止誤報，電報在最末會添加有「未有官電證實」的說明。這也是追求新聞真實性的一種體現。

報紙每期幾乎都會登載評論文章，《中國青島報》報社社長伊筱農有時也會親自撰寫小品評論，抒發己見，由此也可看出報紙對評論文章的重視。

《中國青島報》的評論文章既關乎政事又關乎社會事，文章既有來自本社評論又有翻譯自別報的文章，並報紙評論專欄開始注明來稿人。

如 1925 年 4 月 8 日「時評」文章發表了通過對曹錕賄選之事對國會召開的感言：

……溯國會之產生出也，由於當時懵懂於民治主義者投票選出之，在今日衡為民意代表資格，自己為過去者，量不能獲智識界之

滿意，況賄選一節，尤貼士林之羞，他如借勢擾亂政治，謀差缺，斂民財，其罪惡尤難罄述。吾民際此紀念日，只有痛恨昔日識短之選非其人，致貼鉅悉。雖今日國人力斥其盜買民意，尤不肯自退，若亦拒賄非常自豪，何欣慶之是足語，徒增若干難過耳

1925 年 4 月 6 日「論評」專欄發表了火災發生後對消防隊設置的反思並提出了自己的建議：

> ……從前德國人行政時，消防隊一事（是時名為救火會），原是官民合組的機關，會中一切救火器具，半由公家擔負，半由各保險行補助，救火會員，均係上等商家甘盡義務，遇有火警，辦的非常敏捷，後來日本佔領後，雖說施行軍政，但對於德國人所組的救火會，仍視為義會性質，「會中管事人均未作俘虜」，極力優待，會中一切救火器具，亦未毀損一件……前年我國接受行政之時，街上有一種傳言說是消防隊的救火器具，均經日本人搬去云云，彼時本報曾披露過數次，意欲提醒當事的人，據理爭回才好，詎料這夥官打撈了，除了打算個人陞官發財外，誰又來管這些不著自己的財產事呢……記者很盼望當局的先生們，別以為沒燒了我的房子，我管他做什麼，趕緊湊幾個錢，添購點救火器具……

又如一則在 1924 年 6 月 24 日翻譯自《國際公報》的《中國與蒙古》的文章，表示了對外交事務的關注：

> 中俄會議中之主要障礙物，即係蒙古問題，會議之停頓，及三月中旬之蘇俄哀的沒敦書，皆其釀成者也，然按二日（國際公報，係本月十四日出版，二十一日到青）前所簽之中俄協定，此種障礙，業已瓦解，而中國之蒙古統治全權，亦完全接收矣。在表面上與枝頭上觀之，一廣大之領土，已被中國收回，但中國能否利用時機，使蒙古人民國之懷抱，實另一問題也……

同時還有對執政者的建議：

> 夫青島所以壞道如此地步者，一由於前熊督辦好也是他，不好也是他，處處以放棄個人之職責者，而放棄地方之要政，一由官吏好也是他，不好也是他，處處以敷衍人情面子者，而敷衍地方之商民，此政之不良，每由於官之邪，官之邪，每由於無廉恥，由不良之官，演不良之政，此青島始有今日不良之現象……為治之道，當

如公瑾之待蔣幹，闞澤之愚二蔡，禁政客勞力之侵入，防官僚氣焰之膨脹，去害地方之蟊在，變害地方之頭腦，精神物使其振，思想務使其新，除惡社會之惡俗，去惡社會之風氣，則上下一致，青島其庶乎治矣，此記者之敬告，願高督辦其思之。（1924 年 4 月 2 日寄韜）

有對政府部門政策的評價：

……再說發展青島商埠和振興膠濟鐵路的事情，十人之中，有九人說非減輕運價，使出口的貨，差不離是商人全從膠濟鐵路上走，運輸一興旺，路政自在發展之中，而在路政當局，火災理財的大佬們新天上，也未嘗不是這個意思，無如嘴裏所說的言話通信李的打算絕不一樣，而今不但不向運輸減輕以廣招來的德政上行，反倒於運輸原價而外，又加起價來了，這不是走向歧路上去了嗎？（1924 年 8 月 27 日）

又有對學生的忠告，1925 年 4 月 10 日：

……處今日社會混沌之秋，為學生者，當深知求學之不易，國家需才知殷，但冀個人學業之成就，為他日包裹之計，豈可妄事他求，自誤學業……夫巴克於校長教員何損，徒棄有用之光陰，拋學業於不顧，與自殺何殊……記者脫離學校纔二年，對於學生之心理，實所稔知，十年讀書，遭逢學潮者數次，事後自思，至以拋荒事業為憾，其他識淺自娛，猶多難言之隱，蓋已深感於學風之惡劣，致學生於自殺，今青島各校風潮，此撲彼起，至堪為憂，特書此，以為我可愛之青年告。

總體來說，《中國青島報》的評論文章多數為通俗易懂的白話文字，讀來朗朗上口倍覺親切。除此之外還有「小言」（在 1924 年 3 月 22 日之後曾用名「斧正」）欄目，篇幅短小，涉及時事：

日昨有某商販等，因為小小誤會，遂向膠澳漁市場，下了總攻擊令，不知者多謂該商販等，有意搗亂及細經調查，乃是收了某國人利用的緣故，蓋膠澳漁市場，乃一般華商所組織者，聞該市場成立後，頗與某國人大大不便，某國人因無法出頭反對，遂暗中教唆，掀起此一段風潮，該商販等莫名其妙，竟為所愚弄，咳，我中國商人們的智識，真可算幼稚到極點了啊（1924 年 6 月 9 日）

且報社社長伊筱農常在此欄目投稿，化名為「笑農」、「笑」、「筱農」等名。

除新聞、評論欄目外，《中國青島報》還專門開闢了「青島商情一覽表」專欄，專以刊登青島地區銀錢、錢紗、棉絲、物產、煤油、麵粉、洋燭、油米雜糧等物品在早市、晚市中的物價商情。

《中國青島報》還有一副刊名為「清閒錄」，報紙副刊所佔比重不大，約半個版面。副刊內設有「文苑」、「小說」、「長篇小說」、「遊記」、「雜錄」等專欄，刊登詩歌、散文、小說，主要以文學作品為主，如《夢中人》、《中秋懷感》、《間諜生涯》、《感逝詩》等文章。「諧評」、「諧著」、「法律」、「常識」、「商業」、「調查」、「經濟」等專欄，登載科普文章以及帶有時評性質的小品文，如《究竟是誰的不是呢》、《珍珠之鑒別法》、《勞工管理問題》、《各國最近整理財政之經過》、《世界人之帽》、《更審上訴問題》、《凍瘡之危險》等。此外還有欄目名為「金樽檀板」，用來刊登各類劇評影評，如《龍香館談劇》等。

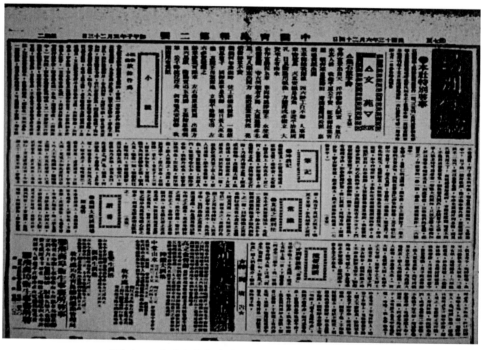

圖 26：《中國青島報》副刊「清閒錄」

在這之中，報紙曾登載過一篇名為《新聞館》的小品文，文章作者署名「虛生」。該篇文章中敘述了報紙對作者的以及渴求讀到新聞的願望：

　　（一）什麼我不理，唯有你；（新聞）什麼我都不思，也只有你；（新聞）你若不日日送吾，我即如小兒斷乳！我的目是向新聞官望著，專候送吾；我之身子天天忙亂，我的管城子卻打著你。

　　（二）你在我的頭腦之中，並非白紙印黑字，的確是社會的結晶，是新聞記者的代表者。

　　（三）來替你派新聞紙罷，這是我未見的願望！但願你天天蒙各界愛讀罷，我是天天如實的禱祝！

　　此外，《中國青島報》還出名為《中國青島報副張》的報紙，副張排版和《中國青島報》報紙無異，第一版和第四版為廣告專版，報紙中縫也穿插有廣告，與之相不同的是副張在第一版中廣告字體變大，且多在報頭左側使用插畫說明廣告，排版較為鬆散。受限於張數的影響，廣告相對於《中國青島報》類型較少，多刊登影劇院、銀行、照相館、煙草等廣告，並定期刊登膠澳商埠發布的各項通知、細則，但所佔比重極少，總體報紙還是以廣告為主。

　　報紙第二版和第三版刊登有「特別廣告」、「啟事」、「小說」、「文苑」、「公布欄」、「來件」等專欄，其中僅「小說」為固定欄目，其餘欄目則不定期出現。

　　由此可見，《中國青島報副張》的消遣性較強，基本不刊登新聞，僅登載廣告以及小說、散文等文藝作品。

　　而不管是《中國青島報》還是《中國青島報副張》，報紙常在第二版右上角刊登各類報社的啟事，從征稿啟、營業部啟事到社長啟事，凡有關《中國青島報》報社的消息都會在此欄目固定出現。

　　需要提出的是，在民國初年，全國戰事頻發，受戰時客觀條件的制約，新聞的時效性和真實性都受到了一定的考驗，而報紙離戰爭發生地較遠，無法分別收到的新聞是否真實，不少假新聞在此階段頻出。而為避免這一點，儘量減少假新聞對報社的損失，《中國青島報》社長伊筱農特發啟事，前往距離戰爭較近的地區觀察情形，報導新聞：

　　「伊筱農特別啟事」

　　竊目江浙戰起，牽及吾魯，全省被擾，苦難盡述，我青一埠，地方諸凡，幸賴現當局，宏力維持，始終風鶴未驚，儌天之幸，閤埠家福，所有經過諒為全埠人士，共同讚頌者也。惟以地方難享升平，商業則幾限停頓，間接影響，仍難幸免，現閱京津各報，記載大局情形，言人人殊，所傳不一，遠道消息無法證實，敝報以天職

所在，何敢免避艱險，遂於昨日得全社之同意，推委鄙人即日前往
津浦北段馬廠一帶，觀察確實情形，以資報告，而慰各界渴望升平
之念。區區苦衷，諒爲久閱本報諸大雅及友好諸公，共同贊成者焉，
匆匆起行，述未走辭，並此順頌，各界春祺。〔註43〕

　　啓事中所提到的江浙戰爭可以說是第二次直奉戰爭的導火索，當時戰事
多變，恰逢時奉系的張宗昌督魯，可以說該次軍閥戰爭也與山東地區關係密
切。受戰事影響，青島地區商業幾乎限於停頓，民眾對瞬息多變的時局發展
關注十分密切。然而在此期間，因戰爭緣故通訊不便，通過其他渠道獲知的
第二手消息內容各異，無從辨知真假，故爲履行報紙「天職」，給報紙受眾提
供準確消息，《中國青島報》社長伊筱農特前去觀察戰爭情形，而這也正是爲
追求新聞真實性所做的努力。

5.　《膠澳日報》

　　報紙於 1923 年創刊於青島，1927 年停刊，日刊，對開六版。報紙社長爲
王靜一、鄭吟謝，總編輯爲陳信功，日本外務省所做的中國新聞紙調查寫有
報社的主持和社長爲鄭吟謝，報紙日發行量四百，除在青島地區發行外，還
面向日本、朝鮮及歐美各國發行，是一家較有影響的民辦報紙。

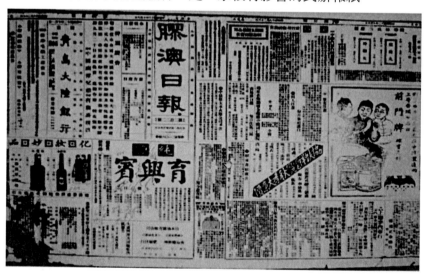

圖 27：《膠澳日報》

〔註43〕摘自 1926 年 3 月 23 日《中國青島報》。

　　根據記載，王靜一創辦該報紙的目的並非是有意於新聞業，而是將其作為自身進官的工具，故報紙並沒有明確的宗旨和堅定地立場，報紙言論也東倒西歪。該報主筆崔信初在認識了山東財政廳長杜尙之後，也投筆從宦。繼任社長鄭吟謝在謀得青島貨物稅局大港分卡的肥缺之後，也說：「我對這個報館不但不過問，甚至連聞也不願聞。」隨著社長的陞官發跡，該報編輯部人員也幾乎全部跟到大港分卡去當了官，最終使得報館關門倒閉。

　　報紙在 1926 年因遷移社址，中途曾停刊三日，《中國青島報》和《大青島報》曾刊發有該報的停刊啓事：

　　　　啓者，本社現移於黃島路一號，自七日其，開始搬移，計三日
　　　內即可搬完，七日爲國恥紀念停刊一日，共計（八）（九）（十）三
　　　日無報，十一日照常出版，特此警告，再者各界如有公文函件即希
　　　徑送黃島路一號爲荷〔註44〕

　　報名位於報紙第一版右側，在報首左側寫有「中華郵政特准掛號認爲新聞紙類」，右側寫有社址，報名下方寫有報社電話、報紙出版的期數和日出一張牛的信息。之後陳列有報紙價目和廣告價目。

　　根據 1933 年 10 月 6 日的報紙定價來看，膠澳日報「零售大洋三分，本埠訂閱每月大洋七角，半年大洋四元，全年大洋八元」且「商學兩界訂閱特別優待每月六角，國內每月加郵費一角五，日本朝鮮同歐美各國每月加郵費六角。」

　　從報紙定價上可直觀看出《膠澳日報》不僅在青島本地和國內銷售，還銷售至日本、朝鮮及歐美地區。

　　廣告在《膠澳日報》中佔有較大比重，除第一版和第四版的廣告專版外，報紙中縫和新聞專版的最末一欄依舊有廣告的身影。

　　《膠澳日報》廣告涉及種類多樣，除銀行、香煙、影院、保險、旅社、成衣等的商業廣告外，還有書店類的文化廣告，個人啓事類的社會廣告，以及專門刊登政府公告的廣告等。且報紙廣告加有插畫說明售賣產品，十分形象。

〔註44〕摘自 1924 年 9 月 10 日《中國青島報》。

圖 28：《膠澳日報》香煙廣告

　　報紙設有固定欄目「專電」、「北京要聞」、「本埠新聞」、「本省新聞」、「各省新聞」、「國外新聞」、「特載」以及「時評」，報紙第二、三版爲新聞專版。每個欄目之間以波浪線分隔，新聞主標題使用黑色三角標示，副標題則使用△符號。新聞正文有標點進行斷句，閱讀方式是以從右向左的豎排爲主，

　　專電的稿件多來自於北京、上海、奉天等地，電報與報紙出版之間通常有一至兩日的時間差，在重大事情發生時，報紙會以特電的形式進行刊登，並使用大號字體加粗醒目。如 1923 年 10 月 6 日報紙刊登的曹錕當選大總統的專電：

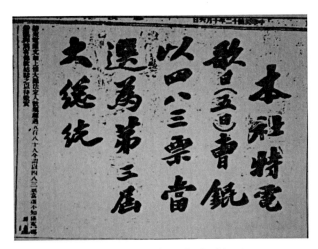

圖29：《膠澳日報》特電

　　「北京要聞」多登載北京地區的政務新聞，如人員任免、政治外交等，該欄目所佔比重不大，刊登的新聞主要來自於京訊。「本埠新聞」在《膠澳日報》新聞版面中所佔比重最多，每次約有十條左右的本埠新聞出現，該欄內容涵蓋廣泛，除政治經濟消息外，還有報導民生性新聞，該部分稿件主要來源於投稿，並且與別的欄目所不同的是，經投稿或採訪得得新聞最末會以單字署名作者名稱，如（姜）、（僧）。「本省新聞」來源於濟南、煙台的通信，以報導省內各地最新消息為主，其中政治新聞居多。「各省新聞」主要來自於外地通信社，如民國通信社、漢口通信社，這一板塊也主要以當時軍閥混戰的消息為主。「國外新聞」所佔比重最少，消息主要來源於京訊。「特載」欄目則是刊登山東省內的一些規則、章程，「時評」所刊登的評論性文章與政治事務多無關係，如1923年10月13日的《慎火》時評，由當時青島市內火災頻發一事而號召大家注意防火。可以說其時評欄目的文章較為寬泛。

　　中共山東組織早期創始人之一的鄧恩銘，在青期間曾在該報擔任副刊編輯。在擔任編輯之時，利用職務之便，在副刊開闢馬克思誕辰105週年的活動徵文活動，並在《膠澳日報》副刊中轉載《列寧傳略》，宣傳而過十月革命的勝利和建立無產階級國家的情況，開始有計劃地傳播馬克思主義。此外，鄧恩銘還刊載描寫工人勞動苦難的散文和抨擊實事、宣傳三民主義的文章，1924年1月1日鄧恩銘在該報新年增刊上發表《今日的感想》一文，明確提出：「中國的和平統一和獨立，除了被壓迫人民聯合起來，一齊向本國軍閥和外國強盜進攻以外，沒有第二條生路。」

　　副刊「海嘯」的主編嚴恨余爲江蘇吳縣人，是在青島做地下工作的共產黨員，嚴恨余常在該副刊中轉載瞿秋白的作品。副刊「濤聲依舊」的內容完全是各體舊詩、詞、賦及文言文，曾任《大青島報》編輯的李萼在該報任主編，曾任青島市莒縣路圖書館職員、《大青島報》編輯的姬鐵梅在該報擔任校對。

　　報紙停刊後，報紙報頭由膠澳通訊社的陳無我買去，購得重新出版後的《膠澳日報》，爲四開小報，報紙成爲以娛樂新聞爲主的報紙。

　　除此之外，從查找到的資料看，當時《膠澳日報》和《中國青島報》之間曾發生過筆戰，但因兩份報紙關於此事件的原件缺失，並不能找到此番筆戰的緣由，僅能從《中國青島報副張》裏所刊登的聲明窺見一二：

　　　　連日敝報爲爭眞是非，備受膠澳日報之蠻鬧，今是非已明，敝報責任已盡，惟該報記者，又在強詞奪理，昨又聲明敝社爲辱罵。查敝報在上月二十六二十七兩日社論，因該報二十五日論壇首先指名罵本報記者寄韜，而該報論壇題下又未署名，故以言激出該報作文之人，此後即屢屢聲明，不再用激將之法，乃該報昨日聲明，又復指敝報爲辱罵，是誠敝報所大惑不解者，如該報連日代論代評以及是非之林各欄內，無辱罵敝社記者之字眼，則敝社即承認辱罵該報，否則係該報自罵，又何指敝社爲罵，今曲直已判，該報如認曲在該報記者，敝社即不事追究，否則仍周旋於筆墨之間，以期與牧豬奴（此係學他罵人者而還禮）較是非曲直。

　　　　又各界勸函，本擬如命，奈爲眞是非所迫，不得不爭，今移斯欄於副刊，即轉爲對付該報而設，今彼既告退，敝社本窮寇莫追之意，不予深求，藉以副各界函勸之善意，如彼仍狂吠（此亦學他罵人而還禮）不已，則唯有抱開導之旨，以作永久之筆戰而已，特此聲明，籍希各界之原諒。

　　　　各界欲洞悉此次爭論之曲直，請將二十五日該報論壇及敝社駁論照看，不難一索而得曲直之所在矣。

　　　　編輯部啓

　　從《中國青島報副張》所刊登的聲明來看，該次筆戰是由《膠澳日報》引起，辱罵《中國青島報》記者寄韜，寄韜爲《中國青島報》記者，曾多次發表評論文章，如《善後借款已有著落》、《膠濟路局長易人》、《今而後青島之政局》、《輕刀快馬投無不利——政局上的好現象　地方上的好幸福》、《政府善開玩笑

——生把活人弔起來》等，其文章多和當時政局有關，且文筆犀利，褒貶時弊，譴責政府腐敗。根據考證，該名爲「寄韜」的記者爲青島著名報人胡信之。

胡信之又名胡寄韜，原爲北京人，後隨母及眷遷來青島居住，擔任《中國青島報》記者期間，胡信之編寫了一些社論、漫談、小言等，抨擊了軍閥政府的腐敗無能以及搜刮民脂民膏、塗炭生靈的罪行。雖然在文中對北洋軍閥大肆抨擊，但對其仍有一定的幻想，胡信之曾寄希望於高督辦的「斧政」改變青島現實，並對其政策加以吹捧，而報紙的「小言」欄目爲對這位督辦政策表示支持也曾改名爲「斧正」。

可以說，胡信之對工農勞苦大眾是同情的，但對工人階級的歷史地位極其作用則認識不清，隨著反帝反封建愛國運動的開展，根據記載，共產黨人鄧恩銘、延伯眞等人積極幫助、爭取胡信之，有時甚至同其有過激烈的論戰，最終使胡信之站到了人民群眾一方，成爲共產黨人的朋友。而胡信之也因爲和《中國青島報》老闆伊筱農之間理念不同，離開了《中國青島報》。

且胡信之在《中國青島報》擔任記者期間，鄧恩銘也在《膠澳日報》擔任副刊編輯，由上可以推測出，此番《膠澳日報》發起的筆戰，其筆戰對象又爲「寄韜」，筆戰原因有可能爲如上所說，鄧恩銘、延伯眞等人爲爭取胡信之展開的激烈論戰。

但最終有關這次筆戰的消息，《膠澳日報》原件有所缺失，無法尋找到當時眞相，而筆戰原因爲爭取胡信之，改變胡信之的某些錯誤觀點也僅爲推測。

6.《青島晨報》

在北洋政府收回青島後，1923 年青島市商會會長隋石卿創辦了《青島晨報》，並自任社長。報紙 1924 年停刊，總編輯是胡信之。但最後因胡信之與隋石卿意見不合，胡信之不久即退出。該報爲日刊，對開 4 版。

隋石卿（1889～1938），山東文登縣人，在煙台時，隨德人牧師學習德文，後被引薦到青島，在青奧德商經營的順和洋行當德文翻譯，不久升任洋行買辦。在 1914 年第一次世界大戰爆發時，日軍佔領青島，隋石卿以德商撤退時所贈財產開設了華信木廠。1920 年，又在青島天津路西端盤進一家德人留下的鐵工廠，取名華昌鐵工廠。同年被推選爲青島總商會副會長，1922 年被推選爲會長，連任至 1927 年。在此期間，隋石卿投資興辦了很多中小型企業，且購置了多處房產，成爲青島頗有影響的工商業代表人物。

　　《青島晨報》社址最初位於保定路 26 號，後期報紙遷移社址，曾於 1924
年 6 月 24 日在《中國青島報》中發表遷址啓事，因報紙污迹較爲嚴重，無法
知曉遷移後的新社址位處與哪，僅能辨析出在該啓事中寫有《青島晨報》「因
遷徙新址，現正整編內部，改良印刷……」等字樣。

　　因報紙原件現存較少，故無從考證其辦報宗旨，但從青島總商會會長張鳴鸞
於 1923 年 9 月 27 日發給《青島晨報》的開幕詞中，可以看出對該份報紙的期望：

　　　　青島晨報，開幕紀念；十月之朔，貴報開幕；提倡輿論，先知
　　　先覺；國之輶軒，民之木鐸；筆挾風霜，胸羅丘壑；發聲振聵，暮
　　　鼓晨鐘；嶗山之麓，泰岱之東；恭祝貴報，聲譽日隆。

　　從廣告版式看，報紙的廣告排版並不緊密，且除了有廣告專版之外，還
會在副刊、新聞版面之中穿插廣告，報紙所佔比重較大。且大部分廣告依舊
爲豎排自右向左閱讀，但也有部分廣告標題使用橫排，排版方式更加多樣。

　　報紙商業廣告在所有類型廣告中佔了約五分之三的比重，而且報紙廣告
類型多樣，除了通常登載廣告的藥房、汽車、煙草、照相、成衣之外，還多
了汽水、白酒的廣告。

　　提倡國貨如汽水廣告，宣傳汽水「解暑醒酒，清心順氣，消食化痰，品
高價廉」，並同時配以相應插圖，而且在插圖旁寫上了插圖繪畫者的名字。

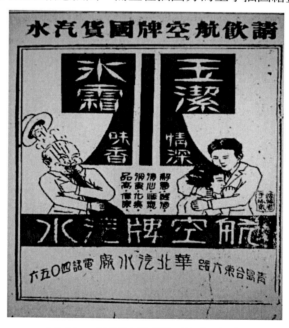

圖 30：《青島晨報》汽水廣告

同時還有中國煙台產的「光華白蘭地」，在陳列出來的白酒特色裏在一條就予以聲明該白蘭地「完全國產」。

在文化廣告方面，在《青島晨報》中書局廣告佔了較大比重，除售賣各種消遣讀物外，主要還是以銷售學生課本為主，且當時中學生課業注重英文的學習，書局在銷售教科書外還根據教育部頒佈的中學生英語課業標準售賣英語讀物，1923 年 11 月 1 日的書局廣告：

教育部頒佈初級中學英語課程標準：

目標：一、練習運用切於日常生活之淺近英語；二、建立進修英語之良好基礎；三、使學生從音樂方面發展期語言經驗；四、使學生從音樂方面加增研究外國事物之興趣。

本局刊行「初中學生文庫」，於英語科之讀物，即以此標準而編輯，對於初中學生選擇英語課外讀物，最為適宜……

所售賣的書籍有：《英語正音課本》、《漢譯英文法》、《英文動詞用法》、《英文造句法》、《英文作文坺本》、《日用英語會話》、《英華旅行會話》等，英文課外讀物有《魯濱遜漂流記》、《堂吉訶德》、《伊索寓言》、《格列佛遊記》、《天方夜譚別集》、《海客談瀛錄》等。

從教育部發布的英文學習標準和書局售賣的書籍可以看到，當時政府已經注意到了要學生學習外國事物同時培養學生對外國事物的研究興趣，並接受國外文化，以開闊眼界。

而社會啓事類和政府公告類的廣告，從現存的報紙來看，其所佔比重較少。啓事類廣告依舊以個人和企業的聲明啓事為主，個人類廣告多為鳴謝、遺失物品、律師業務的啓事，企業類則為報社自身的出版、發刊，以及醫院、飯店開幕的啓事等。政府公告類廣告所佔比例最少，沒有專門的欄目進行刊登，只在各類廣告中進行穿插登載。

從廣告和部分新聞來看，報紙排版多為自右向左的豎排閱讀，也有一些小說使用橫排自左向右的排版方式，該排版方式同現代的報紙排版基本沒有區別，雖該類排版方式出現次數很少，但也可以看做是當時報紙排版的一種嘗試。

《青島晨報》的排版方式較為簡練，且新聞之間排列較為鬆散，相對於同期其他報紙，該份報紙的排版較為接近現代報紙。

從新聞內容上來看，因報紙原件殘缺不全，帶有新聞的版面較為零散，故並不能完全窺見當時《青島晨報》的新聞報導方式，但與同期報紙不同的是，

報紙設有「教育・體育」專欄，可以報導先前同期各報爲之忽略的體育新聞。

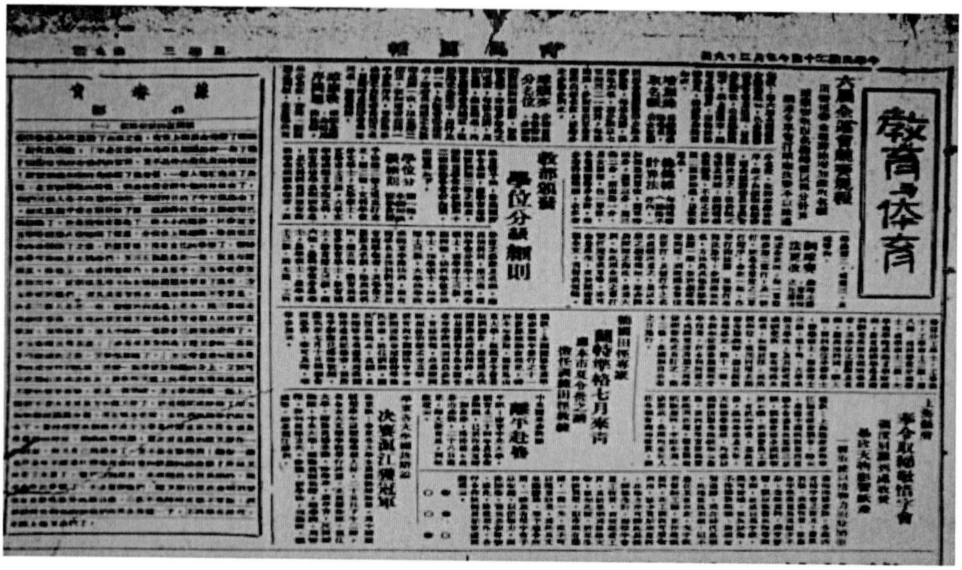
教育体育

學位分級細則

圖 31：《青島晨報》「教育・體育」專版

「教育・體育」專欄刊登與教育教學和體育界相關的新聞，以及刊登有關於教育體育有關人物的消息，其內容消息多來自於各地電訊，如 1923 年 11 月 1 日的「教育體育」專欄：

《六屆全運會競賽規程》

《教部頒發學位分級細則》

《上海縣府奉令取締敬惜字會》

《德國田徑隊專家蘭特准格七月來青》

《華東各大學國語辯論決賽滬江獲冠軍》

此外《青島晨報》還有副刊藉以刊登小說、詩歌等文藝性作品以及一些科普類文章，可以滿足讀者的不同需求。

最初《青島晨報》的副刊下設各小欄目，欄目標題都用不同的插畫加以裝飾，增加了報紙美感，且報紙副刊排版並不緊密，提高了讀者的閱讀體驗。

「法律」專欄主要宣傳各種法律知識，提高讀者的法律意識和法制觀念，而這也與報紙上出現日益眾多的律師事務所廣告相得益彰。「經濟」和「衛生」專欄與「法律」專欄相類似，刊登有科普性質的文章，如《土地之分量》、《狂犬瘋狗之毒》等。

「文苑」、「小說」多是刊登散文、詩歌、連載各類武俠小說等，其中知各小說家不肖生所著的《半夜飛頭記》曾在「小說」一欄連載。

不肖生又名平江不肖生，作者原名向愷然，曾寫有著名小說《江湖奇俠傳》，作者偕此著作同當時趙煥亭所著的《奇俠精忠傳》一起開闢了民國小說的「紙上江湖」。而根據該書部分情節改變的電影，由胡蝶主演《火燒紅蓮寺》更是紅透全國。《江湖奇俠傳》一書以其曲折離奇、充滿懸念的內容結構以及虛實結合、真假相生的人物故事，表現出了作者向壁虛幻的崑崙、崆峒、邛峽、峨眉四大劍仙集團的爭鬥，為後來的民國武俠小說創作提供了坎本，並形成用純白話語言去表現飛仙劍俠及草莽武夫的現代武俠小說敘事模式。可以說且自他以後，民國武俠小說終於自立門戶，形成了自己的體系與梯隊，並將武俠小說以類型化進入中國現代文學史中〔註45〕。

而《青島晨報》所刊載的《半夜飛頭記》是不肖生在上海時創作的作品，約為 1920 年所作，上海時還書局出版。《半夜飛頭記》故事曲折，講述了因家道中落無奈墮入紅塵的陳珊珊，其潔身自好，孝順有志。得識多才貌美，學貫中西的王無懷，兩人互相愛慕卻受多人阻攔無法成婚，贖身之後的陳珊珊學成劍術，保護心上人之時懲惡揚善，最終有情人終成眷屬。小說出場人物眾多，俠義與情感並存，且還涉及有神怪情節，十分吸引讀者，為平江不肖生一貫的寫作風格。小說於 1929 年改編為電影。

「農業」刊登農業的相關知識，1923 年 11 月 1 日的「農業」專欄刊登了人參種植法，該欄曾照錄「實業之新發明」《生利指南》一書，具體介紹農業的各種養殖、種植方法。「政治學」專欄也如「農業」專欄一般，直接連載《政治學》一書，介紹世界各地的民族、政治常識。

其中在以上各類小專欄中，除連載小說和登載的書籍外，每篇文章或詩歌前都會使用★字符進行標注。

7.《青島晚報》

根據《山東省志・新聞出版志》記載，報紙於 1923 年 10 月 12 日創刊，日出一張，停刊時間和報紙創辦人均不詳。

〔註45〕倪斯霆著：《舊文舊史舊版本》上海，上海遠東出版社，2013 年版，第 151～172 頁。

圖 32：《青島晚報》

如今報紙創刊號已不可尋，無從知曉報紙的創辦宗旨，但從各方對《青島晚報》的祝詞可對報紙的創辦意圖窺探一二：

青島晚報開幕

大報出世，言論超羣；光明磊落，不染俗塵。

膠澳警察廳巡警教練所較遠趙禹九 秦伯寅祝

名稱雖晚，見聞卻早；奇論驚世，大家叫好；惟祝該報，長生不老。

魏憾輕敬祝

青島晚報出版

啓民之鑑，醒世之鐘；

惟彼晚報，是我益友。

王介涵謹頌

敬祝晚報開幕誌喜

貴報定名，稱之曰晚。若春秋之復出，寓善惡之褒貶，如董狐之史筆，無貴賤之敢言，喜晨鐘之在朝，慶暮鼓之向晚。

水上警察署大港分駐所耿毓麟敬祝

報紙報頭在「青島晚報」的左側寫有「中華郵政特准掛號認為新聞紙」，右側寫有社址位於天津路。下側則標注有報紙的廣告價目和報紙價目。

《青島晚報》零售價格為銅圓二枚，本埠訂閱每月銅圓五十枚，常年訂閱三元，半年訂閱一元五，外埠訂閱的話秩序加郵費一角五即可。廣告價格為：「凡登廣告英方寸者一寸者三日大洋一元，普通廣告三日七日半月一月全年按上合價登對面，按普通價加倍；社論前及新聞欄內按對面加價二分之一，全年或月格外從廉，刊資先惠」

從《青島晚報》的廣告價目中可以看出，當時編輯已經開始意識到廣告位置對受眾的影響，故開始在報紙不同位置收取不同費用。對報紙而言，新聞和社論無非是吸引受眾最多的地方，《青島晨報》也據此聲明在該兩處前刊登廣告要酌情加價。

作為一份商業報紙，《青島晚報》的商業廣告所佔比重最大，雖然報紙日出四版，張數較少，但商業廣告有兩版，且報紙中縫處也在刊登各類廣告。

從現有的兩份《青島晚報》來看，商業廣告有銀行、煙草、建築、照相館等，受限於報紙張數，商業廣告類型不多，且暫未找尋到文化廣告和政府廣告，社會類廣告僅有個人遺失聲明一則。同時報紙廣告依舊提倡使用國貨，並帶有插圖加以說明售賣的貨物內容。但插圖相對於同期別份報紙而言數量較少，廣告排版依舊為豎版自右向左讀，並且極少有標點或空格加以斷句。

就報紙新聞版面內容而言，有「命令」、「專電」、「緊要新聞」、「本省新聞」、「本埠新聞」、「無線電」等欄目，同時加有「時評」、「雜談」等評論性文章專欄，每欄新聞之間用波浪線或單豎線進行分隔，報紙在第二版右上方固定刊登有報社啟事，報紙新聞標題字號大於新聞內容，副標題和主標題之間借用▲進行標識。新聞內容以政治軍事新聞為主，暫未找到報紙體育、經濟、教育等專欄。

「命令」專欄用來刊發大總統令及總理下發的命令，如 1923 年 10 月 27日的「大總統令」：

參謀長張懷之呈。科長劉光，因病請辭職，應照准，此令。

……

參謀總長張懷之呈。請徵命李德昭署科長，應照准，此令。

……

內務總長高凌霨呈。准河南省長張鳳臺諮，請任命趙承周為省會警察廳警正，應照准，此令。

「專電」多來自於北京。天津的電報，內容有多有少，政治性強，如1923年10月16日的「專電」內容：

直系軍官將免職者多（天津電）

聞直系內訌甚烈，王懷慶除師長外各差皆不甚穩。聶憲藩，薛之珩，皆將連帶去職。

直奉雙方增防（天津電）

直奉雙方，各在榆關峰口一帶增防，人心大恐。

魯督免職決定（北京電）

田中玉免職已經決定，擬授以將軍府將軍。

元首優待議員（北京電）

憲法會議告成，曹錕特贈議員美人大禮服一身，金表一枚。

「無線電」欄目與專電相類似，皆是接受自各地的電報，多以北京電為主。欄目並不固定，且電訊內容較多，大部分是社會消遣類新聞，並且電報無標題，如：

北京路電，昨天晚上有個姜某，到保安棧閒遊，見有牛某的西瓜數頭，隨便搬走，被牛某卓著，打了一頓還帶到警所拘押。

保定路電，大享棧姑女有名小桃者，北產也十二歲始入樂籍，其鴇家係南人，該妓演習已久竟能澡是語，往往□客該以小桃為南產也，見其學止頗不粗陋，其豐資亦堪取洵。

……

「緊要新聞」和「本省新聞」兩欄多是以政治軍事新聞為主，且整體所佔比重較少，新聞主要來自於各地通訊。「本埠新聞」的內容多為報紙訪員所寫，新聞之後多署名訪員姓名，如（玉）、（鴻）、（送）等，其報導內容多樣，既有政治新聞又有社會新聞。如1923年10月6日「本埠新聞」：

《如是我聞之路局課長》

《日人報館被搶》

《攝局長獎勵隊兵》

《土匪劫搶磚窯之駭聞》

《本埠商業日有起色》

《工人傷折腰尻》

「時評」專欄刊登有與當前國家政事相關的評論，文章大多短小精練，如 1923 年 10 月 27 日「時評」：

副座

中國民國一副座也，主持當選者，竟有數人，有謂宜予奉張者，有謂宜予浙盧滇唐者，一國三公，吾誰適從。而白宮心意，亦隨著搖搖似旂矣。

在昔時代，至不得已，有以一女籠絡天下英雄，使其人殼者。即漢高以女許匈奴，魏武以女許袁式是也。現下副座一席，不幸類是。

不見夫當國者，純以副座爲香餌者乎。今正目貼神招，秋波送情時也，究不知，誘來之浪子愈多，醋海之風波俞甚。良好名媛，恐將起蕭同之戈矣，涕出而女，不知終嫁誰式，副座副座，惟任汝日後之命運苦何耳。

副刊「雜談」刊登有一些散文、雜錄、隨感、燈謎等文藝性作品，供讀者消閒。

8.《東海日報》

報紙曾在 1923 年 10 月 20 日《濟南日報（青島版）》中刊登過一則出版預告：

本報以增進膠澳文化贊助自治，代表輿情，提倡社會各種工藝事業爲宗旨，本有聞必錄之責，惟據實事求是義意，社址設於膠州路三十七號，電話五百三十九號，擬於十一月一日（即舊曆九月二十三日）出版送閱七天，送登廣告七天，除徵文徵祝詞，另有專函詳達外，凡吾各界同仁有欲惠賜祝詞鳴文新聞廣告等件者，希於十一月一日以前寄到本社以便照登供餉閱，藉狀敝報聲色爲盼，恐未周知，特此預告

青島東海日報社謹啓

　　自此可以獲知報紙的準確出版時間，即 1923 年 11 月 1 日。但報紙創刊人和停刊時間依舊不詳。

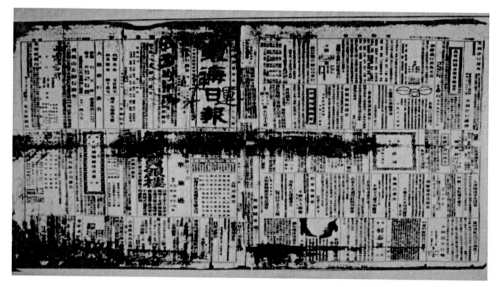

圖 33：《東海日報》

　　報紙曾於 1923 年 10 月 27 日在《青島晚報》刊登有出版預告，內容與在《濟南日報（青島版）》登載的廣告無異。從這兩則刊登的出版預告亦可以看出《東海日報》的辦報宗旨是「代表輿情」並以「提倡社會各種公益事業為宗旨」。

　　從青島檔案館僅存的一份《東海日報》看，報紙第一版和第四版為廣告專版，同時在報紙中縫和報導新聞的版面適當插入廣告。其廣告數量多，每則廣告之間使用豎線分隔，多數廣告仍舊為豎排且自右向左閱讀，報紙在廣告所配插圖數量較少，廣告版面整齊明瞭。

　　《東海日報》廣告以商業廣告為主，其中又以銀行類廣告居多，如朝鮮銀行、橫濱正金銀行、交通銀行、大陸銀行等皆在該報登載過廣告。除銀行廣告外，還有成衣、護膚品、澡堂、煙草、煤廠、眼鏡、汽車行等內容的廣告。文化廣告在報紙中占的比例較少，在找尋到的該份《東海日報》中僅有三則文化廣告。此外還有一些非公益性的啓事類廣告，如律師事務所、律師個人啓事等，且在報紙中暫未找到政府公告類廣告。

　　就新聞欄目而言，其有「命令」、「專電」、「國事要聞」、「本省新聞」、「各地通信」、「本埠新聞」、「本埠瑣聞」等欄目，評論性文章有「閒評」、「漫言」

等專欄，此外還有專門刊登文藝性作品的專欄。報紙整體內容以政治、軍事新聞為主。

　　報紙第二版和第三版為新聞專版，使用豎排自右向左的排版方式，不同的新聞欄目中其新聞標題有不同的標示方式，如「國事要聞」使用●進行標注，「本埠新聞」則用⊙符號，不同欄目之間使用波浪線相分隔，版面乾淨整潔。

　　「命令」一欄用來刊登官方下發的「大總統令」，「專電」多數來自於北京專電，內容除軍事消息外，多以政治性電報為主，且內容精簡，字號較大，採用黑體，並且不注明電報的接收時間：

　　　　北京電

　　　　總體贊成弭兵會已交諭軍事處，協助各團體積極進行聞該會會員以奉吉黑議員占多數。

　　　　北京電

　　　　王克敏又向大陸金城商業各銀行接洽二百萬現款，準備發放各機關欠薪與臨時經費

　　　　北京電

　　　　在日被害華僑姓名清單及證據多件已到京外部，將再向日使提出抗議

　　　　北京電

　　　　眾議員黃明新等百餘人，今日提出質問內務部租賃先農壇案

　　「國事要聞」主要報導在國內發生的重大政治軍事事件，以政治新聞為主，「各地通信」與之相反，其登載的內容多偏重於社會民生類新聞，而且就兩欄的新聞來源看，「國事要聞」多來自於通信社，而「各地通信」更多的來自於地方通信。

　　「本省新聞」刊登山東省內發生的政事新聞，其中一則《司法機關亦能枉法耶》的新聞，報導了在濟南某地一人因家務糾葛，打死車夫，然而兇犯託政客說項，在地方檢察廳運作，以減輕罪狀。該事一出無不激起民憤，故而報紙在新聞最後言明「司法機關亦能枉法，吾民將無焦類矣」。報紙訪員在最末摻雜了自己的評論，替民眾發聲，「代表輿情」的職能此刻正顯露出來。此外還有《徐鎮使剿匪之捷電》的報導，在最末寫有「餘匪西躥，除飭該團等，跟蹤襲擊外，特先報聞云云」，又如《販賣大批縣知事之駭聞》，記者直接寫明「記者援有聞必錄之例，姑誌之，以觀其後……」。以上兩則新聞無一

不體現了《東海日報》「有聞必錄」的辦報宗旨。

「本埠新聞」和「本埠瑣聞」報導新聞內容以青島地區的政治、文化、民生類新聞爲主，所佔比重較大。

評論性專欄「閒評」和「漫言」主要刊登政論性文章，探討國家政策外交政事，如《種種外侮之憤言》：

> 天災之流行也，無論水旱風雹，蝗螟瘟疫，山崩地震等等，純是世界人類，眾畏共避之事實。所惜者，人不自省耳，以爲各種災異，強半由於時運氣數，物質理化使然，而不知爲天心之警世也。其旨甚遠，惟最可爲炯戒者，即我東鄰也，自遭巨刦，我國全體，皆表其深摯同情，力竭救恤之義，正欲藉此，可以化除我兩國也國際惡感，促進我兩國也國民親善。詎知其殘殺我華僑也，一百七十餘人，極形酷虐，仍事運輸禁物，接濟於土匪也，陸續不斷，近又借題，發生青埠市漸連次散佈傳單，開催會議，喧賓奪主，欺我無人，雖有少數國蠹，於中勾結，彼若不知鄰國之蠹，實即天下之公敵也，今雖平息，餘音猶存，意？者，其幸災樂禍之心不忘，仍含仇我性質者，豈天之不欲其悔過也哉，抑欲速其惡貫之滿盈歟，今者出斯言也。雖近老先生之常談，然據仁者愛國之觀念。國即利民福也。凡我國人，能肯目擊時艱，共籌禦外之策，勿貽國戚，勿干天怒，中華前途之幸福，庶有望焉，是也否也，惟願質諸高明。

文章從天災人禍開始說起，認爲這些並不是運氣時數，而是上天給人的警示，提出戒防「東鄰」，即鄰國日本，共籌禦敵之策，以保中華之幸福。報紙本著利國利民的原則，發出自己的聲音，對民眾予以警示。

此外，報紙還有「雜俎」、「文苑」專欄刊登一些文學作品，其中，「雜俎」專欄會登載一些言論性文章，如《白話文的覺悟》，文章認爲「文字這種東西，應隨時變化，以備有用。不可固作奇僻的體裁，空費些腦力，究竟沒有什麼用處。」傳播當時提倡白話這一新思想。「文苑」專欄刊登的散文詩歌較多，如《九月九日青島客次》、《讀桃花扇有感》、《三秋時雨》等，具有一定的休閒性。

9. 《膠澳商報》

從《山東省志》和《青島市志》以及各相關報紙史料中並未找到該份報紙的身影，僅能從《膠澳商報》在《大青島報》中所作的幾則廣告看出該份

報紙存在的痕跡：

膠澳商報館出版廣告

本報以提倡實業促進自治權灌輸商業知識爲宗旨，日出兩大張，内容豐富，消息靈通，一俟組織就緒，再行布告出版日期，如蒙各界諸公或賜祝詞或登廣告，本館同人不勝歡迎之至此布。

南京路十八號

電話一九一二〔註46〕

本報現已組織就緒，定於四月十日出版送閱三日，送登廣告七日。凡本埠外埠有顧擔任本報訪員者，請即先期投稿三日，合則函訂薪金從優，各界有顧登廣告者，請直接向本館廣告部接洽即可也。

青島直隸路十八號

膠澳商報館啓事

電話一九二二〔註47〕

以及同期在 1924 年 4 月 1 日在《中國青島報》刊登的廣告啓事：

本報現已組織就緒，定於四月十日出版送閱三天，送登廣告七日。凡本埠外埠有顧擔任本報訪員者請先期投稿二日，合則函訂薪金從優。

各界有顧等廣告者，請直接向本館廣告部接洽可也。

膠澳商報館啓事

青島直隸路十八號

電話一九一二

從以上三則啓事中僅能推斷出《膠澳商報》創刊日期爲 1924 年 4 月 10 日，且報紙自設訪員。

而根據查找到的資料得知，報紙社長爲孫墨佛。孫墨佛原名孫鵬南，1907 年入青島德華特別高等學堂，1908 年加入同盟會，追隨孫中山投身於革命，1922 年 6 月陳炯明叛變後，孫墨佛同他人掩護孫中山脫險，陪同孫中山回到上海後，被封爲「安撫史」，1924 年回青島出任《膠澳商報》總經理。

〔註46〕摘自 1924 年 2 月 3 日《大青島報》。
〔註47〕摘自 1924 年 4 月 18 日《大青島報》。

10. 《青島時報》

在《青島時報》正式出版之前，該報社曾在 1924 年 8 月 21 日的《大青島報》中刊載《青島時報出版預告》：

> 膠澳收回，百政待寧，而新聞機關尤爲發展商埠之利器。敝館特聯合中外同志創辦日報，用中英文刊行，注重聯絡國際感情，宣傳青島狀況，藉以提倡實業，促進市政。現已組織就緒，定於九月一日出版，凡中外紳商及各機關各團體均送登中文廣告三日，借表歡迎。如承訂閱本報及刊登廣告者，並希逕向本館營業部接洽爲盼。
>
> 地址新泰路一號
>
> 電話二一一五號

由此可見，《青島時報》創辦的目的在於「提倡實業，促進市政」，並發行中英兩版，以「聯絡國際感情，宣傳青島狀況」。

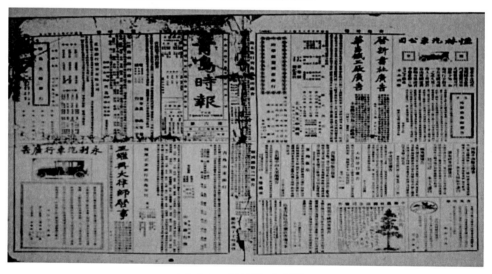

圖 34：《青島時報》

根據國民黨青島特別市執行委員會記載的《青島市各報紙一覽表》中，可以看到《青島時報》報紙發行人爲尹樸齊，復刊後地址變爲堂邑路七號，報紙於民國十三年九月一日創刊，七七事變停刊，民國三十四年十一月十日復刊，復刊後每日銷量爲三千份，民國三十七年十月參加青島市「八報聯合」，故此終刊。

報紙最初是英文日報和中文日報各一份，山東省議員梁弼卿爲經理，後

期報紙賣予英人。報紙社長初為張博文，在 1928 年張博文辭職，此後中文版《青島時報》社長改為尹樸齊，社址位於蘭州路 17 號，日出對開八版至十二版。

　　報紙報名位於第一版右側，報紙名為豎排，報名下側寫有橫排英文報名：「The Tsingtao Times」。報名左側寫有「中華郵政特准掛號認為新聞紙」，右側寫有社址，報頭下策寫有報紙電話、電報掛號及日出張數。

　　報頭左側寫有報紙的廣告和訂閱價目。其中因《青島時報》日出中英兩份報紙，其廣告節目也分為中文和英文收費，中文和英文廣告日收費一方寸皆為五角，只月收費有所不同，中文為月二元，英文為月三元。

　　從報紙訂閱價目來看，《青島時報》除了出有中文版和英文版外，還會出中英文合刊，並且國內訂閱不收郵費。

　　就廣告排版而言，《青島時報》多為豎排，每則廣告之間都用單豎線進行分隔，早期報紙偶有廣告標題使用花邊加以裝飾，並配以插畫，且多為豎排，廣告標題字號大體統一，並字號略小於《青島時報》的報名。但之後廣告排版變得多樣，大部分廣告都有相應的插圖，廣告標題字號有時甚至大於報名字號，並且除了豎排文字之外，橫排標題增多，字體多有變化，可觀賞性更高。同時相比較早期如 1924 年首版刊登的廣告數量，在後期如 1928 年，其數量相應減少，但整體依舊佔據著較大比重。

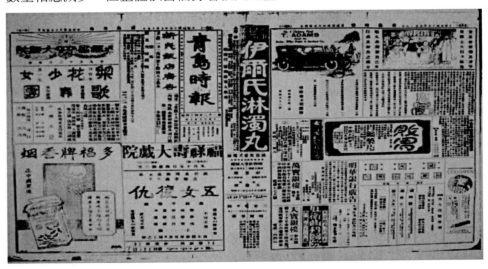

圖 35：1928 年《青島時報》首版廣告

從廣告內容來說，《青島時報》的廣告約佔了報紙整體內容的五分之三，而在所有廣告中，商業廣告所佔比重最大。

《青島時報》的商業廣告涉及範圍十分廣。從衣食住行方面來說，在衣物上，不僅有一些綢緞行、洗染店廣告外，還有諸如皮鞋、呢絨大衣、甚至還有泳衣廣告。如 1935 年 9 月 21 日的《秋薄花呢廣告》：

材質男女中西衣服，無不相宜。

制服呢　秋大衣呢

特請高等技師代做西服，制服，大衣，做工精密，交件迅速。

西服和大衣出現，足見西式穿衣風格已經漸漸融入到人們的日常生活。

人們的飲食習慣也發生了變化，除了牛奶、飯店、香煙、花生醬等廣告外，還有了咖啡、麵包、餅乾等西方食物。如 1926 年 6 月 3 日的《別墅咖啡飯店開張預告》：

本店開設在匯泉福山路北山面，海風景極佳。現正裝修一切，不日擇吉開張，房舍雅潔，空氣新鮮，廚師樂師俱聘著名好手，佳餚旨酒時備嘉賓蒞止。琴韻歌喉，倍增逸興遄飛，每日跳舞常至夜半一時，並聘者著名跳舞大家教授跳舞，如蒙賜顧，無任歡迎，恐未周知，特此廣告。

由該則廣告可見當時除喝咖啡外，還有欣賞音樂，跳舞等多種休閒方式。不僅在飲食和衣物方面上和西方靠攏，其在飯店或咖啡館的休閒方式上也逐漸由西式滲透。

在住和行方面，《青島時報》登載有大批的汽車行和各種新式洋樓、獨院樓房出售、招租廣告。其中，汽車廣告相比以前其在商業廣告中數量變多，所佔比重有所上升，除售賣汽車外，還可以對其進行租借：

本號由歐美運到最新式汽車，大小具備，內容潔淨，作為寬舒，馳行則非常穩捷，收費又極從廉，無論日夜隨叫隨到，至於司機人員均係日久最優經驗及洞識地理之人，駕駛純熟，無危險之虞。謂子不信盍請一試防止不謬也。〔註48〕

從該則廣告中可見，當時人們除了關注租借汽車的物美價廉性能外，還十分關心代駕司機的業務技能，注重安全。

而新出現的洋樓洋房出售廣告，足可見當時人們生活水平有了相應的提

〔註48〕摘自 1924 年 9 月 6 日《青島時報》、《中和汽車行特別露布》。

高，廣告主注意到了受眾的需求變化，由此在報紙中加以刊登該類廣告。

金融類廣告如銀行、儲蓄部廣告，數量相對有所下降，雖然如此，但其廣告方式有所變化，除了傳統的刊登銀行業務之外，還有了通過用戶得獎的方式來吸引客戶：

> 萬國儲蓄每月開標有獎可得也……經友人介紹入該會一份，每月無論如何窘迫必節省飲食之費湊足大洋十二元於開標前送入濟南分會……本年五月十五日予已典借兩窮停炊待米，大有全家朽腹之虞，詎料十七日早該會蕭士先君，忽來敝寓報喜，謂得……五月份開標得中特獎洋三晚二百四十五元……勸告諸君盍速效予節用入會耶，爰述事實以誌感謝。
>
> ……
>
> 凡係本儲戶每月皆有得特獎之機遇，機緣不可再誤，速到本會加入儲蓄，下月開標將近，閣下可有得獎之希望也。
>
> 青島萬國儲蓄分會布

報紙醫藥類廣告依舊佔有較大比重，其中藥品廣告多使用插畫加以說明售賣藥品的功效，並且藥品種類多樣，既有如一些去除噩夢、解毒止痛、生髮藥水的廣告又有一些治療牙齒、保健和治療花柳病的廣告等。同時在醫藥廣告中，還出現了一些兒科和婦女醫院的廣告，由此也可以看出社會開始注重小兒和女性健康，並出現了專門的醫院診治疾病，女性地位得到了一定的提高，而這也可以看做是社會風氣改變的一種標誌。

其中一些兒童藥物廣告為說明療效，還刊登圖片進行說明：

圖36：《青島時報》廣告

此外還有一些銀樓、照相館、律師事務所等廣告，但所佔比重不多。

而社會廣告所佔的比重僅次於商業廣告。在社會廣告中，學校招生類廣告數量較多，既有如青島私立文德女子學校、青島大學、青島私立聖功女子中學、私立青光小學、私立尚德小學、盲童工藝學校等一些普通學校的招生外，還有婦女職業補習學校、日語專修科、青年會俄文招生、銀行函授、國術班等一些職業和培訓補習學校的招生。其中為提高青島地區的識字率，增加民眾的受教育機會，青島還開設了民校，專門培訓不識字之人。其次為書局廣告和影戲院廣告，書局廣告除了代賣各類書籍外，還開始售賣文具用品，如 1933 年 4 月 23 日由成文堂書局、成和堂書局等聯合經銷的自來水筆：

生存競爭的武具

雙手牌　謝拉牌　高級自來水筆

之後又畫有一隻鋼筆的插圖，十分形象。而其中把鋼筆比作「生存競爭的工具」，尤見當時掌握知識，握有筆桿子的重要性。

其中還出現了唱片廣告，其中除了一般的歌曲唱片外，還有專供學生學習國語、英語的留聲機片。從這些售賣的唱片種類可以可看出，隨著時代技術的發展，新興事物開始應用於教育之中，而這也體現出西式事物除影響人們的日常生活外，也已滲透到了教育生活中。

《青島時報》的社會廣告類所佔比重最少，並且企業類廣告多於個人啟事類廣告。而對於政府公告類廣告，雖然沒有特定的專欄，但會在廣告專版中開闢一個小欄目用以刊登官方布告。因報紙和官方關係密切，故膠澳商埠局或者其他政府部門常在此報紙刊發布告，如《青島市工務局布告》、《海關布告徵收土布稅》、《膠澳商埠警察廳布告第七五號》、《膠澳商埠督辦公署布告》、《膠海關總督稅務司公署布告第三五九號》、《膠澳商埠衛生事務布告》等。

從新聞排版上來看，《青島時報》的新聞都是使用豎排自右向左的閱讀方式，欄目標題使用豎線和波浪線加以裝飾，每則新聞之間用短豎線相分隔，新聞標題字號使用黑體，字號大於新聞正文，新聞已有標點進行斷句，除了逗號句號外，還開始使用冒號。此外在排版樣式上，除了常用的豎排文字外，還會在同一欄內用橫線將其分為兩欄，使用上下結構進行刊登新聞。這也是排版方式上的一個新型嘗試。

在新聞內容上，《青島時報》有「國內新聞」、「國外要聞」、「本省新聞」、

「本埠新聞」、「專電」等欄目以及「時報俱樂部」、「籍光」、「青光」、「文刊」等副刊和「電影週刊」、「醫學週刊」、「法学週刊」、「學與教週刊」等週刊。三十年代後的《青島時報》設有「時評」、「社評」等評論欄目。

「本省要聞」，又可稱作是「本省新聞」，主要刊登山東省內的消息，內容既有政治性新聞又有社會性新聞，且新聞多來源於濟南的特訊和快信，如1927年7月9日的「本省要聞」：

《魯南戰事之官方消息》

《女子教育社之組織聲》

《濟南高檢廳告誡法官》

「各地通信」多報導各地區的新聞事件，政治性不強，多社會新聞，並且會先標明新聞發生的地點，而後再將該地的新聞統一放諸其下，如1927年5月1日的「各地通信」：

單縣《高小教員已加薪》

文登《強架案發生三起》

棲霞《最近之要聞二則》

「本埠新聞」、「本埠要聞」和「本埠瑣聞」所刊登的新聞內容除「本埠新聞」和「本埠要聞」刊登的政治新聞數量較多外，其餘基本無差。「本埠新聞」多來源於訪員和地方通信社消息，如膠澳通信社、自治通信社等，且訪員訪得新聞在新聞最末會署有單字的姓名。該欄報導的內容除社會民生新聞和政治新聞外，還刊登有一定的經濟類新聞，如1924年9月6日的「本埠新聞」：

《督辦公署注意金融》

《留日學生定期東渡》

《江浙風雲中之外艦忙》

《鐘淵紗廠罷工再志》

《四方工廠之趕造貨車忙》

《博山礦業會請勉運費被駁》

《交通部摧運輸會議議題及人員》

《女屍發現後之續聞》

《檢驗房契告一結束》

其中在這些新聞中，《鐘淵紗廠罷工再志》一則新聞講述了既「青島慘案」

發生後，工人工資過低，滄口區日商鐘淵紗廠工人迫於生活無奈，想要再次舉行罷工的行爲：

> 鐘淵紗廠罷工再誌
>
> 粗細紗工人尚在醞釀中
>
> 　滄口日商鐘淵紗廠，日前曾有一部分工人罷工，詳情巳略誌本報，茲聞該廠日前罷工之人，係織布廠者，共約五百餘人，此次風潮，發端於該織布廠之練習生，其罷工之焦點，則爲該練習生被該廠招募來時，雙方訂有契約，罷工之由來，則因該廠不履約加增工資。而該廠則以契約訂有練習生須在該廠工作五年，在五年期內，該練習生不能自行告退。當該日發生罷工之風潮時，該廠曾電告李村警署第一分駐所，及滄口日領派出所，前往施以強壓。嗣見非勢力能湊效，退而不問，該廠又不納工人之請求，於是兩相下，乃根據契約，雙方赴審□起訴。今日（五日）尚未解決，詎一波未平，一波又將掀浪而起。聞該廠粗細紗工人，共約二千餘名，平日素遭日人虐待，動輒鞭箠備至，含恨在心，裁以爲生活所困，不得不捨痛忍辱做工。今見該織布廠工人已全體罷工，況粗紗西沙工人工資，也未有較織布工人見多，於是也有全體罷工之說，然尚在醞釀中，如該廠處置得宜，尚不至實現也云。
>
> 　又一消息云，該工廠之工人等，寄居宿舍者頗多，自此次風潮發生後，所有寄居廠舍之工人等，均將簡人房舍鎖閉，在外覓有公共住處，（聞在李村附近河灘內，自行設立布席相等數座，爲公共棲身之所），以便會議云。

　就「國內要聞」欄目而言，該欄目又名「國內新聞」或者「時事要聞」，新聞既有來自由各地的通信也有來自外地通訊社消息，且刊登的新聞政治性較強，其中還有一些社會性新聞，且該欄目所佔比重較大。如1928年9月17日的「時事新聞」：

> 《隋玉璞逃走張宗昌擬走日，白崇禧十二日進駐古治》
>
> 《國府□□法與五院□□大致決定胡漢民之三項要事談》
>
> 《國軍勸告直路軍文》
>
> 《日本願接洽濟案》
>
> 《晉省裁兵□□□□路》

《日人對東三省之野心》

《奉張爲集團軍總司令》

《段曹同赴大連》

《駐外五公使業已決定》

《閻錫山到平有期》

《李慶芳回平》

《象山灣闢作軍港並設海軍學校》

《馮玉祥赴西安》

在 1937 年改名爲「各地新聞」的「國內新聞」中，報紙報導了一則新聞學校招生的新聞：「上海民治新聞學專修學校，爲全國成績最優良新聞學校，畢業學生在各地報社服務者，不可勝計，該小定於八月二十日舉行入學試驗，因學額只規定招收男女新生五十人，故各地向該校報名者，業已絡繹不絕外埠過遠學生，如欲通函報名，可開明學歷、年齡、籍貫等，連同報名費二元，直接匯寄該校，請求先行報名入冊，□章可向本校索取云。」這是在《青島時報》中出現的第一則有關新聞學校招生的消息，從報名入學新聞專修學校人數「絡繹不絕」，以及「畢業學生在各地報社服務者，不可勝計」中可以看出，在當時新聞學習已受到重視。

在之後還刊登了一則《新聞記者月刊內容異常豐富》的新聞藉以宣傳新聞期刊，新聞記載「上海新聞報記者顧執中等，以國内關於研究新聞學只看無，異常缺少，特發行新聞記者月刊，以盡事實上之需要，該刊創刊號已於本月五日出版，因適合各方需要，故行銷極廣。第二期則定七月五日出版，執事有滬上名記者陸詒，沈吉蒼，漢口大光報社社長趙借夢，歸綏著名報人楊令德等，內容豐富一場，另售每冊一角，訂閱全年一元二角，寄費在內。如欲訂閱，可開明地址，匯寄上海白爾部路六十號新聞記者月刊社接洽云。」

顧執中（1898～1995），我國近代著名的新聞記者和新聞教育家。1923年任《時報》記者，1926 年改任《新聞報》記者、採訪部主任。顧執中採訪過五卅慘案，揭露過九一八事變的眞相，採訪過上海「一・二八」抗張和「八・一三」抗戰，1928 年在上海創辦民治新聞專科學校。建國後，1954任高等教育出版社編審，兼任中華全國新聞工作者協會特邀理事，民主同盟中央委員，著有《西行記》、《到青海去》、《戰鬥的新聞記者》、《報人生

涯》等。

以上兩則新聞，從內容上看，雖然其都位於「各地新聞」專欄，但嚴格來說，更應歸類於廣告類別之中。由此也可看出當時新聞排版的不成熟。

「國外要聞」側重於報導國外政治性消息，新聞來自於路透社和各國電報，報導國家不限於當時的英美國家。如1924年9月6日的「國外新聞」：

《唐在復當選國際聯盟會副會長》

《意國總理被刺》

《國際盟會討論裁兵問題》

《英首相之重要談話》

報紙還開闢了「專電」一欄，用以報導各類戰事，如1924年9月6日的「東南戰訊」專欄中就有「特約專電」，電報內容皆是和當時的「東南戰事」有關，亦即江浙戰爭，電報字號統一加大加粗，十分醒目，電報多來自於上海電報，內容簡短：

上海四日電

三日十一時至晚九時，琨山開火，東三省銀行滬行存款數百萬聞備江浙用

浙軍軍事會議決於五日拂曉第一軍何豐林全軍施行總攻擊

本日各國領事會議結果決令各軍艦陸戰隊登岸保護僑民

戰事發生拉夫事件屢見不鮮，稍有抗拒軍隊即以暴力相加。昨有民船三隻，載江北苦力三四百名前往戰地

作業廣東開軍事會議決定北伐，但軍費無著，未能定期出發，當即電令上海葉恭綽向奉張磋商助軍費百萬

……

除了電報外，來「東南戰訊」專欄還刊登了一副蘇浙兩軍佈防形式圖，圖示簡潔明瞭，十分直觀，新意十足。

此外報紙還會適時增加「要聞簡報」、「濟南快電」等欄目，此類新聞大多簡短，且所佔比重較小，如1926年6月11日「濟南快電」：

魯○注重清鄉，特設清鄉局，督辦由○與林省長兼，總辦內定前曹州鎮守使許鴻□。各道區設分局，監督由道尹兼。

又，魯○赴十里堡參與黃河渡口落成典禮，意已打銷，將由林省長代表前往，督辦副官處佳（九日）午巳飭軍站為○備軍三列，

備○啓節赴津□畢庶澄佳（九日）早抵濟，將隨○北上。

又，奉○表示此次入關，係貫徹前旨與吳始終合作，只求有益
大局，凡事皆可讓步，絕不堅持。

而值得一提的是，《青島時報》的新聞報導中，一些長新聞裏面會附有小
標題，使讀者不用全文閱讀便能知曉大體的新聞事件，減少了單調感。

「商情」一欄，除了陳述本埠商情還加有國內外商情。本埠商情記載如
金融、物產、麵粉、雜糧等的物價，國內外商情則是在大的分類下分別記錄
國內外物價，如：

金融　倫敦金塊

棉紗　上海棉紗　通州棉花　美國棉花　大阪棉絲巾　大阪棉紗

印度棉紗

還有氣象報告一欄用來預告天氣，但受限於技術條件的影響，大部分還
都是「預告」報紙出版當日的天氣，如 1926 年 6 月 3 日的《膠澳商埠觀象臺
氣象報告》：

天氣報告，本日國內多晴，高氣壓在楊子江口向東易懂，低氣
壓要在國內北部向南進行。

（天氣預報）「有效期間二十四小時」國內晴陰互見。本埠天
陰，一時晴，南風最大風力每秒閱十至十二公尺。

民國十五年六月二日十七時發

由此看，觀象臺預報的氣象主要是國內和青島兩個地區。

此外報紙在 1930 年以後還開設有「衛生欄」、「教育界」兩個專欄，藉以
刊登各類教育教學方法和衛生之間的消息，兩欄一起所佔比重很少。如 1932
年 12 月 16 日的「教育界」、「衛生欄」的內容標題：

《客觀的考試方法》

《鄉村衛生之分析及促進鄉村衛生方法之商榷》

《青島時報》設有的副刊「時報俱樂部」，分爲「專載」、「實業」、「文苑」
三個板塊，其中「文苑」又分爲散文和詩歌兩個小版塊。

「專載」主要連載圖書，如 1926 年 9 月 6 日的「專載」一欄就連載了介
紹青島歷史的《新青島》一書中的章節，語言已漸爲白話：

當時雖人心惶惶，而各種經營事業，依然照常進行，如青島膠
州間之鐵路工程，仍以全力繼續工作……是年四月八日，始開行青

島膠州間第一次之列車，同年通至距離一百二十八啓羅密達之丈
嶺，築港工程，亦大見進步……其後又經五個月，第一次之煤炭列
車，乃達於青島，大受官民各界之歡迎焉……山東鐵路公司，不惟
受拳匪影響，大礙工程之進行，且沿路有數處不規整之河道，架設
橋梁，技術作業，極爲困難，而竟能於條約規定期限前，如期竣工，
其豐功偉績，殊堪銘諸帛石者也……殊不知近今以來，諸種狀況，
大見變化，青島頓放異彩。兩三年前，青島實不過荒涼原野，今日
則其周圍圍嶽阜，密種叢林，外觀全然一變……

語言不僅通俗易懂，而且從中亦可看出作者指責德國殖民者的入侵行
徑，而是看到了其佔領之後施行的措施給青島地區帶來的種種變化。

「實業」版塊主要刊登與工農商業等有關的知識，具有一定的實用性，
如《漆之性質及其採取方法》一文從開頭就提出「漆爲樹脂之一種成黏稠
之液體狀態，即由漆樹之皮部與材部間所滲出者也」，而後再行敘述中國、
日本、朝鮮等地均會產生漆，並列去了四種採集漆的工具和採集方式：「削
鐮（剝皮鐮），此係採液之先剝去樹面之粗皮所用者……搔鐮（漆□），此
繫於漆樹下施傷線時所用者……篦（有鐵篦柳葉篦搔篦等）此係用以採收
由橫溝滲出之漆液者……篦鐮，此係由大樹幹採脂時用以削去樹幹之凹凸
及粗硬外皮者……」同期文章《實業演講》，是直接摘自名人演說詞，藉以
表達政府召開實業大會的益處，便於實業同人互相連錯，發展實業界前途。

「文苑」下屬的「散文」和「詩歌」專欄，主要刊登詩歌散文等文學性
作品，其中有一篇散文名爲《鄉愁》爲署名作者羨季所寫。文章使用回憶的
形式，敘述了埋葬死者時作者的所見所想，全文透露著一種哀傷的氛圍。

羨季，實爲作者顧隨的字。顧隨，河北清河人，早年就讀於廣平府中
學堂，1915 年考入國立北洋大學英語系預科，1917 年轉學國立北京大學英
語系，1920 年獲文學學士學位，1921 年擔任濟南《民治日報》的記者。爲
中國古典文學研究家，別號苦水，筆名葛矛，喜愛新文學，爲淺草社、沉
鐘社成員。1924 年時顧隨前來青島，在青島擔任膠澳中學的教師，於 1926
年擔任《青島時報》的中文版總編輯。此後又曾在北京大學、北京師範大
學、燕京大學、輔仁大學、天津師範學院等學校任教，創作有詩歌、小說，
曾出版有《顧隨論禪》、《草堂急就篇係說》、《苦水詩存》等作品，是中國
現代著名學者。

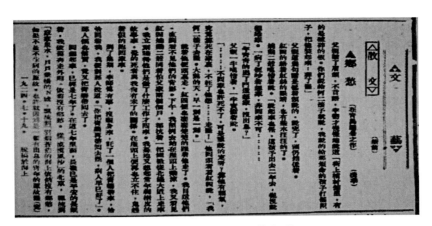

圖 37：《青島時報》「文苑」

報紙副刊「籍光」有「滑稽電訊」、「曲劇」、「雜錄」、「紀事」、「談業」、「吟壇」等欄目，且以上欄目並不固定出現，有時副刊甚至沒有分欄，直接登載各種文藝作品。「籍光」刊登的作品內容廣泛，既有曲藝、散文，又有詩歌、紀實、歷史等文章，可極大滿足受眾的不同需求。

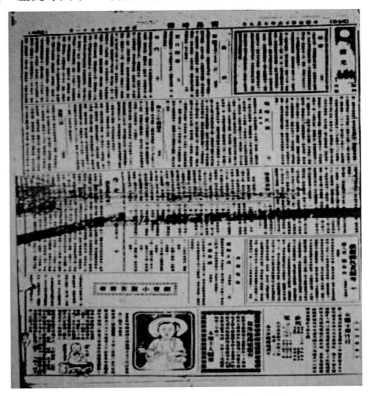

圖 38：《青島時報》副刊「籍光」

「曲劇」專欄大多刊登戲曲的戲本，如 1927 年 5 月 3 日的《賈寶玉探病》的戲文：

> （玉阿耶）佳人睡，日夕陽，還未醒，鸚鵡喚茶將夢驚，看見俏多情，悄語問一聲，幸諒俺病體睡臥失親迎，數日不見爲何情，望示明。一向少相逢，會面都不能，是怎麼數載恩義負東風，望祈點情，失禮當負荊，看起來，你心不與俺心同。

此外還連載了《驚豔》的戲文。同時副刊還在其中另外開設了板塊用來刊登與戲曲有關的書籍，曾連載高陽齊如山編著的《戲劇腳色名詞考》。《戲劇腳色名詞考》是齊如山劇學叢書之一，由北平國劇學會 1932 年發行。齊如山（1877～1962），被中國戲曲史專家稱爲中國的「莎士比亞」，一生爲中國的戲曲革新事業做出了很大的成績。特別是梅蘭芳的新編國劇和歷史新戲，均是由齊氏操刀，被人稱做梅蘭芳的「戲口袋」〔註49〕。在自己的回憶錄中，齊如山提到寫該書的原因「是因爲大多數人，對於這種名詞的性質，都不十分明瞭，而且這些名詞的用法，亦屢有變更，也實在不十分容易明瞭。」〔註50〕

又如開設專欄「伶史」登載戲曲名伶的故事，此專欄亦以連載書籍爲主，如 1927 年 7 月 12 日連載的《孫菊仙本紀》爲穆辰公儒丐著。從連載的各類書籍和刊登的戲文中，亦可看出當時人們對戲曲文化的癡迷。

在「曲劇」專欄之後，還會刊登一些小說、詩歌、趣事及一些當時注明人物等，如 1927 年 7 月 12 日刊登了一則《賣花翁》的詩歌：「不販名花販草花，美人何處從吁嗟。村沽也醉邀鄰叟，誰問田家桑□麻。」同期刊登了《鈕惕生》一文，敘述了醉心革命，爲革命事業奔走的鈕惕生之事。此外還有刊登諸如《吉林怪俗談》、《倫敦女子賽腰會》、《記庚子年北京之大火》等記敘文章，連載一些篇幅短小所佔比重不大的紀實小說或短篇小說，以及刊登《睡蓮栽培法》等科普類文章。從中可以看出該副刊刊登的文章體裁多樣，涉及領域廣泛，且此類文章多問讀者投稿，在文章題目下常署名作者姓名。

「滑稽電訊」和「曲劇」專欄一樣，應是《青島時報》的副刊中比較固定的欄目，該欄目更傾向於刊登一些趣事，內容精練，語言通俗，多來源於無線電報：

〔註49〕 白庚勝總主編，孫亞珍本卷主編：《中國民間故事全書・河北・高陽卷》，知識產權出版社，2013 年版，第 234 頁。

〔註50〕 齊如山著：《齊如山回憶錄》，上海文藝出版社，2014 年版，第 154 頁。

如 1927 年 7 月 15 日的一則「滑稽電訊」：

便利之害（無線電）

連次戰事，皆不離各鐵路沿線，某讀者謂，戰事發生，斷絕交通，貨物停滯，有如人之大便不通。

又如 1927 年 7 月 8 日的「滑稽電訊」：

自討苦吃（無線電）

昨某醫院運來假冒中國商標傷人數十名，其受傷原因，多半是貓捉老鼠。

大發厥財（無線電）

本埠日人所設之醫院，自前日起，均兼營旅店生意，一般無病呻吟之輩，趨之若鶩，氣的人壽保險公司，自懼運氣不佳云。

貨不停留（無線電）

敝來，各鋪內貨架上之物，日見稀少，好像是貨不停留的樣子，看彩計們伏在櫃檯上閉眼睛，又不似發財氣象。

此類趣味故事多是發生於民眾之間的故事，讀來親切感十足，迎合受眾口味。

「雜錄」專欄刊登的文章和民眾生活關係較大，在其刊登的文章中常傳播新思想新觀念，以改良社會風氣，貼合國內潮流，如 1927 年 5 月 3 日的《婦女時髦的要素》，文章指出「現代的維新女子所以能享有盛名」，主要因為「皆有其必要的工具」，之後便列舉出享有盛名的五項「工具」，即裝飾、自由、戀愛、平權、節育。文章中的觀點可謂是走時代之先，如在平權這一「工具」中，作者提出，「自由結婚後，如有不適宜於自己生活支出，或其他有害於己之特別情形，則宣告離婚，另謀門徑。」，在節育中，作者指出：「生產為女子醫生最苦之事……為免去自己痛苦，增添自己快樂起見，而提倡極時髦的節育主義」。文章宣傳婦女自由，並提倡自由戀愛，在當時該觀念可以算作是對舊式封建思想的衝擊，對進步思想的傳播。

「紀事」專欄側重於刊登與歷史相關的文章，如《三十年前之北京》，「吟壇」專欄則用以刊登各類詩歌，如《雨夜不懂偶得小詩四首》，「諧文」和「隨便一談」傾向於刊登一些漫談式文章，多和社會風氣和社會現狀有關，並藉此事抒發己見。如 1927 年 5 月 3 日「隨便一談」刊登的《漢口人民將暴動》一文，就說因「政府禁止現金流通」，以至於「物價為貴」，民眾「大有即將

發生暴動之勢」，最後評論說應「順天理，本人情」，才爲治家治國之道。

此外，副刊還會刊登報紙記者的投稿文章，如 1927 年 7 月 9 日的「籍光」副刊，在「籍光」左側欄目一開始就刊登了署名「記者」的文章《鎮靜》，文章提出若是人遇到事情若是鎮定，那麼天大的事情都會處理的明明白白。盼望人們遇事冷靜，不要慌亂。在該位置出現的文章，不管是投稿還是訪員所著，都會用固定的粗線將文章整體加以裝飾，內容既有關民生的言論又有和政治事件相關的評論。又如 1927 年 7 月 15 日看的《強橫》，則就先敘述了日本出兵，在青島滄口鐘淵紗廠駐紮武裝日本兵常無視規則，不得當局許可就隨意「參觀」，作者認爲這是對我國主權的欺凌，其蠻橫無禮的行爲和存在的野心，終有一天會暴露出來。

在三十年代之後，《青島時報》的副刊又增加有「青光」、「文刊」、「窩窩頭」、「小朋友」等副刊。「青光」副刊主要刊登一些散文、詩歌和寄託個人情感短文等的文藝作品，其中還間接有一些和民眾生活相關的小短文，如 1931 年 7 月 5 日「青光」副刊的文章標題：

《昌樂的農民生活》

《嗚呼，上海路裕德里之衛生》

《月下寄 S》

《萎頓的薔薇》

此外副刊還會刊登一些與當今國際政治相關問題相關文章如《國際商會與日本參加之概況》。副刊每次約等看四篇左右的文章，但內容龐雜，涉及方面廣泛。

「文刊」副刊是由青島山大文刊編輯社主辦，主要刊登文學作品，內容是以散文爲主。「小朋友」副刊主要面對兒童，稿件也多爲兒童投稿，內容以小朋友寫的小故事爲主。該副刊的排版方式也十分有意思，副刊會在每篇小文章的題目上面畫有不同的小孩插畫，形式活潑，具有趣味性，能夠吸引一定的兒童讀者。此外，該副刊還會介紹世界名人，如 1934 年 10 月 26 日的「小朋友」副刊就介紹了鐵血將軍—俾斯麥，航海大家——麥哲倫，大英雄——拿破崙，植物栽種家——路德柏班等名人。其中該名人事略的介紹是使用了橫排自左向右的排版方式。

副刊「明天」主要刊登一些文學作品，在之中，曾刊登有臧克家的一則小詩歌《拾花女》〔註51〕：

〔註51〕摘自 1934 年 12 月 18 日《青島時報》。

慢慢兒西天邊黑了殘霞，

冥色中萬物失掉了自家，

冷風吹濃秋的淒涼。

吟散了一坡拾花的姑娘。

雙對上支著一天的疲勞，

悲傷地花包弓了她的腰，

低著頭，無心聽腳步的聲響，

一條小道在眼前發著白光。

頭頂上叫著投林的暮鴉，

路是熟的，它會引人到家，

「小弟弟不會迎在村外？

替媽媽想：小妮子到這也不知道回來！」

十一月於臨清中學

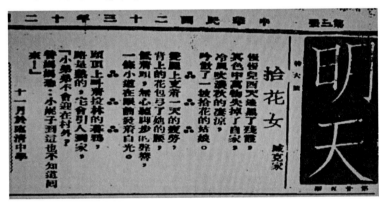

圖39：《青島時報》「拾花女」

此外，《青島時報》也有很多週刊。

「電影週刊」用以刊登和電影及電影明星有關的文章，如《米高梅牌大地會有兩部拷貝嗎？》、《王獻齊何嘗是壞人》、《好萊塢攝華片熱》、《胡蝶的新汽車》、《多病的夏佩珍》等，以及介紹影片《黃金轂》。其中，在週刊名中，除了寫有「電影週刊」之外，還在中文字旁邊寫有「camera weekend」的英文翻譯，之後畫有迪斯尼經典米老鼠的圖像，然後最上寫有「開麥拉」，如此種種亦可看出當時西式文化對我國人的影響。

「法學週刊」為每週日出刊，內容文字皆和法律有關，該週刊還專門聘

請了律師作爲編輯，增加了文章可信性和專業性，如 1933 年 4 月 23 日的週刊標題有：《講法律不可離開道德》、《說破產》、《妻的繼承權及其□□分》。

「體育」週刊爲每週五發刊，刊登各類和體育有關的消息，如 1934 年 6 月 1 日的「體育」週刊：《上海大體育場消息種種》、《本國遠運會對於我國徑選手之評述》、《四省淪亡後東北舉行第一屆春運會，高□標槍打破華北記錄》、《上海市將舉行職業女子運動會》、《教部體委會討論體育測驗方法》。

「醫學周栞」用以向讀者科普各類醫學問題，如《對於內痔便血治療經驗談》、《前置胎盤之新療法》、《內分泌作用與疾病》，此外，該欄還設有「醫生顧問」專欄，採用一問一答的形式和讀者之間進行互動。

此外還有由青島廣西路電報局主辦的半月刊《電信半月刊》。內容除介紹與電信有關的消息和電信知識如《膠濟電報之風行》、《感應電動力》、《滬煙沽水線實行收回自辦》等文章外，還有詩歌《現代兒歌》等文章。

在副刊、週刊中，有時會插有連載的各類小說，如武俠小說《風塵雙俠傳》，電影小說《失去了光芒的星》，長篇小說《捧星明》，社會小說《狂瀾》，紀實小說《惡媒》等。

由此可見，《青島時報》的副刊種類多樣，刊登內容廣泛，其面對的讀者對象既有兒童又有成人，可以說能夠滿足不同層面讀者的不同需求。

11. 《青島公民報》

報紙於 1924 年 9 月 10 日出版，1925 年 7 月 26 日停刊，胡信之爲報紙主編，劉祖謙爲報紙社長兼總經理。報社設有經理、編輯、印刷三部，經理部由董事長（社長）劉祖謙負責，印刷部由股東張露枝負責，編輯部胡信之任主筆（總編輯），負責總的編採，並主持報館的日常工作，段子涵任編輯。

胡信之（1890～1925），又名寄韜，北京人，畢業於北京大學。在五四運動時期，已經是一名報社記者。胡信之剛開始新聞記者生涯的時候，正是中日談判收回青島和山東權利的時候，他爲了採訪新聞，經常往返於北京、大連、濟南、青島之間〔註52〕。1922 年，北洋政府收回青島後，胡信之受邀擔任《中國青島報》記者，後因和《中國青島報》社長理念有別，遂離開該報，同劉祖謙一起主編《青島公民報》。

〔註52〕青島市政協文史資料委員會編：《青島文史資料・第 15 輯》，中國海洋大學出版社，2006 年第 1 版，第 201 頁。

　　根據報人李萼對該報的回憶，《青島公民報》這家報館是比較有政治背景的。當 1923 年間，廣東軍閥陳炯明和北洋軍閥勾結的時候，就想在北方辦一個報或收買一個報，以便加強對直系曹錕、吳佩孚的聯絡，以後經劉大同設計擘畫，就在青島創辦了這家報館。劉大同號芝叟，諸城人，早年留學日本，是老同盟會員，經常以山東名流的姿態遨遊廣東各地，陳炯明和滇桂軍閥都對他很好。陳炯明拉攏直系軍閥、溫樹德率領海軍北歸、劉志陸率部投靠張宗昌等，據說都與他有關。他在青島有很多房產，聯絡面也相當廣〔註53〕。

　　報紙出版之前曾於 1924 年 8 月 27 日在《大青島報》刊登《青島公民報出版預告》：

> 啟者竊爲實業之興衰，關乎國家盛衰，故提倡實業爲刻不容緩之圖同人等有見及此特組織青島公民報專以提倡實業爲宗旨，現已呈准官廳，立案定於九月十日出版，凡本埠外埠各界，及各機關，各團體均送登廣告三日，如承訂閱本報及刊登廣告者，請逕向本報營業部接洽爲盼，並望各界惠賜鴻文巨著，以光篇幅至爲榮幸，先此預告，即希公鑒。

　　社址山東路二十三號

　　同時又於 1924 年 8 月 27 日、28 日、9 月 10 日在《中國青島報》刊登出版預告，於 1924 年 9 月 6 日在《青島時報》刊登出版預告。

　　從報紙的出版預告中可知報紙創辦宗旨爲「提倡實業」，社址位於山東路 23 號。中途報紙曾爲增加篇幅，添加人員，遷移了社址，並在 1932 年 12 月 13 日的《青島時報》中發布了遷移啓事：

> 本報自增加篇幅，添用人員，原有費縣路一號舊址，不敷辦公之用，自十二月十二日起，遷移廣西路三十八號新址，再次遷移期間，暫行停刊三日，自十五日起，照常出版，此啓。

　　在日本對中國的報業調查中，寫有《青島公民報》主持、社長爲張露元，主筆爲胡信之。報紙初發行爲二百份，後期胡信之因對青島罷工支持，發行量一舉越到日萬份，胡信之由此也成爲人們口中的「青島報業鉅子」。

　　從找尋到的報紙來看，因原件大部分缺失，故對報紙首版的排版無從知曉，但從入手的報紙來看，報紙有兩版廣告專版，並會在新聞版面的最末一

〔註53〕中國人民政治協商會議山東省委員會文史資料研究委員會：《山東省文史資料選輯 第 4 輯》，山東人民出版社，1982 年第 1 版，第 134 頁。

－159－

欄插入「特別廣告」，一版之中刊登的廣告數量不多，依然爲舊式的自右向左讀的豎排方式，廣告排版簡潔，插畫較少。除一般的商業廣告外，《青島公民報》還會刊登鐵路時刻表，報紙使用表格的形式進行刊登鐵路出發時刻和到達地點，同早期相比，列車停靠地點變多，鐵路運輸的建設加快，並且使用圖表說明的方式同單使用文字描述相比，該種方式可讓讀者對火車行進線路一目了然。

　　同時報紙還會刊登有文化廣告，只是招生、書局類廣告在報紙中較爲少見，報紙更多的爲一些印刷局、介紹報紙期刊類的廣告等。如 1925 年 5 月 7 日，胡信之本人刊發在《青島公民報》上的「介紹香江晨報」的啓事：

　　　　啓者，香江晨報系編輯最美麗材料，最豐富的一種報，而且對於文化宣傳的法子，尤其令人易於瞭解。一切論文著述小說雜組等文字，更是茶餘飯後消遣的良友，並且於南洋華僑的情形，亦可一目了然，指此春光明媚的時候，是士女們受眾所不可少的文化品啊。如蒙各界惠訂，可函託本報，或直接祥光蘇杭街一百零三號該報社函訂亦可。

　　　　介紹人胡信之謹啓

　　從內容上來說，因原件缺失，僅能找到刊登有「本省新聞」、「本埠瑣聞」、「即墨通信」、「來件照登」等欄目的版面，以及開設有副刊「公民俱樂園」的版面。

　　「本省新聞」側重於報導山東省內或與山東省有關的新聞，政治性較強，「本埠瑣聞」主要刊登一些青島地區的社會新聞，所佔比重較少，「即墨通信」則是報導即墨地區的社會民生新聞。其中報紙有特色的一點是，副標題較多，在文章較長的時候，報紙會使用大量副標題用以說明新聞內容。如 1925 年 5 月 7 日的「即墨通信」《即墨下崖村之一字休媳案》之中副標題就有 17 個之多：

　　　　原因起於一撢字　小姑謂睪之下爲三畫
　　　　嫂謂睪之下爲兩畫　公公令查字典
　　　　結果畢竟嫂子說得對　公公嫉妒
　　　　小姑懷恨　唆使婢女　故意尋釁
　　　　兒媳分辨　公公飛碗　小姑打嫂
　　　　用巾塞口　肛門腸出二寸　打得幾乎絕命

　　打完絕意休媳　調人調節無效

　　「本埠商情」主要記錄在報紙出版前一天的市場商情，如錢紗、棉紗、煤油等的物價。在其中報紙還另開闢了「審判庭公布欄」專欄，用以刊登各類刑事判決、地方審判的文件，如《山東青島地方審判廳布告欄第二五號》、《山東青島地方審判廳第二四號》、《刑事判決》等。

　　副刊「公民俱樂園」開設有「論壇」、「說部精粹」、「文苑」、「信手拈來」、「遊藝園」、「新詩」、「鬼話」等小欄目。

　　在「論壇」版塊中，寫有「公開言論，發表意見，宣傳文化，抵制外侮，歡迎投稿，責言自負」的文字，主編為寄韜，亦即報紙創辦者胡信之。

圖40：《青島公民報》副刊「公民俱樂園」

　　在孫中山逝世之後，報紙的「論壇」版塊刊登以一篇署名「翠茹女士」的文章，《我們追悼就算完事麼》，文章敘述了對孫中山的革命歷程，認為孫中山是「走向自由幸福的解放道路上去的一位指導者」，是「帝國主義的仇敵」，是「唯一能代表中國被壓迫人民之利益而奮鬥者」，如今孫中山先生逝世了，追悼他是「理之常情」，然而不應追悼完就算完了，還要繼續奮鬥，打倒帝國主義，並且這還只是「我們工作之開始，努力呵，中國被壓迫的民眾。」

　　文章寄託了對孫中山深切哀思，並標示，雖然孫中山先生不在了，但還應繼續努力，為革命工作，解放被壓迫的人民大眾。文章貼合「論壇」的「公開言論」、「抵制外侮」的宣言。

　　「說部精粹」是以連載武俠小說，「文苑」則是刊登散文和短篇小說，「有感錄」主要是刊登一些隨感文章，並多和社會現實有關，如《軍閥瘟》一文，文章在開頭提出軍閥為人們所恐怖，但人們對此卻無能為力，近來有裁兵的好消息，然而雖然裁兵的命令以下，但鮮少有軍閥遵守，此時應先動員幾個小軍閥而後劃除大軍閥，以「一網打盡軍瘟」。

　　「遊藝園」登載一些趣味文字，如《遊戲文字》是把各種古詩句子柔和在一起，集成一首詩歌，讀來倍覺有趣，先簡單摘錄幾句：

　　　　……

　　　　淚盡羅巾夢不成，

　　　　不知何處吹蘆管，

　　　　□□□山頭見，

　　　　一片冰心在玉壺，

　　　　兩岸猿聲啼不住，

　　　　一枝紅□露凝香，

　　　　西出陽關無故人，

　　　　古來征戰幾人回，

　　　　多情只有春庭月。

　　「信手拈來」專欄刊登的多為雜文，如《通國皆兵之資格》一文敘述了若戰事發起能平定戰事的幾個原因如美人、妓女、巫者、貪官等，「（美人）一笑傾城，再笑傾國。又曰，但得美人笑一笑，大好江山都不要，美人之能力，古人已詳言之者，若使其總三軍而禦外敵，必然勢如破竹，戰必勝，攻必克，取天下似反掌之易耳。是以古詩，有（英雄不及美人兵，英雄難拔美人關）之句也」。看似天方夜譚似的文章，實則嬉笑怒罵，充滿諷刺。

　　「新詩」則是刊登、宣傳新式詩歌的專欄，如《夜班工人的哀訴》：

　　　　太陽啊，你昨晚回去的時候，我們本想送你，可是廠裏叫的汽笛，叫的火急，實在也沒得法子，亂雜雜弄到如今，還沒□受，你又從天邊到來，在窗外看我，好像垂憐我也似的，哎，我那高明的太陽啊，我□受了經濟的壓迫，怎能放逃□長時的工作呢。

　　文章以詩歌的形式，敘述了被工廠長時工作的壓迫，幾乎沒有閑暇時間得以休息的事實，由此也顯示出當時工人受工廠壓迫的現狀。

　　副刊中還有「公民言論」專欄，但因污迹過重，僅能窺見其中題目《女同胞□一個不平》，作者依舊爲「翠茹女士」，文章內容也僅能知曉部分爲提倡被壓迫的婦女振興。

　　此外報紙還有「氣象報告」一欄，刊登有膠澳商埠觀象臺發布的天氣報告，時效性依舊爲二十四小時，預報的天氣實爲報紙出刊日的天氣狀況。

　　在 1925 年間，青島曾發生了兩次大罷工事件，主要可以分爲膠濟鐵路大罷工和日紗廠大罷工，其中，《青島公民報》對日紗廠大罷工顯現出了極大的支持。

　　在膠濟鐵路和四方機廠大罷工之後，1925 年 4 月，青島日本紗廠工人因不堪日方虐待，奮而舉行了首次罷工。鄧恩銘爲其起早了罷工泣告書：

　　　　先生們：

　　　　俺紗廠工人一天做十二點多的工，得一毛多工錢，日人要打就打，要罵就罵，亡國奴幾乎成了呼喚我們的口號。一天的飯前至少也得兩毛，我們怎麼活？十三歲以下的童工多吃不飽，喝不足，還得做十三點的苦工，稍一合眼就劈臉使拳猛打，常常打得鼻子出血，還得罰兩天工錢。不夠十三歲的小孩也只有偷著掉眼淚。大工人稍有不慎，即時拳足交加，稍一招架，就拿出手槍示威。

　　　　咳！我們受的痛苦實在不是嘴能説出！我們也不多説了。我們是沒娘的孩子，誰能照顧呢？所以我們組織一個工會，互相扶助，互相解愁，無非是窮人幫窮人。不想日人按著手槍挨宿舍搜查了好幾遍，門上的鎖都砸爛了。因正在工作時間裏，屋裏的東西，都踢得亂七八糟，並且把我們的工友拿了三個去，連打帶拷問，已經一天一宿還未釋放。追問我們這些奴隸，怎麼還要組織工會？先生們啊！青島是我們中國的地方，我們是中國人民，讓不讓組織工會，是中國地方官的責任，日本人有什麼權利搜中國地方，押中國的國民呢？這就是欺負我們國家·侵略我國主權，俺幾千工人死也不值什麼，只是把我們中國已經看得沒有一個活人，實在可憐可恨！到底中國還是不是獨立的國家？我們的工會就此成立了！大家都來幫助呀！被扣留的工友妻子還哭得不能吃飯呢，四五千工人的性命，

眼看都送到幾個日本鬼子的手裏，四萬萬同胞都被他們欺負煞了！
（註54）

鄧恩銘寫這份泣告書，字裏行間可謂聲聲是淚，經過散發後的泣告書爲其他紗廠的工人看到後，工人紛紛響應，罷工隊伍一下子增到了近兩萬人。

而同期其罷工的新聞《申報》也進行了報導：

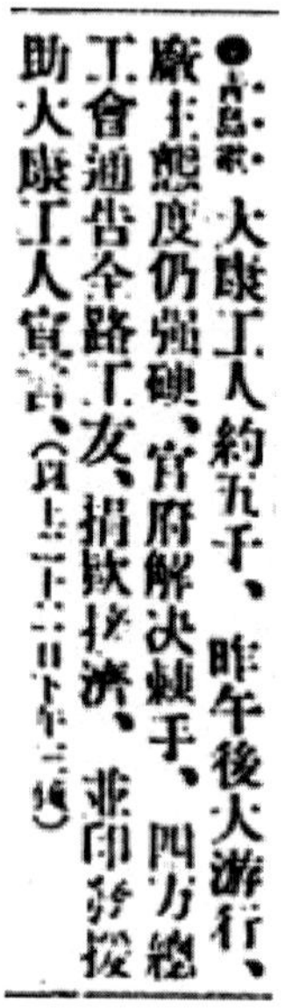

青島電

大康工人約五千，昨午後大遊行，廠主態度仍強硬，官府解決棘手。四方總工會通告全路工友，捐款□濟，並印發援助大康工人宣言。

圖41：《申報》1925年4月23日

此外《申報》還報導了《大康工潮愈烈》、《青島日紗廠開除工人 工人提出交涉條件》、《青島紗廠罷工擴大》等新聞。

在罷工剛開始，青島報界還趨於沈寂之時，胡信之毅然在《青島公民報》上發表評論，譴責日本廠主的罪行。同時還刊登罷工民眾的告工友書：

親愛的弟兄們！竭力保守我們的團體，堅固我們的心願，同謀共行，同雪國恥吧！……現在我們所想的，就是罷工兩個字……我們不知道別的，只知道抵抗資本主義，救助窮苦同胞，更望工友們，

〔註54〕《嚮導》第112期，（1925年4月26日出版）。

　　千萬別忘了爲中國的全體爭榮譽，別懈了我們的鬥志，務要把我們
的志向堅固起來，和日本鬼子，戰！戰！戰！

　　　　大中華民國十四年四月三十日〔註55〕

　　而除了爲大罷工撰寫評論文章，刊登工人宣言之外，胡信之還在報紙中開闢了《工潮專載》欄目，報導青島地區罷工動態和各地相援的情況。在1925年4月青島日紗廠工人罷工取得勝利，然而日方故意拖延執行復工條件，並要求軍閥拘捕工會人員，於是青島工人在5月25日再次舉行罷工，然而這次日本派出軍艦從旅順如青島港，駐青島的奉系軍閥也出動保安隊，聯合鎮壓工人，打死工人8人，重傷10餘人，被捕70餘人，最終造成「青島慘案」〔註56〕。之後在1925年6月9日的《申報》中又出現了一則「青島警方檢查新聞」的消息：

　　　　警廳通知報界，奉張督令，檢查關於軍事工潮稿件。

　　自此有關罷工的消息，青島本地報紙暫無可尋的新聞。爲此，陳獨秀曾寫文說：「全國的報紙，除青島《公民報》外，不曾爲被殺的工人說半句話。顧正紅被殺時，上海各報館聽了工部局的命令，連許多事實都不敢登載。即至現在大馬路兩次慘殺，上海各報仍是沒有一點熱烈的批評……眞令人認識中國新聞界的人格了。」〔註57〕

　　在青滬案發生後，胡信之在報紙的社論欄目寫有《還要認定步驟向前去幹》一評論文章，文章中寫出，「比方如今中國要向外國借大款，他們的腳一定像上了電氣一樣，比風還快泡在頭裏，話說柳說地希望拿點回扣。如今用他們辦外交，兩條腿可也跑得快（是向後跑），一張嘴也說得妙（是辭的妙）。試問這樣的人才，這樣的政府，留他一天，不但不能爲國家福，反而能爲國家累。人民要急煞！外國要笑煞！他們顢顢頇頇，同沒事的一樣。請問現在對外的時候，這樣的政府還能要他嗎？還能不同他革命嗎？！所以我們現在步驟，一面要堅忍地進行經濟絕交，一面要根本上推翻現政府，造成有組織的國家，夫然後人民才能有眞正的保障。」〔註58〕胡信之面對腐敗無能的政府，可以說是表達出了極大的憤慨。

〔註55〕摘自1925年5月3日《青島公民報》。
〔註56〕《中國工運史辭典》編寫組，主編常凱：《中國工運史辭典》，勞動人事出版社，1990年版，第122頁。
〔註57〕《嚮導》週報第117期，陳獨秀《日本紗廠工潮中之觀察》。
〔註58〕摘自1924年7月8日《青島公民報》。

在《青島公民報》的出版預告中，寫有報紙宗旨為「提倡實業」，但從《青島公民報》所刊登的各類新聞報導中，可以看出除提倡實業外，胡信之也勇於揭露邪惡，大膽抨擊時弊，並且支持工人運動、學生運動以及反帝愛國運動，且報紙還登載了《共產黨宣言》的中譯全文。在王盡美來青宣傳國民會議時，胡信之不僅在《青島公民報》上，發表評論支持召開國民會議，而且還親自協助王盡美開展宣傳和聯絡工作，為青島國民會議促成會做了輿論和組織上的準備。

最終，胡信之反帝反軍閥的言行為當地反動派所痛恨，親日派軍閥張宗昌來青島鎮壓罷工時，於 1925 年 7 月 26 日逮捕胡信之並同日查封其報紙，在 29 日將殘忍將胡信之殺害。這也是青島近代史上第一位被殺害的報人。

而在張宗昌查封《青島公民報》之前，胡信之在報上發表聲明，以此明志，現將聲明全文摘錄如下：

> 胡信之緊要聲明
>
> 啓者，鄙人服務新聞界垂二十載，向持正大之宗旨，光明之態度，與社會惡魔相周旋，不為勢屈，不為利誘。來青後將及十載，始為取引所問題取怨於某方，今為滬案問題又移恨鄙人，而某芳也昧於責己，明於責人，主使某某有以對待丁敬臣之法對待鄙人，此其受某國之使命，而欲置鄙人於死地也無疑。不過鄙人千里來此，早置死於度外。死一胡信之，安知無似十胡信之者再起而與惡魔鬥，況鄙人以一介書生，與帝國主義下之資本主義戰，為爭社會之正義死，在鄙人固死得其所，然光腳不怕穿鞋的，我不得其死，彼又安得其生？！此後，如釁自彼開，或明謀暗算，鄙人亦唯有與之周旋而已，幸各界其重察之，勿謂鄙人不能容物也，幸甚！（註59）

在殺害了胡信之後，張宗昌還電聯曾經奉系國務總理現段祺瑞政府交通銀行總理梁士詒，辯護自己的行為：

> 梁燕孫先生鑒，微（五日）電祇悉，言論機關，端須維持提倡，惟昌此次巡行青埠，商民紛來陳情，僉謂公民報，肆意行邪論，鼓動風潮，擾亂社會，引起重大糾紛，群情慌懼，請即盡職等情，復經派員澈查屬實，即不得不尊重輿論，予以相當取締，以為懲一儆百，以維護地方之計，茲承鼎言下逮，所有劉段等三人，自當酌量

〔註59〕摘自 1925 年 7 月 8 日《青島公民報》。

情形，從輕處分，以副尊囑，特復希察。

　　張宗昌蒸（十日）（註60）

國內其他各報也登載有胡信之遇害和青島慘案的消息：

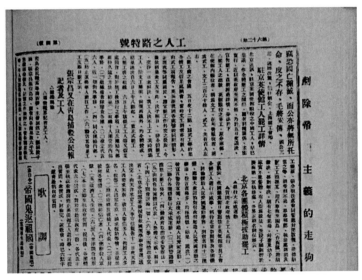

圖 42：工人之路登載新聞《張宗昌又在青島捕殺公民報記者及工人》
1925 年第 26 期

12. 《平民報》

　　報紙創辦於 1925 年，1929 年被迫封閉。初名《平民白話報》，後改名爲
《平民報》，日刊，改名後社址位於濰縣路南首肥城路二號，報紙銷量曾達三
千份之多。報紙發行人張樂古，編輯馬劍公。

　　張樂古，山東青島人，煙台會文書院畢業。曾任青島《平民報》社社長、
平民教育協進會委員長、新聞記者公會主席、《時事新報》經理。張樂古被稱
爲「青島杜月笙」、「青島老大」，黑白兩道均通，是國民政府參政員。

　　報紙具體創刊日起存疑，根據《青島市志·新聞出版志》記載報紙創辦
時間爲 1925 年 8 月 10 日，而根據報紙出版時刊登的出版日期，報紙曾在 1933
年 9 月 9 日的報紙首版刊登本報將於民國十四年八月四日出版的消息，1934
年 7 月 24 日又寫成報紙於民國十四年八月十日出版。

〔註60〕山東省總工會工運史研究室，青島市總工會工運史辦公室編：《青島慘案史
　　　　料》，工人出版社，1985 年版，第 415 頁。

　　因《平民白話報》的報紙首版缺失，故無從得知報紙的廣告價目、訂閱價格以及報頭版式。從已知的版面來看，報紙廣告所佔比重較大，除了有專版刊登廣告外，報紙還會在中縫和部分新聞版面插入廣告。廣告排版較為多變，除了普通的豎排標題外，還有大量的橫排標題，雖然報紙廣告較少使用插畫，但廣告標題會用不同的線條加以修飾，整潔美觀，且廣告排版並不緊密。在這一時期除了插畫外，廣告還已經開始使用照片，這些照片多為個人相片用以宣傳醫院醫師或藥品療效，雖然數量較少，但這也是印刷技術提高的一種表現。

　　廣告以商業廣告為主，文化廣告和社會廣告所佔比重較少。刊登的商業廣告種類較多，如汽車行、澡堂、紡織公司、銀行、醫藥、服裝、照相館等廣告，同時在報紙中明顯寫有提倡使用國貨的廣告變少。在 1931 年 7 月 24 日的廣告版面中，還出現了張裕釀酒公司的廣告：

　　　　白蘭地葡萄酒

　　　　精緻葡萄佳釀，質味醇厚芬芳。

　　　　補身健體元素，國貨獨一無雙，

　　　　久經名弛遐邇，各界無不讚揚。

　　　　挽回利權外溢，克己薄利銷行。

　　　　諸君送禮宴客，務祈一致提倡。

　　　　本埠各大酒樓、飯店、食品店均有出售。

　　張裕葡萄釀酒公司由南洋富商張弼士先生於清光緒十八年(公元 1892 年)在煙台投資創辦，清重臣李鴻章簽發執照。1912 年孫中山先生為張裕公司親筆題贈「品重醴泉」。在張裕之前，中國人餐桌上只有舶來的葡萄酒。為了實現「實業興邦」的夢想，張弼士先生先後投資 300 萬兩白銀在煙台創辦了「張裕釀酒公司」，「張裕」二字，冠以張姓，取昌裕興隆之意。中國葡萄酒工業化的序幕由此拉開〔註61〕。

　　報紙還會登載一些鐵路時刻表或政府文件類的公益廣告，如 1927 年 11 月 12 日刊登青島市指委會宣傳部於 11 月 9 日下發的《本週宣傳準則》：

　　　　一 打倒赤俄！赤俄陷我同江，攻我富錦，復增大兵於赤塔，

　　　　聯合蒙古共產黨準備大舉寇邊，我前敵將士，奮勇殺敵……

〔註61〕《藏羚羊旅行指南》編輯部編著：《中國最美的 101 家中華老字號》，中國鐵道出版社，2014 年版，第 161 頁。

二　肅清西北！海陸空軍閻副司令，出兵陝西，直搗叛逆巢穴……

三　慶祝　總理誕辰！總理畢生的工作，是要救中國民族的淪亡，謀肉小民族的福利，求大同世界的實現……

從新聞版面內容看，新聞標題字號使用黑體且大於正文字號，新聞正文沒有標點，僅以空格表示斷句。根據現有的報紙僅找到有「時事新聞」、「本地風光」兩個欄目。

「時事新聞」多來自於各地的電報和通訊，內容以政治性新聞為主，並且報紙開始將同一類新聞歸諸於一個新聞大標題下的排版方式，如 1931 年 7 月 24 日的一則時事新聞《滬反日會查得日貨即焚毀，重光到京訪王商鮮案》，該新聞標題之下共有四則電報，分別是來自「上海電」、「京城電」，以及兩條電報來自「南京電」的新聞。

「本地風光」刊登青島本地的一些社會民生新聞，在「本地風光」這一欄目之前，報紙還刊登有青島本地的新聞，內容既有政治性新聞又有社會性新聞，其中在 1929 年 12 月 12 日的《主動停業三日人》繼續報導了鐘淵紗廠罷工後，紗廠的一些後續事件。新聞提到紗廠的三位日本主任主動停工，工友也不伏兵復工，歷經三月，工廠急不可耐，想交涉復工條件，而這三位停工日人，其中一位被日本領事館捉去，另外兩位藏匿他處，想「畏罪逃回國去」，作者最後評價「該主動停業的三日人，如此滾開，這旋然工潮，從此或者可以迎刃而解了！」

報紙以「白話報」命名，主要原由在於當時報紙刊登新聞，很多都是文言參半或者是純文言文，對於普通民眾而言，閱讀較為困難，故此社長張樂古特創辦《平民白話報》，專以刊登一些白話新聞，供民眾觀看。先簡單摘錄一則《普惠學校之發達》新聞：

錦州路平民教育協進會所設立之普惠學校，自李君連壁接任校長以來，對於校務竭力整頓，積極進行，教員均係才學宏富之士，管理得法，教授有方。所以遠近就學子弟，領形踴躍，已達五十餘名左右。現屆隆冬，李君更添設一英語夜班，使學生及有志向學工友們，於工作之餘，得受英文普通常識。隨到隨收，教員姜君前曾在本市某洋行留□充英文翻譯，情願甘心服務，擔任教授，學費從廉，求學兄弟，盍興乎去。

和同期的報紙相比，該報在新聞語言使用方面，並非完全白話，和同期

《青島時報》相比，如1927年7月13日一則《日本暑假學生西上》的新聞：

　　青島日本中學，及尋常小學校，現已開放暑假，日前，由日領事館函請
路局，包用三等客車兩輛，並請准按照學生□行半價章程，業於昨「十二日」
上午七點，分車而上，計男生一〇八名，女生六十五名，回家休息暑假云。

　　這兩則新聞的語言風格並無很大不同，但以「白話報」命名報紙，也足
以見得當時白話文的風行。

　　報紙還開設有副刊「平民樂園」，並在副刊中刊登有徵稿啟事：「本園是
爲平民尋求樂趣而開設的，凡一切有趣味的稿件，如小説、笑話、俚曲、鄉
歌、詩詞等等，都是極端歡迎的。凡熱心爲平民報服務的同志們，趕快磨磨
筆桿子，來吧！」

圖43：《平民白話報》副刊「平民樂園」

　　從該則徵稿啟事中可以直接看出，該副刊以刊登娛樂人民的文藝性作品
爲主，副刊既有詩歌、短文、小説，還有一些社會性小文章。

　　副刊專欄「三言兩語」主要是刊登各種社會小文章，如1931年7月24
日的「三言兩語」刊登了一則《青島——輕島》的文章，在該篇文章中，有
讀者來信要更正國語錯誤，指出因爲一些地方掛牌常把「青島」拼爲「輕島」，
不知這兩字是否同音。文章作者就從此出發，探討了政府倡導國語的苦心，

並對此提出兩者在發音上的區別，最後號召刊登錯字的牌子能將其更正。

「平民樂園」的排版活潑，曾用三角形結構刊登過一則詩歌：

> 咳
>
> 閉員
>
> 手無錢
>
> 謀事未成
>
> 急的眼睛藍
>
> 百日裏瞎胡贊
>
> 一到夜晚把身翻
>
> 一天兩餐實在難辦
>
> 身上的衣服沒有的穿
>
> 哎呀實在可憐實在可憐

該詩歌排版十分新穎，在當時千篇一律的豎排文字中算是獨具一格，吸引人注意力。

在 1928 年 9 月 16 日，從膠澳商埠局下發一則改名指令中，可看到，該報因「登載失實違紀」的新聞，曾被查封，「現已自知錯誤，後悔莫及」，故將報館改組更名爲「青島平民報」，並更換社長，「以利進行」〔註62〕。雖被指令改名，但從找到的兩份《平民白話報》來看，到 1931 年 7 月 24 日止，報紙還在沿用《平民白話報》這一報名。

在停刊原因上，根據 1929 年 4 月 24 日上海《民國日報》登載的《青島反日記者團來滬》新聞可窺探一二：

> 青島《平民（白話）報》因主持正義，登載反日文章，致被日
> 人封閉。該報記者張樂古、吳江東十餘人，特組成團體，遊行各地，
> 將日人在魯種種殘殺華人事件大事宣傳。宣傳團經煙（臺）、（天）
> 津、（北）平、漢（口）、（南）京各地，進行抗日宣傳……

此外，在 1927 年 8 月 16 日的《大青島報》上還曾刊登有另一份的《平民白話報》發刊啓事：

> 本報以灌輸平民常識，宣傳社會教育，促進青島市政之精神，
> 喚醒同胞愛國之思想爲宗旨，現已與官廳商妥，改組就緒，定於九
> 月十日重行發刊啦！同仁等智識有限，見聞未周，尚望海內明達時，

〔註62〕摘自青島檔案館文件《平民白話報改爲青島平民報的指令》，全宗號 B0022。

加切實指導，同仁既有增其先榮社會，亦蒙其福惠，現擇社址於青島臺東六路十五號（電話二千三百三十一號），如蒙各界訂閱報章賜登廣告，均祈先期函知，俾便屆時照辦，深恐未能周知，特此登報聲明，祈社會同胞注意是幸。

   經理陳無我謹啓。

 該份報紙創辦者爲陳無我，《平民白話報》的辦報宗旨爲「灌輸平民常識，宣傳社會教育，促進青島市政精神，喚醒同胞的愛國思想」。但因報紙原件缺乏，無從知曉陳無我所辦的這份白話報和張樂古之間有何聯繫。

13.《中華商報》

 報紙創辦於 1926 年 7 月 15 日，停刊時間不詳，社長爲馬起棟，報紙日出一張，每週日休刊。

 因報紙創刊號不可尋，故無法準確得知報紙的辦報宗旨。但從找到的一則《膠澳中華商報正文啓事》中，可以窺見報紙的辦報宗旨，以及準確獲知報社地址：

  膠澳中華商報正文啓事

  逕啓者，鄙人等，鑒世界文化之進步，國家命運之興替，人民生計之裕否，商業實操其中樞，於是因時勢之演進，乃創辦膠澳中華商報，宗旨務求正大言論，務求公平消息，務求靈通記載，務求詳實，籍以發展文化，造福國家，謀利生冀，有裨益於萬一，爰擬於陽曆七月十五日陰曆六月初六日出版，尚希各界碩彥不惜鴻裁，惠賜珠玉，燦爛裝潢，以增聲色。

  如荷不棄，祈於陽曆七月十四日陰曆六月初五日以前寄至博山路六十二號或天津路大同春樓上十五號是爲至幸。

  僅此奉懇順候

  臺祺此致

  中華商報

  馬起棟　莊峻山

  謹啓

 由上得知，《中華商報》報紙的創辦宗旨是爲求正大言論、公平消息、記載及時詳盡。後期報紙改名爲《中華報》，改名原因在於社長認爲「惟以商報

名義範圍太狹，循名責實有礙發展，茲特擬改名爲中華報」。

　　從僅存的一份《中華商報》來看，報名「中華商報」位於報紙第一版右側，豎排，報名右側寫有「中華郵政特准掛號認爲新聞紙類」、「民國十五年七月十五日出版」，左側寫有「本報發行所青島博山路六十二號」、「分發行所天津路十七號」，在報頭下方寫有出版期數、日出張數、休刊時間以及電話號碼，同時並注明電話爲借用：「（借用）電話一一二七號」。在眾多報紙刊登的報社電話中，此爲找尋到的唯一一個電話爲借用的報社，由此可大致推斷出報社規模並不大。

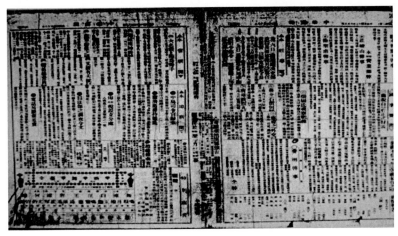

圖 44：《中華商報》新聞專版

　　在報名左側寫有廣告價目和報費價目：

　　　報費價目：

　　　每份零售銅元四枚，本埠每月大洋三角，外埠郵寄照章加費。

　　　廣告價目：

　　　普通廣告每行十三字每日大洋五角，特別廣告加倍，長期廣告

　　另議。

　　報紙日出一張共四版，在四個版面中，第一版和第四版爲廣告專版，第二版和第三版刊登各類新聞。其中《中華商報》的報紙版面爲普通開張，略小於報紙的大張。報紙整體排版較爲稀疏，

　　在刊登各類廣告中，商業廣告依舊佔據較大比重，並且中縫處還插有廣告。但從整體而言，由於受限於報紙張數以及報紙排版的影響，報紙的廣告數量並不多。廣告多爲豎排，且自右向左讀，較少使用插畫，間或在廣告中插有照片，但數量也極少。

雖然報紙廣告數量總體較少，但涉及的種類很廣，如銀行、銀樓、醫藥、衣物、食物、眼鏡、建築、汽車行、律師啓事等，其中還有汽車運輸方面的廣告，如「藍沙和記長途汽車公司廣告」：

> 敬啓者，敝公司開辦汽車以來，原爲便利交通起見，就爲給姐所歡迎，近又家用護車隊數名，以資保護，兼以汽車所用之等物價騰雜費浩繁，故與膠沙共同議決乘車價目相應通告以達周知：
>
> 由藍村至沙梁、南村六角，至東莊一元二角，至仲哥莊一元八角，至平度二元三角，至店子三元一角，至沙河四元。
>
> ……

雖然汽車運輸範圍仍局限在青島地區之內，但汽車運輸時刻表的出現，也可以看做是青島地區交通條件改善的表現之一。

此外，報紙還會刊登有一些政府公告，藉以告知公眾本埠官方近況。

在新聞版面內容上，報紙第二版右上角最先刊登報社啓事，在入手的 1928 年 3 月 9 日的報紙中，該位置就有三則報社啓事，分別是報社營業部啓事和兩則有關《中華商報》及中華印刷公司副經理一職的辭職並接管啓事。

在報社啓事之後爲「本社專電」，電報統一使用黑體字，但根據內容的重要程度不同，使用不同字號的字體加以排列說明，如：

> 北京電
>
> 魚（六日）開閣議，議決交部電政司長蔣尊禕另派專任電政監督，以張宣接充司長。
>
> 天津電
>
> 吳俊陞乘專車過津回奉。邢士濂亦隨車同往，代大元帥慰問韓麟春病。
>
> 南京電
>
> 寧方任繆斌爲滬兵工廠副廠長，郭大榮爲江寧區要塞司令。陳肇英副官長。
>
> 上海電
>
> 微（五日）晨滬公安局，奉衛戍司令部令。派警將上海漢冶萍碼頭封鎖。

在「本社專電」之後爲「國事要聞」，該欄目主要登載國內各大新聞消息，內容以政治性新聞爲主，消息主要來源於京訊、各地電報以及轉載自外報的

文章。如：《關稅自主會正式發表》、《張楊式視察戰線》、《蔣介石偕何低滬》、《唐母被罰九千元》、《馮閻不信李景林》、《寧府之外交方針》、《空前未有之奇聞》。新聞正文有的有標點，有的以空格斷句，排版方式並不統一。

「本省新聞」主要來自於濟南訊或轉載自濟南地區的報紙，內容以政治、民生新聞爲主，「本埠新聞」主要來自於訪員、通信社新聞，新聞以政治性新聞爲主，如《中島司令官歸來》、《膠濟路維持難民》、《印花稅設立分處》、《司法部之調查令文》、《電話局嚴催電費》、《吳運副由濟返青》、《程前廳長已離青》、《趙總辦視查水源》。

同時因爲報紙版面較小，在以上的新聞欄目中，一些新聞標題無法完整寫下，故報紙只得將寫不下的標題縮小字體由豎排轉爲橫排。此外，在新聞正文排版方面，除了標點和空格交替使用來斷句外，因新聞字數長短不同，對此《中華商報》的排版，不僅行間距不統一，其新聞正文的字號也不相同，故報紙排版並不是十分美觀。

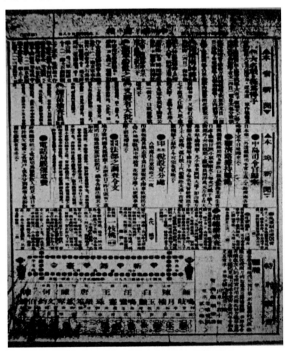

圖 45：《中華商報》新聞版面

此外，報紙還刊登有短篇俠義小說，小說字數約三百字左右，所佔比重十分小。

14. 《正報》

《正報》社長吳炳宸，報紙日出對開四版至十二版，日發行數量曾突破10，000份，1937年12月終刊。

關於報紙的創辦時間略有爭議，《青島市志・新聞出版志》記載《正報》為1926年冬或1927年春創刊，《山東省志・報業志》記載為1926年創刊，根據找到的一份1932年12月31日的《正報》來看，在報首下方寫有「中華民國十七年十一月一日創刊」字樣，故此可認定為《正報》實為1928年11月1日創刊。

因報紙創刊號缺乏，加之並未找到報紙出版預告方面的消息，故對報紙的創辦宗旨無從得知。

報名位於報紙第一版右側，報名豎排，在報名之下寫有創刊時間、報紙期號、發行所印刷所、編輯人、印刷地址、電話、電報、日出張數以及報紙的訂閱價目和廣告價目等信息，其中根據報紙出版年份的不同，以上信息並不固定出現。

根據報名下的各欄目記載，報紙發行人為吳炳宸，編輯為□仲倫，社址原在肥城路五十四號，後遷至在肥城路十七號，發行所和印刷所最初同社址所在的位置一樣，之後搬至肥城路三十三號。報紙為「中華郵政特准掛號立券新聞紙類」，報紙登記證號為內政部警字第六二九號，中宣部中字第七九八號。根據1934年的報紙價目來看，本埠訂閱每月一元，外埠每月一元三角，國外郵費酌加，廣告價目，普通廣告短行的話每天每行大洋三角，並五行起碼，特別廣告加倍；長行三行起碼，每行每天大洋六角，特別廣告加倍；長期廣告收費另議。

報紙廣告所佔比重較大，且排版樣式多變，並不局限在行列之中。

圖46：《正報》

　　報紙廣告使用插畫圖片加以裝飾，並且廣告標題字體不再局限於和正文一樣，其字體樣書變多，還出現了花體，報紙標題既有橫排又有豎排，提高了受眾的閱讀觀感，報紙版面多樣活潑。

　　在內容上，從所佔比重最大的各類商業廣告中，可以窺探出當時人們的休閒方式增多，首先除了參加賽馬、體育會、參觀展覽會之外，還出現了歌舞大會的廣告，如 1931 年 8 月 10 日的《華光子女歌舞大會業務廣告》，該廣告聲稱，舉辦舞會之處有中外歌曲，有數十名人員可登臺獻藝各國舞蹈、魔術，又如 1935 年的檯球社開幕廣告，可見當時青島地區由封建漸轉為開放的社會風氣。

　　同時除了休閒方式外，在健康上，人們已經不局限於去醫院治療各種疾病或者種痘預防疾病，已經開始食用各種保健藥品，以強健身體，保持身體健康，如 1932 年 12 月 31 日的《泰和麥精魚肝油》廣告，廣告宣稱該魚肝油是使用德國最新方法配置，除上等魚肝油、麥精之外，還具有充量維他命，可治癒肺結核，治療佝僂病，不論男女老手，服之皆可「延年益壽」，並且物美價廉，東西可口。

　　除了藥物滋補廣告外，一些酒水廣告也打出了衛生健康的標語，如 1934 年 9 月 12 日的《北平五星啤酒》廣告，該廣告詞中寫啤酒採用天下四大名泉之一的北平玉泉山，泉水清冽，由此釀造的醇品品質精美，「能益氣暢胃，為健體唯一飲品也」，同期的《煙台三光啤酒汽水》廣告中也寫有：「三光蒸餾汽水，質味芬芳，以此消暑，神寧體康」，此類酒水廣告為招攬顧客，給產品打出了強身健體寧神的廣告，由此也是迎合了當時消費者的心思。此外還出現了如治療「腰腿受寒」等病症的藥酒廣告，補氣安神丸等。如此種種有關滋補保健藥品、酒水廣告的出現，足以顯示出，當時受眾注重養生保健，且相較以前單純的看病就醫，受眾健康意識有了更大的提高。

　　在飲食上，相較以前，青島地區可以說是彙集了國內外美食。不僅有月餅、糖果、以及椒鹽奶油梳打餅乾等特色國內外零食，還有如青島厚德福的北京涮羊肉等國內特色小吃，廣告中說該羊肉新到青，且「加料肥大」，又有如做歐美大餐的巴黎飯店「特聘滬上高等廚師，專營歐美大菜，美味西點，摩登餐室，富麗堂皇，空氣流暢，侍者周到，自備機器精製各種冰淇淋以及各色冷食……」以及為「適合中外人士之口味」，特聘高等廚師，製作「英法大菜」，同時提供中外名酒，具備各色點心。不管是特色小吃還是中西大餐，

這些都打破了以往封建體制下青島地區單一的飲食傳統，使青島地區的人們在吃的內容和吃的方式上都發生了很大變化。

衛生方面，除了醫藥廣告、澡堂廣告、洗衣部廣告外，一些出售的食品也會在廣告詞中寫出產品有益衛生，請大家放心購買，如《青島福壽啤酒》「質清味醇，有益衛生，開胃祛暑，必臻健康。」，又如《煙台三光啤酒業務廣告》：「講衛生和經濟者，瘦腿煙台三光啤酒！挽回利權的諸君，不可不用煙台三光啤酒！」在此之中，廣告不僅宣傳該啤酒衛生經濟實惠，還提出了挽回利權倡導使用國貨的口號，可謂一舉兩得。

人們不僅注意身體、衣物的健康清潔，牙膏、牙粉、牙刷廣告的出現也說明受眾開始注意口腔衛生，在《正報》中就曾出現過一則口香糖廣告，而當時口香糖還稱為「膠姆糖」或者「橡皮糖」。在口香糖的廣告詞中寫道：「常含一片，齒頰留香」，同時還畫有還口香糖的外部包裝，寫有「SWANN』S SPEARMINT CHEWING GUM」的英文名稱，並畫有一隻天鵝插畫當做品牌商標。

圖47：《正報》口香糖廣告

此外還有一些護膚品、香皂廣告，此類廣告皆大幅度出現，且品牌眾多，如香皂廣告就有《克林香皂》、《麗蘭花香皂》、《無敵香皂》等品牌，在護膚品上有雙妹老牌生髮油、雪花膏、潤面油、茉莉霜，此外還有成人兒童皆可使用的面霜孩兒面等，這些廣告中無一例外打上了請用國貨的或使用國貨的標語。由此也可看出青島地區民族企業發展的勢頭以及持續迸發的愛國情感。

在商業廣告中，除了汽車行外，還出現了自行車廣告，如 1932 年 12 月 31 日的《德興車行》業務廣告：

　　　　本號專辦中西名廠各種自行這，質料兼顧，式樣玲瓏，以及附屬零件批發零售，價格便宜，請君一試方知言之不繆也。

既汽車之後，自行車作為一種新興的西式器物，也逐漸為青島人民所接受。如此種種，足以可見青島地區文化的包容性和交融性。

一些衣服、皮鞋、銀行、五金等廣告在此之中也佔有一席之地。

在文化廣告中，一向佔較大比重的招生廣告，在《正報》中所佔比例反而變少，招生學校更多為大學招生或一些特長班，如美術招生。書局所售賣的書籍依舊以教科書、課外書和一些成人讀物為主。影戲院廣告既有播放外國電影又有播放本國電影和戲劇，可滿足受眾的不需求。

社會廣告包括個人和企業類廣告，其中涉及內容較為複雜，既有「法海寺主持僧人大元緊要啟事」、「王岫生關於作保作廢的緊要啟事」、「王侯柬鳴謝良醫啟事」、「吳南愚雕刻展覽會啟事」等個人啟事，又有「中國山東煙草公事啟事」、「北平晨報青島分社啟事」、「交通部青島電話局啟事」等非個人類啟事聲明。

除以上廣告外，報紙還會刊登政府部門的公告，宣傳政府政令，告知公眾知曉。但該部分所佔比重不多。

《正報》報紙依舊使用豎排自右向左的閱讀方式，但在新聞排版上，摒棄了以前報紙整整齊齊的方塊式橫欄的排版，而是按照新聞長短，錯落有致的使用豎線將新聞進行分隔，該版式略傾向於現在的報紙樣式。報紙新聞標題相比同期報紙，其字號更大，可使讀者憑藉新聞標題能夠對當日新聞有個大致印象。同時隨著物質技術的發展，一些報紙已經在新聞正文中插以適當的圖片對新聞內容進行說明或者補充。但在找尋到的《正報》報紙中，新聞裏面幾乎沒有照片出現，這也可以說是一大遺憾。

從新聞欄目內容看，《正報》除了有「本市新聞」、「社評」、「時論」有明顯的欄目名稱外，其餘對於國內外新聞皆沒有明顯的分欄，但大都會將同一類型或同一地區的新聞歸諸與同一版面之中。

「本市新聞」主要報導青島本地的新聞或者與青島地區相關的新聞。新聞多來自於通訊社、本地訪員以及提供的線索，此外報紙還會在設有外地訪員，以提供新聞。該欄目所佔比重較大，內容以政治性新聞為主，但也有和

人民生活有關的民生社會新聞。如 1929 年 4 月 27 日的「本埠新聞」：

《吳思豫由京返籍》

《市指委會分函兩司令部□□肇事士兵》

《孫殿英開拔之用車已備妥》

《市指委會請市府處辦劉子山》

《社會局消息兩則》

《四方□廠教育得法》

《機場員司之殷鑒，爲吸鴉片明令撤差》

《大英煙公司風潮平息後》

《新菜市場地址覓定》

《接二連三之劫案》

……

以上新聞中，一些如《吳思豫由京返籍》、《市指委會請市府處辦劉子山》、《社會局消息兩則》等政治性新聞來自於通信社或「政界消息」，然而一些社會性新聞如《新菜市場地址覓定》、《大英煙公司風潮平息後》等新聞爲多爲報紙新聞記者所寫。雖然一些政治性新聞多數還是由通信社、政界人士所提供，但此時訪員已經開始涉足於政治新聞，如上述新聞中一則《機場員司之殷鑒，爲吸鴉片明令撤差》新聞就爲署名記者「正」所寫。

「本市瑣聞」更多的是報導一些社會新聞，所佔比重較少，如 1933 年 4 月 9 日的「本市瑣聞」：

《兩男一女因姦情起衝突》

《騎車撞人，反施打罵》

《酒後無行，一張惡戰，被警察帶去》

《樓梯下堆火油，不服取締，送局罰辦》

《愚婦，治病不痊，惹起鬥毆》

國內外新聞在《正報》中，並沒有具體的分欄，其常把國內新聞或國外新聞放在不同版面之中加以分別，但有時國內新聞也會出現在國外新聞版面中。

《正報》的國外新聞大多來源於國外通信社或國外電報，如哈瓦斯社、路透社或倫敦、華盛頓電等。國內新聞主要來自於各地電報，並且不論國內還是國外新聞，其新聞時效性極強，在受限於當時的物質條件和信息技術的情況下，《正報》的多數新聞、電訊和報紙出刊日僅有一日的時間差。受眾可

以快速準確的獲知國內外各大消息，由此也提高了報紙銷量。

如 1932 年 12 月 31 日的《正報》國內外新聞：

《日軍如進攻熱河，中央決將嚴令抵抗》倫敦三十日路透電

《美日軍備之競爭》華盛頓二十八日哈瓦斯電

《各蒙古王公竭班禪商西陲事宜》南京三十日電

《顏惠慶俟奉國書後即赴俄就任》南京三十日電

《國聯和平氣象毫無發展》上海三十日電

《蘇炳文現在沃木斯克安置舊部，年內不他住》北平三十日電

《于右任等赴滬》南京三十日電

……

《正報》新聞的登載速度在當時青島地區可以算是時效性最高，根據魯海的《老報故事》記載，其主要原因在於，「《平民報》的張樂古與《青島時報》尹樸齋合作建了一個秘密電臺，偷錄中央廣播電臺的記錄新聞和中央通訊社的新聞通訊稿。每晚 10 時至凌晨為抄收時間，有時中央通訊社用「密碼」，抄收時就寫上「電碼不明」。這兩個報的做法被《正報》社長吳炳宸發現，於是吳也設了一個秘密電臺。以這種方式，這三家報紙的國內外新聞，比其他各報『快』和『多』。」〔註63〕

報紙還開設有「本市行情」和「各地行情」一欄，用於刊登請到本市和上海、大連等其他地區的土產、棉紗等物品價格。

報紙給評論性文章設有「社評、「時評」等專欄，刊登的評論性文章其內容多涉及當時的政事，與社會時局有關。如 1932 年 12 月 31 日的「時論」《三中全會後的政府工作》，敘述了當時召開三中全會的概況，從會議時間、會議人數，再到會議所解決的問題，作者都對此加以評論，並對之後的政府工作做出了希冀。

又如「社論」《過去──將來》，文章由新近日方和我國的摩擦出發，認為新年伊始更應該有新的氣象，故而先將「昨日」之事一一敘述，從討伐叛逆到收復失地，加之近來和日方之間發生的各種事件，皆令人「心灰而氣短」，但自此之後，應按照古人所說「以前種種，譬如昨日死，以後種種，譬如今日生」，無論以前如何，具有五千年歷史和擁有四萬萬人民的大國，個人應定有「將來」的目標，省察過去，自強，自救，自信，以此強我中華。

〔註63〕魯海著：《老報故事》，青島出版社，2010 年版，第 55 頁。

除政事評論外，還有對於經濟現狀的評論如《本市繁榮之關鍵》，文章指出青島經濟的榮枯，主要在於土產的興衰，爲振興經濟，作者提出產銷統制、農商合作的方法，並號召青島本地商埠不要「聽天由命」，應順興潮流，「奮起圖之」，以振興青島經濟。

副刊「消閒世界」，主要刊登一些詩歌、散文、小說等的文學性作品，如《三星樂園遊記》、《消夏八詠》、《苦藥》、《零金碎玉》〔註64〕等文章。副刊沒有具體的分欄，和廣告平分一個版面，雖所佔比重不大，但排版緊密。在「消閒世界」中，除了一般的文學性作品外，還會出現一些略帶有時評性質的文章，如1933年11月27日的《槍口向後轉！》，文章說自九一八事變之後，人人言稱槍口向外，抵禦外侮，同時還用了槍口向外的十九路軍作爲例子，但近來廣東又再次發生衝突，讓作者痛心而言說槍口不再是向外，而是向後向內了，對此則眞是「哀莫大於心死」，愛國之心躍然紙上。

而副刊「葉陌」以等在各類小說爲主，如1936年11月26日「葉陌」就刊登有紀實小說《奪妻之恨》，哀情小說《看護淚》，社會長篇《恨海清波》，長篇習作《密斯張》，以及連載的《嶗山遊記》等。

15. 《膠澳公報》

報紙是由膠澳商埠署辦公署主辦的一份官方報紙，報紙每月出版三次，具體創辦時間不詳。

從現存的唯一一期《膠澳公報》來看，報紙是以書冊的形式付印，一共二十四頁。報紙第一張寫有《膠澳公報》四字，在報頭右側，寫有出版時間、期號，以及「中華郵局特准掛號立券認爲新聞紙類」，報頭左側寫有發行所、報紙價目及出版週期：「每週兩期每期一角，每月八角，全年八元，外埠每月加郵費四分。」

報紙後期曾改爲每月出版一次，爲此，山東郵政管理局，青島市政府還特發《關於查膠澳公報（市政公報）自何日起改爲每月出版一次的訓令》詢問更改出版原因。

報紙第一頁有目錄，內容有「命令」、「布告」、「公文」、「公牘」、「批示」、「專件」、「附件」、「廣告」。由此也可看出《膠澳公報》實帶有官方報紙的烙印。除此之外，還有膠澳商埠所發布的命令，要求青島各機關應發布的文件

〔註64〕摘自1931年8月10日《正報》。

要統一由《膠澳公報》進行刊發，由此可見《膠澳公報》應為官方報紙。

圖48：《膠澳公報》

　　從入手的第四百四十九期1927年7月30日《膠澳公報》來看，報紙排版為老式豎排自右向左閱讀，並且沒有標點加以斷句。「命令」一欄主要刊登膠澳商埠局的訓令；「布告」是登載膠澳地區的官方布告，如膠澳商埠局、膠澳商埠警察廳；「公文」、「公牘」、「批示」則是公開膠澳商埠局發布的公函、呈請、批示等；「專件」是刊登各種官方的條例、簡章、官制；「附件」一欄記載各類民事案件、刑事案件的判決書；「廣告」部分也多刊登官方發表的廣告，並且所佔比重極少，青島檔案館存有的第四百四十九期《膠澳商報》中僅有三則廣告，其中《膠澳商埠市街路名地號最新全圖披露》的廣告由膠澳商埠局財政科房地股發布，《膠澳商埠現行法令彙纂出版廣告》由膠澳商埠局庶務股發布，剩餘一條廣告才為個人所發的「遺失聲明」。

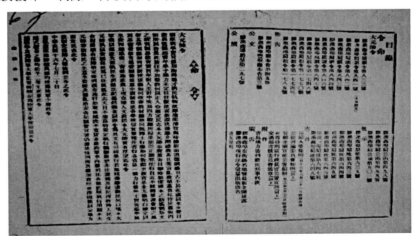

圖49：《膠澳公報》目錄

在 1929 年國民黨接管青島之時，青島一等郵局《爲膠澳公報改名爲青島特別市政府市政公報的呈文》寫到：「膠澳商埠局經國民政府命令改爲青島特別市，在膠澳商埠局時代發刊之膠澳公報自本年八月份起改名爲青島特別市市政公報……前膠澳公報掛號立券等手續取消，另將市政公報重新掛號及立券……」

關於報紙的創刊時間，從現存的一封《膠澳公報一九二三年度支出經費》的信件來看，報紙創刊時間最晚爲 1923 年，而在膠澳商埠 1923 年 3 月發出的《關於膠澳公報之刊登並核定經理辦法》寫有：「本公署爲公布政令便利期間，刊行膠澳公報業於一月十九日出版……」由此可準確推斷《膠澳公報》的創刊時間爲 1923 年 1 月 19 日。

16. 《青島公報》

雖暫未找到《青島公報》該報紙的有效資料，但可從各機關發布的公函以及其他報紙上尋得該報有關消息。

1932 年 12 月 13 日，《青島公報》曾在《青島時報》發布因搬遷而停刊的啓事：

> 青島公報社遷移啓事
>
> 本報自增加篇幅，添用人員，原有費縣路一號舊址，不敷辦公之用，自十二月十二日其，遷移廣西路三十八號新址。在此遷移期間，暫行停刊三日，自十五日起，照常出版，此啓。

由此可知《青島公報》曾更換社址，並從查找到的各種 1938 年《青島公報》交接清冊可推測，該份報紙至少出版到 1938 年。

從《青島公報》在 1930 年發給青島商檢局請求資助的公函中，可以看到報紙自言的創辦宗旨：

> 敝報系本黨同志所創辦，其宗旨完全爲黨宣傳，爲國民謀福利，與民國日報同隸擔保，並非其他營業性質者，可比隱私經費一項極感困難……

第四節　英文報刊

根據《山東省志》和《青島市志》記載，在這一時期，青島地區出現了很多英文報紙，如《泰晤士報》、《青島時報》、《青島泰晤士報》及英文《正

報》，但因其中一些報紙原件難尋，故無法對報紙版面內容加以分析，尤其《泰晤士報》和《正報》英文版皆已遺失，無從證明這兩份報紙的存在痕跡，《青島時報》和《泰晤士報》僅能從政府發送的公函中，知曉報紙來源。

《青島時報》在創辦時分有中文版和英文版兩部分，根據《民國山東通志》記載，英文《青島時報》的負責人爲凌道揚，主編爲凌達揚，二十世紀三十年代凌達揚離開報社去東北大學任教。民國十四年，報社售賣給英人，民國十六年，英人社長史達貴（又譯「士大貴」）將《青島時報》分爲兩家，英文版改名爲《青島泰晤士報》。

在《關於青島泰晤士報停刊及山東日報辦理成立的報告》〔註65〕和《關於青島泰晤士報結束改組及山東日報接辦的報告》〔註66〕中對《青島泰晤士報》也有所記載，其中寫道《青島泰晤士報》創刊於民國八年，即1919年，是由日本人末野祐藏創立，並於1924年9月1日（民國十三年九月一日）經膠澳商埠督辦高恩洪收買，在高恩洪去職後，報社售賣給東北渤海艦隊參謀長英人沙敦，沙敦指派英人史達貴爲社長，而後又轉手由仁德洋行的買辦馬克麿輪接手，李匯昌（威廉慕利得）爲編輯長，但因其記載抗日事件，李匯昌去職，最後又輾轉幾人經辦，最終以「情勢所迫」爲由停刊。停刊之後之後由日英美德四國商人接辦更名爲《山東日報》（Shantong Daily News）。

關於《青島泰晤士報》的創刊時間有所爭議，因原件缺失，且資料不足，故無從考究報紙創刊的確切時間。

在青島檔案館所存資料中，僅找到兩則《青島泰晤士報》報導菊展的新聞，故其版式內容依舊無可知。從這兩則菊展的新聞中，可以看到當時青島市民參加展覽的盛況，以及報紙字裏行間透露出在如此「黑暗年代」有這樣的盛世，依舊值得欣慰。

現簡單摘錄兩則新聞如下：

民國二十七年十月二十五日：

The Cryanthemum Show at the First Park is well worth a visit from all who are interested in flowers, and especially chrysanthemums. A very large assortment of plants has been collected.Some of the blooms are really magnifleent, reveallng great care and knowledge as the part of

---

〔註65〕青島檔案館，全宗號A0018。
〔註66〕青島檔案館，全宗號B0023。

those who have relsed them.It is comforting to know that, even in these dark days，the cult of beauty in being practised on so large a somle as this exhibition reveale.

he Cryanthemum Show，which we emanated some time ago as being arranged for in the First Park, onened on Sunday, Oct, 23rd, and will continue for two weeks.Over two thous plants are on exhibition, among them some rare and *** speclmens.

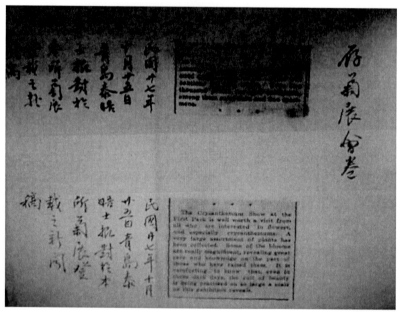

圖 50：《青島泰晤士報》新聞

第三章　青島近代報業的業務觀

　　青島地區的報紙在北洋政府收回期間，經歷了一個「報章繁興，印刷鼎盛」的時代。相較於德日佔領時期，青島報紙不論是在新聞採訪、報紙編輯和新聞寫作上都有了長足的進步。

　　在新聞採訪方面，報紙新聞來源增多，而隨著印刷技術的進步和辦報觀念的革新，報紙版面也越來越活潑，摒棄了最初的書頁式排版，並且橫排文字的出現也使其越來越接近現代意義上的報紙。同時，白話文的興起，也越來越讓新聞內容通俗易懂，進一步擴大了受眾範圍。

第一節　新聞的採集與寫作

　　根據《新聞傳播學》辭典的定義，新聞來源一指供應新聞的渠道，二指新聞出處。新聞來源的公正與否以及其來源的多樣程度，直接關係到新聞質量和報紙自身的信用，在徐寶璜《新聞學》中「新聞之採集」一章中曾提到：「若果如世人所疑，則訪員之數，將與警察等，恐至富之新聞社，亦將因此而破產矣。」當時新聞人已經意識到了新聞採集的重要性，但在新聞採集方面還是有種種不成熟之處，張靜廬在《中國新聞記者和新聞紙》一書中寫出：「近年來，上海的各報館，如申報、新聞報，和時事新報等，都添設新聞採訪部，聘用外勤記者數位，專司採訪本地新聞之職……但這也只是幾家有錢的報館能如是而已，幾家窮的報館常連茶役的薪水都發不出，那還有錢聘請外勤記者呢！」而早期記者行業發展的不完善，也有此原因。

　　青島地區的報紙新聞採集，總體而言，來源較為多樣，多數來自於官方布告、訪員、通訊社、投稿、翻譯國外報紙以及轉載國內大報的消息。

1. 官方布告、譯報

不論是德日佔領時期還是北洋政府收回青島時期，官方布告一直在青島報紙上佔據一席之地。有的報紙如《青島時報》，和政府之間的關係會較爲親密，政府下發的一些官方布告常登載於該報。

譯報和轉載的新聞主要來自於外報或者京津滬地區的大報，早期因新聞來源有限，譯自國外報紙及轉載國內大報的新聞較多，尤其《膠州報》，報紙中有很多新聞都是來自外報《字林西報》，上海《文匯報》、《大公報》、《中外日報》或者北京地區的官報等。其中凡翻譯自外報的新聞皆未署名譯者。

2. 訪員

在北洋政府收回青島時期，青島地區的報紙已經開始自設訪員採訪新聞，且在新聞正文中亦有「記者」字眼的出現。而與早期不同的是，報紙新聞開始署名，標明具體來源，新聞記者這一行業在青島漸漸初見端倪。

《膠澳志》記載，青島地區的記者最初有 34 名〔註1〕。到 1927 年，青島記者已經有 92 人，同期南京地區記者有 102 人，到 1926 年，長沙記者數量也小於 100 人〔註2〕。與國內新聞業較爲發達的新聞城市相比，青島地區的新聞記者數量與其相差無幾，雖然從業人數並不多，但從中也能看出隨著新聞需求的增多，報社注重了對訪員的招聘，由此也漸漸擴大了從業規模。

早期因創辦報紙的觀念和規模所限，報紙鮮少注重去外地採集新聞，而設置的訪員也多以採集本埠新聞爲主，外埠新聞則主要靠電報、轉載別報方式獲得或者使用「據聞」、「據悉」的方式登載。隨著青島報業發展越來越成熟，對除本地訪員外，報紙還開始了雇傭外部訪員通報本埠內外和省內外消息，提高新聞眞實性。如 1933 年 4 月 9 日的《正報》就曾刊發啓事招聘外勤記者：

> 本報現爲充實本市新聞起見，擬再添聘外勤記者一名，不論性別，以勤苦耐勞，熟悉本市市政、商界情形者爲合格。應聘者先投稿三日，合則□約而訂薪金從優。
>
> 編輯部啓

〔註1〕 趙琪修、袁榮叟：《膠澳志》，成文出版社，1928 年版，第 386 頁。

〔註2〕 數據來源於注：《第一次中國勞動年鑒》第一編（北平社會調查部 1928 年），轉自李明偉《清末民初中國城市社會階層研究》，社會科學出版社，2005 年版，第 96 頁。

　　但外地的通信有時會受限於地理位置、物質技術、時局變動等原因，一些外地訪員的通信或電報常不能按時刊出，時效性較差，使報紙在刊登新聞方面受到影響，同時降低了受眾的閱讀體驗。《大青島報》就曾因爲無法按時收到外地稿件而特地刊登啓事以縮小版面：

　　　　本社因受交通上之障礙，北京濟南及其他各處稿件不能按時寄

　　到今日暫出一大張。

　　而同期《中國青島報》也因爲接受時效性缺失且不確定眞假的稿件，爲防止假新聞的散佈，社長伊筱農特親自前往戰區搜集新聞。

　　此外，報紙還聘有外地特約訪員，如《青島時報》的一則《膠州問題解決後所聞》的新聞，就由來自於濟南的特約員玉生所寫。

3. 通訊社、電報

　　通訊社是新聞稿件來源的主要支柱，除訪員採編的新聞外，報紙的多數新聞來源於通訊社消息。「雖然有些報館也雇用著很多外勤記者，但僅能採訪到某種特別的新聞而已，它的範圍是決不會浦泛的，所採訪到的新聞也是很有限的。而通信社則不然，因爲它把採訪新聞作爲唯一的職務，所以對各種新聞的來源，常常不肯輕易的放棄，就是新聞的材料，也是沒有一定的限制的。因此，通信社的新聞，與報館記者採訪來的新聞，常常不會衝突」〔註3〕。

　　世界著名的美聯社、路透社都曾在青島設立分社。對青島報紙而言，這一時期通訊社的稿件多出現於本埠新聞和本省新聞中，常接收新聞的通訊社有來自青島本地的膠澳通訊社、大北通訊社和青島日新通訊社的消息，國外通訊社多爲路透社、哈瓦斯社、美聯社等。其中青島本地的地方通訊社不僅爲本市報紙還爲各地報紙和單位提供新聞稿件。

　　通訊社的消息在報紙中可以說是佔了一定的版面。並且在本地通訊社興建之前，國外通訊社尤其是路透社基本壟斷了青島地區的新聞輸出。造成這一現象的原因也在於在當時國內大環境下，「中國通信社的稿子很少，晚上只送一次，而外國通信社的稿子，差不多每點鐘都送一次」〔註4〕。然而，國外通訊社成爲報紙的供稿主力也有十分不利的地方。到1917年路透社壟斷了全外國的通信之後，故意用挑撥或不利的消息使報紙的言論受到愚弄。

〔註3〕張靜廬：《中國的新聞記者與新聞紙》，現代書局印行，1932年版，第6頁。
〔註4〕黃天鵬編：《新聞學名論集》，上海聯合書店，1930年版，第59頁。

後來，青島本地通訊社開始出現，根據日本對中國 1926 年的報業調查中，當時在青島的中文通訊社有七家，日文和英文通訊社各有一家。同時還有一些外地通訊社在青島本地報紙上做有廣告：

　　　　濟南庸言通信社啓事

　　　　本社注重教育事業各項新聞，並承辦特約通信，各種調查，特約專電，普通新聞概用油印稿費，本省五元，外省八元，特約調查專電另議，如蒙不棄，請徑與濟南普利街本社接洽爲盼（註5）

在接受的電報新聞方面，當時青島地區架設電報線路較早，後又經過德日的發展和北洋政府的重組，不僅可以直接接收或轉收國內消息，還可接收歐美國家地區、日本及南洋群島等國外電報。同時政府還對新聞電報頒佈了規定：

　　　　純係以新聞消息爲限，且需陳請電報局，轉層交通部領取發電執照後，方准照發，華文每字二分五，洋文每字五分。

雖然青島地區與外部交流較爲方便，但當時就國內大部分地區而言，受限於交通、經濟及技術條件等原因，非有重大事故，非在重要都會，都不用電報以傳遞新聞，故此，在當時青島早期收到的電報新聞鮮少是國內發出，更多的電報是接自倫敦、巴黎、華盛頓等地。在物質技術條件有所發展之後，除接收上海、北京、武漢、濟南等城市的電報，即墨、濰縣（今濰坊）、李村等小地區的電報也有接收。

然而在接受的各類電報中，由於當時技術條件限制，其電報多數時效性不強，且在刊登電報時，除了給電報加以標題外，報紙編輯並未按照電報的重要性或者地區、時效性等分類，而是對所有接受的電報進行簡單羅列，不分輕重。而爲鼓勵國際電報的拍發，青島地區交通部無線電臺還曾刊出對國際電報優惠的政策通告：

　　　　歐洲各國國際日信無線電報（照尋、常電）三分之一收費

　　　　每字只收一元零四分，二十五個字起碼，五月一日起開放，欲拍發者請加注「DLT」或「日信」字樣，總收發處湖北路三十三號中山路轉角，電話四七一九

　　　　交通部無線電總臺通告（註6）

〔註 5〕摘自 1924 年 9 月 6 日《青島時報》。
〔註 6〕摘自 1931 年 5 月 10 日《大青島報》。

4. 投稿

除訪員、通訊社、電報外，各地投稿也是新聞來源的途徑。其中各方投稿也正是當時報紙獲取新聞的重要途徑，報紙常在其新聞版面中刊登各類投稿啓事。

如《大青島報》在 1923 年 2 月 24 日的投稿啓事：

徵求投稿

本報纖維擴充地方新聞期間，徵求本埠各界投稿，普通新聞登錄者仍照舊例酬洋一角，如有緊要長篇記錄酬金特例從優臨時函商或面議均可，其不登錄者原稿蓋不發還。

本報編輯部啓

《大青島報》地方新聞的主要稿件來源爲讀者投稿。

又如報紙爲擴充版面，《大青島報》在 1930 年 12 月 20 日刊登的徵文啓事：

啓者，本報每屆新年，例增篇幅，況此次干戈甫靖，建設方新，軍閥滅迹之時，即民眾更生之日。竭誠慶祝，尤屬當然，惟敝同人菲才薄學，何足以自充篇幅，所望海內，碩學鴻儒，文章鉅子，勿惜金玉。專以琳琅，即爲敝報增光，並可籍聊雅誼。至於登載之後，略具薄酬，聊充筆楮之資，不足以言謝也。茲將文字範圍與體裁及酬金數額，開列於後。

範圍

凡關於事事政治、教育、實業、社會、學□、國術及一切建設之事，隨意命題，但以事在一年之內，及關於本省市者尤爲合格。

體裁

自論説以至詩詞、小説、筆記，以一切遊戲文字均所歡迎。

酬謝

大作一經登載，酌量酬以一元以上十元以下之酬金，無論體裁與否恕不發還。

期限

稿件務於本月二十五日以前投到，務注明著作人之眞實姓名、住址，並標明本報編輯部新年增刊文字字樣是荷。

《膠澳日報》1923 年 10 月 13 日的徵稿啓事：

> 本報徵稿啓事
>
> 　啓者，本報徵求本埠新聞稿件，擬定酬金每條一角至五角，重
> 要者一元，投稿諸君鑒察是荷。

而《濟南日報（青島版）》在 1924 年 10 月 13 號刊登的徵稿啓事中，編輯部直接要求投稿者每日午前將稿件投往報社，並將酬金分爲三等，「甲等五角以上，乙等二角，丙等一角」。

該類投稿信息常見於報紙，且大多注明來稿不復還，但少有徵稿啓事提出禁止一稿多投，可見當時報紙獨家新聞的概念還未養成。

《青島時報》爲擴充本市新聞版面特刊也在 1932 年 1 月 23 號特發啓事：

> 　本報現擬擴充本市新聞篇幅，如有以確實消息見投者，不分政
> 事要聞，社會瑣聞，一律歡迎，已經登載報酬從豐，此啓。

在該則啓事中明確提出了「如有以確實消息見投者」的要求，由此可見當時報紙在徵求稿件的時，除了要求量上的增多也在進一步要求稿件的質量，並開始關注來稿新聞的眞實性，對報紙受眾負責。

在新聞寫作方面，一般要求所寫的新聞稿件要眞實、生動、準確，只有這樣才有可信性和可讀性。潘公展在其文章《新聞記者的觀點》中指出：「新聞記者應該是一個沒有成見而很機敏的觀察者，他記載新聞必須完全容納事實……如果新聞記者把他自己的好惡摻入新聞的本身，那麼他對於報紙和社會公眾實在負了一種欺騙的責任，無異毀了新聞的信用」，從中可以看出新聞記者所報導的新聞應客觀、沒有偏見，

新聞寫作的發展也經歷了一個變化過程。在早期的新聞寫作中，記者更多的是以記事文的方式進行新聞寫作，將重要的事實放在最末，不重要的因素放在最前，文章略顯冗餘。徐寶璜在其著作《新聞學》中也說「昔人編輯新聞時，係用文人作紀事文之體裁，由因到果，排列各事實，按其發生先後之次序，致往往居新聞之首者，爲瑣碎之事實，而能引人注意與閱者所欲知之新聞精彩反埋居新聞之末。」認爲該行爲會讓新聞價值受損，如《膠州報》的一則《強盜處斬》的新聞：

> 　膠州灣從前強盜太多，自德國在青島開埠以來，屢經拿獲強盜
> 處以極刑，其未拿獲者，俱已逃遁，故青島各處共享太平之福。但
> 青島巡捕以公事不可一日廢弛，仍隨時隨處搜捕，務須斬草除根。

　　近日，又拿獲強盜三名審問之時，得此等強盜平日過惡滔天，梟司定以死罪，中有一名以既定罪即在黑夜之間紋縊頸而死，本月二號將此外既定罪之二犯在青島監房院子內處斬，今後租界居民當可長享太平之福矣。

　　在這則新聞中，時間、地點、人物、事件、原因，這些新聞的 5W 要素一應俱全。但新聞開始就從青島當地緝拿強盜之事說起，按照時間順序逐一寫搜尋強盜、逮捕強盜的事件，最後才寫到將逮捕強盜處斬的事實，點名題目，並且最末新聞還加有一句「租界居民當可長享太平之福矣」的評論。這類新聞沒有按照事情的重要性先後加以敘述，新聞事實和記者評論沒有加以分開，敘述方式又有文學色彩，如此種種足以可見當時是以紀事文的寫作方式來寫新聞。

　　而對於新聞應如何寫作，徐寶璜也表達了一些看法，認為新聞與意見，應絕對分離；敘述要簡單明瞭；材料安排時不計各事實發生的先後次序，要以事實最精彩最重要的事實先行敘述；文章要分段；新聞格式要分撮要與詳記二部，撮要以「新聞紙精彩及數問題之簡單答案組成之」，詳記則按照先後重要次序進行細述，同時在寫作中還要力求文字詳實、明瞭、簡單。

　　可以說以上幾則新聞寫作的規範要求，同現代新聞寫作的規章已經沒有太大差別，如新聞要有導語、文字力求精簡、在結構上益按照事件的重要程度進行報導、新聞與評論相分離等。

　　如《中國青島報》一則《工程家視察膠濟路》新聞：

　　　　「茲聞有京綏鐵路顧問沈西霖，津浦路工務處長瞿瑞甫等，以赴滬之便，特待簡單測量儀，視察膠濟路沿線之新舊工程。其最注意者為橋樑，除將各大橋樑俱為攝影外，並隨繪簡圖以備參考，尾此次視察係公係私，尚未探悉云。（今）」

　　從嚴格意義上說，該則新聞的寫作規範並非完全符合現代意義上的寫作標準，但相比起《膠州報》上一則新聞，經過了二十多年的發展，青島報業在新聞寫作方面也有一定的變化。

　　首先表現為新聞評論和事實混雜的情況已大為減少，其次在敘述的文學性色彩的語言越來越少，文字愈發精簡，逐漸脫離記事性的寫作方式，並開始向規範的新聞寫作過渡。此外文章作為訪員所寫，在新聞最末署名了該則新聞的作者，標明了具體的新聞來源，使報導有據可循。除此之外，為求新

聞準確，在尚未知曉確切事實的前提下，並不主觀臆測，而是加有「尚未探悉」的說明，進一步增加了新聞眞實性，使報導更加豐富、確切。

此外，連續報導在報紙上也初見端倪。在庚子事變後，法國勒令支付賠款，定明以佛郎價格折合支付，然而第一次世界大戰之後，佛郎價格大跌，若按約定以佛郎支付，法國自感吃虧太大，最後法國要以現金支付，逼迫國會內閣答覆，此即「金佛朗案」。當時國內報紙對該事件均有不同程度的報導，青島地區的《中國青島報》，也連發新聞，持續關注此事，如《金佛朗案解決矣》、《解決在即金佛朗案》、《案卷審查中之金佛朗案　各方在商議分贓辦法》等報導皆與此相關。

第二節　新聞的評論

新聞評論是最集中表示報紙立場、觀點的地方，可以說評論在報紙中處於重要地位。而評論又分爲多種，如社論、論說、專評、時評等。

評論文章一直在報紙中佔據重要地位，除在袁世凱執政時期，受限於當時政府的新聞統制，報紙上的論說文章曾一度隱匿，但在袁世凱下臺後，評論文章復又紅火起來，依舊佔據報紙的重要地位，其重要性不言而喻。

新聞評論嚴格意義上來說，應該是評論最近發生的事情，並且以事實說話，善於說服，吸引讀者，使讀者對這一事件加深理解，並同意報紙的看法。在早期的報紙中，評論性文章更多的應該算作是政論，一方面其文章中敍述的事實其時間性不強，而且敍述的事件和近來新發生的大事並沒有很緊密的聯繫。政論是對一個時代或近幾年政府的措施、國事發表意見，早期王韜、梁啓超等人對國事發表的意見，應該多數屬於政論文章，梁啓超的《變法通議》，不僅篇幅長，而且缺乏新聞性，是直接發表的針對國內問題的典型政治論說文。

在袁世凱當政時期，青島地區仍由日本佔領，並未受到北洋政府頒佈的報刊限制政策影響。所以對青島地區而言，評論性文章幾乎一直存在於報紙中，且報紙的評論文章專欄一般位於報紙第二版，緊跟在報社啓事之後，其重要性可見一斑。

最初的報紙如《膠州報》、《大青島報》等，在評論中並不加標點，也不予以分段，文章篇幅較長，而且還刊登一些與當時政事關係不大的文章。

　　如《膠州報》的論說文章，《中國仁人志士之黨派》，一篇文章就佔據了整個版面：

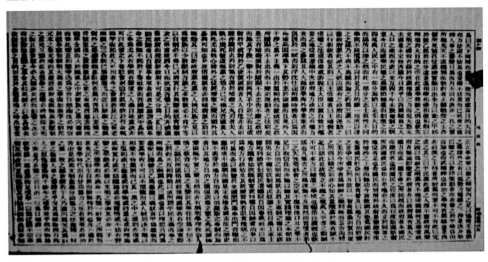

圖51：《膠州報》論說文章

　　文章敘述了當時爲「救亡圖存」，國內興起的三種政治主張，作者將三種主張分而論之，並在其中陳述出自身的傾向。作者認爲，「吾國幅員之大，人口之眾，有史以來互四千年未脫專制之軌至今日，而歐美民權之風潮始輪灌而刺激之，而四萬萬人民之中，有一部分焉，始以是爲大目的，而謀所以達之，然而此一部分之志士質性不同，學問不同，境遇不同，於是其目的雖一，而所以達之之謀乃不得不異綜而論之。」，故此將志士分爲三黨：「其一曰舊政府黨，此黨之人欲因固有之政府而運動之，以行新政者也……其二曰新政府黨，此黨之人……欲達吾輩之目的非破壞舊政府建立新政府……其三曰平民黨，此黨之人……曰教育普及，曰地方自治……」而作者在最末陳述「此三黨也，者以理想而言，丙爲最優，以趨勢而言，乙爲最捷，以現狀而言，甲爲最順」。

　　作者洋洋灑灑近千字，陳述出了自己對「救亡圖存」分析，並提出了自己的主張，從中可看出作者傾向於行新政的舊政府黨，也可看出報紙自身的政治立場。但就新聞評論而言，該評論還是更多的傾向於政論文章。

　　隨著青島報業發展，在二十世紀二十年代，評論文章逐漸評論最近發生的事實，並開始分段，篇幅也變得短小，語言多用文白參半的話語，到後期直接用白話文進行敘述，並且文章開始注明標點，有時同期的新聞內容都未

有標點符號。

　　報紙的評論文章也開始注重時效性，多和當今政治事件相連接，注重新聞性，並由開始的「通上下」逐漸變成「監督政府」的職能。徐寶璜也將報紙評論的職能總結為代表輿論、指導輿論、供給各方平等發表的機會三條。

　　之後一直到于右任《民立報》的創辦，國內報紙才具有了現代意義的評論，評論的新聞性也開始慢慢增強。到1919年，徐寶璜出版《新聞學》時，在其中也提出了社論的寫作規範，即要以「當日或昨日本報所登之新聞為材料而討論之」，且結構分為三步，「首先將此多數閱者所注意之最近事實，簡明敘出，以為批評之基礎，次以種種理由而批評之，最後為結論」；批評要鞭闢入裏，不可模稜兩可；文字要簡明，忌古奧、空泛的語言；宗旨要以國福民利為最終歸處。

　　如1924年8月27日《大青島報》的評論文章《論防弊》：

　　　　我國大病，第一在於防弊，如舉辦一事也，籌備防偽著手，計劃尚未完竣，而取締規則，檢查章程，早已連篇累牘，汗牛充棟矣，考其結果，規則自規則也，章程自章程也，於弊有何關係哉，於防弊更有何效力哉，亦不過徒事紛擾而已矣。

　　　　青島總商會，亦染此種之大病，不見夫此次改選乎，自此項問題發生，遂有諸般之新規定，如新入會者，必先按等繳納月捐，（福字號納一季，祿納半年，壽納三季，喜納一年），再繳納手數料二元，揆其用意，未始非防弊之一端也。

　　　　在商會當事諸公，固以為入會愈覺其易，品類愈為複雜，於將來選舉時，不無妨礙。故嚴定金錢之數類，以為如繪製限制，其防弊不為不固。然弊之所出，則有不可勝窮者，若即墨公會，青島市場之團體，皆指斥總商會為為非法，為把持，為拒絕入會，紛紛嚷嚷，幾不可以移日，嘻，是欲防弊，而弊端百出，弊實業生，試究其極，苟不能弊絕風情，吾恐種種弊害，皆隨之而起，將防不勝防也。

　　　　更有進者，欲實行防弊，必先剷除積弊，欲防他人之弊，必先祛本身之弊，苟我先自立於無弊之地位，果誰敢起而舞弊哉。吾不知好為防弊者，贊成斯言也。

圖 52：《論防弊》

　　文章從國家為防弊端設立了眾多章程，然而章程眾卻更添冗餘之事著墨，引出最近青島總商會改選的入會規定一事，從此事出發，陳述意見，認為規定品類越複雜對選舉越有妨礙，故此非但不能杜絕弊端，反而會「種種弊害，皆隨之而起」，對青島總商會的入會規定進行了批評分析，在最末並作出了結論，認為「欲防他人之弊，必先袪本身之弊」。

　　可以說相比較早期評論，該評論從版式上說，已開始分段，文章長度適中，適合閱讀。同時從內容上講，評論與新聞時事相結合，呈現了評論的新聞性。

　　此外在青島早期報紙當中，評論文章僅有「論說」一欄，沒有細緻的分類，之後，隨著報紙和評論的發展，評論文章的分類才開始變得多樣，一如「演說」、「小言」、「時評」、「專論」、「社論」、「代論」等欄目開始出現。

　　其中，「時評」作為一種體裁短小且與時事聯繫緊密的評論，頗受讀者喜歡。首先提倡時評的為梁啟超，而真正將「時評」作為一種文體並設置專欄的是《時報》，《時報》創辦者狄楚青為「時評」下的定義為「時評者，時報之評論也」，「時評」內容要和當日或最近發生的新聞緊密結合。

　　自「時評」興起後，青島地區的報紙也十分注重這一版塊，因受讀者歡迎，有時一份報紙中除社論文章外，還會有兩篇「時評」出現，以供受眾閱讀。且「時評」文章內容精練，能夠使受眾對當時發生的國內外事件有一個大體的判斷。

　　如《大青島報》1923 年 9 月 28 日的「時評」文章《萬惡之大選》：

　　　　總統為一國之元首，與國家之興衰有密切關係者也。是以總統缺職，必迅速另選繼任，蓋懼陷國家於無政府地位耳。

乃徵之吾國則不然，自黃陂被逐，保曹為大選之籌備，混亂之時局，益陷於不可收拾之地步，即吾新收選之青島，以大選費之不足。而碼頭公產抵押之消息，時震人耳鼓，使經商於斯土者，日處風雨飄搖中，商業日形蕭條，無□其然矣。

當青島接收之初，當局諸公，曾以擬將青島作為模範市之大政方針，告我市民矣，乃此將近一年只政績，幾無一不與模範二字背道而馳。推厥原因，實強半皆大選之賜也，謂之大選萬惡，誰曰不宜。

又如1924年8月27日的《江浙戰雲濃厚》：

江浙風雲，愈迫愈緊，近數日來，各方調兵遣將，大有一觸即發之勢，夫當此時期，而北京政府，竟始終認為謠言，其用意實令人不解，浙盧果有不當，即明令討伐不為過，但今之北京政府，實方久不出都門一步，時於各省疆吏，一任彼自由行動，浙江之數年自治，安然無恙，其明證也。

況蘇之圖浙，為齊民擴張底盤野心，於中央統一之政策無關，即使戰事實現，其動員令非下自中央可知。中央對江浙問題，既以局外自居，其認風雲緊急為謠傳也亦宜。

以上兩篇「時評」皆是敘述了當時國內發生的大事，即曹錕賄選和江浙戰爭。雖然內容相異，但綜合來看兩篇文章其內容簡練，篇幅短小。文章在敘述事實的基礎上，進行分析評論，剖析事實，觀點分明，條理清晰，且語言易懂。其受讀者說喜的原因也躍然紙上。由此，「時評」也漸漸成為了一種新聞和評論結合的好形式，順應報紙的發展，在青島報紙評論中佔有一席之地。

第三節　新聞的編輯

任白濤在其自費出版的著作《應用新聞學》中提出：「編輯部之在新聞社，猶如吾人之神經系……故欲得健全之報紙，必先有健全之編輯部，是為新聞事業成立之第一元素。」

編輯可以說是報館裏最重要的工種，報紙的內容、態度傾向都和報紙編輯的工作關係極大。其不僅要將國內外電報、通訊社稿件、訪員來稿彙集到一起，還要對稿件加以製作，配合標題，並進行排版整理。

在《應用新聞學》一書中，任白濤還對美國、日本的編輯業務進行了分析，相比較兩者之間的新聞編輯事業，當時我國的編輯業務同發達國家之間還是有一定的差距。

早期，西方報紙在編輯上同我國的報紙有很大的不同。

從文字排版來說，我國報紙歷來使用豎排，到 1955 年之後，報紙才出現橫題。且早期報紙在排版時也曾用過自左向右的橫題排列，雖然在當時並未成主流，但也看也可以看做是編輯對排版方式的一種新嘗試。而西方報紙可以說受限於其文字的影響，其版面中基本沒有出現過豎排。

德國作為最早創辦週報的國家，歷經多年，其報業體系已經有了一定的發展。對青島地區報紙來說，在德佔時期創辦的德文報紙和中德雙語報紙，尤其是作為官方創辦的德文報紙，在排版上，大多同德國本土創辦的報紙版式相仿。如《青島官報》、《青島新報》，報紙的標題和正文都是使用橫排文字，且新聞標題形式簡單，變化少，新聞小標題數量較少。在文稿排列上，文章排列整齊，呈現出長方塊或者豎長條的形式。

在這一時期朱淇創辦的青島第一份中文週報《膠州報》，則是吸取了其在南方辦報的經驗，報紙其排版方式類似於書本式排版，文字豎排，並以張數印刷。後期隨著報業發展，報紙印刷方式有所變化，但豎排文字的排版方式還是鮮少有變。

在報紙誕生於青島地區的一段時間之內，報紙的標題與新聞正文之間在字號字體上基本沒有差別，且標題並不單獨佔一行，和正文之間用符號○或空格相分隔，排版單調。正如任白濤而言，「編輯記者所最當慘淡經營者，新聞記事之標題是也。」然而「標題在報紙上，實占最重要之部分。各國報紙自標題，初不過籍已表明記事之種類，今乃成記述的，以表示記事之要領。讀者縱無暇讀記事之全部，只一瞥標題，即可悉其概路」〔註7〕，可見新聞標題要能夠起到概括新聞正文，便於受眾知曉的作用。王小隱在其論述中《報紙之標題》也提到對新聞標題應注意「（一）顯露其要點之所在；（二）表現其變化之情形；（三）引起觀者之注意；（四）包括文內之事實。」〔註8〕但相對於青島地區早期中文報紙這種標題和正文不分的排版方式而言，並不利於吸引報紙讀者注意，且當時新聞標題字數有限，多數標題並不能概括新聞內容。

〔註7〕任白濤：《應用新聞學》，中國新聞學社，1922 年版，第 146 頁。
〔註8〕黃天鵬編：《新聞學刊全集》，光華書局，1930 年版，第 189 頁。

　　雖然早期新聞標題的作用受限於排版、編輯的影響沒有得以很好的發揮，但隨著時間的推移，新聞標題也越來越受到報界從業人員的重視。到日佔時期青島時期，新聞標題的排版方式逐漸改變，不僅開始使用黑體且字號大於新聞正文，並且獨佔一行。新聞標題和新聞內容正式相分隔，同時這種排版方式會容易和後一條新聞之間有所區分。除此之外，還增加有新聞副標題，進一步補充信息，引導讀者閱讀後續內容。不僅如此，對於一些篇幅較長的新聞，報紙編輯還會在正文中輔以不同小標題，這樣不僅使報紙版面更加美觀，讀者對報導內容也會更加一目了然。

　　同時與之一起發展起來的還有對西式標點和白話文的應用。

　　我國早先的古文書籍中基本是沒有標點的，標點符號作爲從國外引進的產物，我們對其使用的歷史不過一百多年。1897 年，廣東東莞人王炳耀最先根據我國斷句法，吸收外國新式標點，草擬了十種標點符號，1904 年，商務印書館出版最早的標點書籍《英文漢詁》，1920 年，北洋政府通告全國採用十二種新式標點符號〔註9〕。

　　從我國標點符號的引進歷史也可看出，當時對標點符號的運用並不是十分成熟，其在報紙上到應用規範之間經歷了一個發展過程。早期報紙如《膠州報》、《大青島報》，新聞正文之中並無標點符號。而在北洋政府教育部發布了《通令採用新式標點符號文》的訓令，第一套新式標點符號的法規誕生後，受日方報紙及國內大環境的影響，青島地區的報紙也逐漸開始使用標點，對文章進行斷句。一些未使用標點的報紙如《中國青島報》，也會在新聞中使用空格對文章就進行斷句。而使用有標點的報紙如《東海日報》、《青島時報》、《青島晨報》等，其標點的作用同先今並不完全一致，報紙的新聞經常使用一個標點符號到底，總體而言，在很大程度上，當時其標點的作用更多的還是斷句功能。

　　就白話文而言，自 1917 年，陳獨秀在《新青年》中發表《文學改良芻議》一文，文章提出「白話文學爲文學之正宗」，並由此提倡使用白話文，故而掀起了一場「白話文運動」。而自 1919 年「五四運動」後，白話文學突飛猛進，白話報紙層出不窮。然而嚴格來說，當時除卻白話報紙大量使用白話文外，其餘報紙還多是使用半文言半白話或文言白話文章相交雜的敘述方式。

〔註 9〕周有光：《語文閒談》選訂本，三聯書店，2014 年版，第 210 頁。

對青島地區的報紙來說，其多半還是使用半文言半白話的方式進行報導新聞。

此外，當時國內還出現了一種報紙的新聞正文使用半白話的寫作，而論說文章使用文言文寫作的現象。而該種現象的出現也因當時一些報紙認為「論說不宜用白話文，彼無意於新聞者流，斷不至因一段白話時評，乃展閱報紙」〔註10〕。

但對青島地區的報紙來說，不論是在德佔時期還是在北洋政府收回青島時期，其論說內容都和新聞正文所使用的語言敘述方式大體一致，如 1903 年《膠州報》新聞《袁令興學》：

> 濰縣袁夢梧大令接任以來，見濰邑學堂尚未開辦，即出示曉諭紳民人等各述己見，凡學堂當如何開設欵項當如何籌辦一一條陳呈，候採擇並聞將購西關高姓宅房數十間，開設濰縣學堂，想濰邑得此賢令，學校之興有望矣。

該則新聞使用了半文言的語言，同期論說文章如《論水戰公法》的寫作語言亦然：

> 當陸戰之時不第國家兵丁交戰，亦有兩國之義勇相戰。水戰亦然，除兩敵水軍戰艦以外，常有民間商船當做戰船使用者，但當水戰之時，除兩敵國戰艦之外，自古以來，尚有一種巡房船亦為戰時所用。何謂巡房船，此等船乃私家商船，惟亦預備軍械，彷彿戰船無異，又獲有戰爭國之專利，而房捉敵國之商船者，此等船升給專利之國機，故照戰律而治……

又如 1924 年《大青島報》的一則《檢察廳長已撤換矣》新聞：

> 青島地檢廳長王天偉因與蕭小隱販運煙土案有關一節，已散見各報其後王某自知位置不穩，月來奔走淨盡乞憐與援希圖留任，終歸無效。聞濟南高檢察廳長將王某呈請撤換所遣，該缺已由司法部另委王昆承之。已於一月三十一日發表，繼任者已到日內交卸完畢即可離青雲。

同時其一篇論說文章《整頓膠濟路感言》：

> 報載交通部現為預籌收贖膠濟路之國庫券，擬從整頓該路入

〔註10〕謝福生：《世界新聞事業》，參見申報館編：《最近之五十年》，申報館，1923年版，第 429 頁。

手，期可與各路聯運銜接，如此則運輸便利，發達可期，逐年贏餘，
即備坐贖路之用云云。此事驟聆之下，似該部西祠昂計劃大可滿足
吾人之希望矣，惟記者尚有不能已於言者則以官場歷來辦事之弊
病，端在能言不能行一語，故發一言也，非不娓娓動聽，而夷考其
行，則往往與所言者相反，夫言不符行之人，無論辦理何事，皆不
能成，況交通事業之千頭萬緒者乎。查全國路政之弊病較少者，當
以膠濟路首屈一指，良因創始由於外人，一切用人行政，尚未沾染
吾國官場之習氣故也，今當局者果克凡事公開，實心整頓，以該路
爲發展吾國之良好機關，勿視爲個人發財之利藪，剔除中飽，涓滴
歸公，不出數年，收入必有可觀，從此循序漸進，此十數年中，彼
四千萬贖路之鉅款，爲數難屬不貲，當亦不難籌積，若惟是空言粉
飾，甚或暗中再有人加以掣肘，如此則計劃雖若何精妙，章程任若
何周詳，能言而不能行，將現狀亦無法維持，何尚發達之足云乎，
古人謂，爲政不在多言，顧力行何如耳，吾於是亦云。

可見在白話文言的寫作影響下，對於論說文章依舊使用文言的寫作方式
上，青島地區的報紙應算是一個特例。

從編輯人員而言，相較我國，早期西方報業發展較爲成熟。西方報紙編
輯人員眾多，不同的新聞類別有不同的編輯負責，在版面上，有專門的「面」
（亦即「版」）的負責編輯，報紙還雇傭專員，以針對特殊材料的編輯，同時
報社設有調查部，用以調查新聞記事，防止投訴，或調查一些重大事件的背
景、資料，爲訪員之手足。

與此同時，我國的編輯部人員人數較少，且沒有很細緻的分工，尤其當
時除了一些大報之外，很多報紙都是編輯兼任訪員，雖然從廣義上來說，新
聞可以分爲政治新聞、經濟新聞、社會新聞等類型，但早期報紙在排版時鮮
少按照新聞類型進行編輯，青島地區的報紙更多的是以專電、本埠新聞、各
省新聞、國際要聞、省內新聞等分類，且經濟新聞和體育新聞的數量很少，
幾乎鮮有專欄。此外，青島報紙最初在新聞排版上經常不分新聞的重要程度，
而是統一進行排列，到北洋政府收回青島後，報紙編輯才漸漸開始按照新聞
重要性進行排列新聞主次。

在版面分欄上，早期的德文報紙通常一面分爲豎兩欄，平分版面，即直
長式分割；中文報紙則是用橫向分割的方式將版面分爲兩欄，即橫長式分割。

兩種分欄方式，對讀者而言，並沒有太大的分別。之後報紙又進一步改革，在日佔時期，報紙分欄方式發生了變化，每個版面都開始使用橫長式分欄，新聞版面至少三欄，其分欄較多，廣告版面多爲橫排兩欄。其中在新聞版面中除了橫排分欄外，有的報紙如《中國青島報》，還會在橫長式分欄中對新聞進行豎排分割，使版面更加活潑，並且該種分欄方式可以在無形中凸顯編輯意圖，有意識的向受眾傳播新聞。

　　此外，青島報紙還出現了一股創辦週刊、專刊、副刊的風潮。爲向民眾普及知識，創辦了既有科學普及性質的健康、婦女、兒童週刊，又有具有消遣作用，登載各類的文學性作品的副刊。如《大青島報》的「青潮」、「靈囿」副刊，《青島時報》的「法學週刊」、「醫學週刊」等。這些專刊的編輯方式與新聞版面不同的是，週刊中大部分都有責任編輯，有專員負責內容編輯排版。

第四章 青島近代報業運營模式

　　一般而言，報紙的收入主要來源於廣告和發行兩個方面，而同時，商業報紙還未發展成熟，尤其對青島地區而言，接連受到德國、日本兩個國家的侵佔，民族工商業未得到完全發展，資本主義的發展還受到一定限制。故而在報紙經營上，報紙還要對外界資金有所依靠才能更好的生存。同時一個健全完備的報社組織，對報紙經營也起著很大的作用。從最初報社中一人兼有多種職能，機構設置少，到之後編輯部、印刷部、營業部一應俱全，報館組織越來越成熟，其對報紙的編輯、發行也越來越專業。而青島地區的報業組織也經歷了一個逐漸完善，邁向現代化的過程。

第一節　資金來源

　　當時青島報紙的資金來源主要有官方津貼、民間投資和報紙自身收入三個渠道。在德日侵佔時期，青島地方民族工業並不是十分發達，在當時由民間注入到報紙中的資本比較少，在這一時期的報紙多數是由官方贊助，到北洋政府收回青島時期，此時青島民族工業上升趨勢明顯，其對報紙的民間贊助也越來越多。

1. 官方津貼

　　官方對報紙的津貼主要有政客、政黨和政府三個來源。

　　早期在華創辦報紙的主要是外國傳教士，而隨著鴉片戰爭的結束，商人、政客個人投資、創辦的報紙變多，逐漸取代了外國傳教士成為在華創辦報紙

的主要力量。由此可以說，政客投資、創辦報紙從清末就已經開始。一如維新派人士譚嗣同創辦的報紙《湘報》就得到陳寶箴等官員的支持，初期巡撫衙門按月撥給津貼，維新派《時務報》受到過張之洞等人的津貼，馮玉祥的國民軍對《京報》進行了津貼，民國時期著名報人邵飄萍爲生計也曾接受過不同程度的津貼。在民國成立之後，這種接受津貼的想像愈演愈烈，《申報》曾記載過譚延闓津貼北京、上海、長沙等地33家新聞單位的明細：

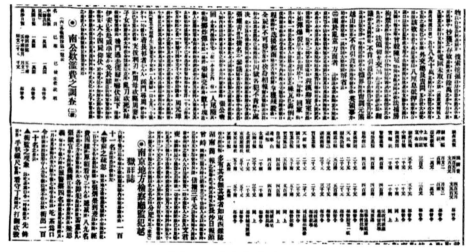

圖 53：《申報》報導

除政客津貼外，政黨和政府也爲宣傳自身，常給報紙輸送資金，使報紙支持自己，進行宣傳。如袁世凱當政時期，爲使輿論一致，維護其所謂的「共和」，對報紙就極盡賄賂津貼之事，大肆收買。林白水等人所辦的《公言報》亦受過安福系人士的出資，而國民黨中央和地方黨部也都有一定的預算用於宣傳。

然而接受津貼，對報紙而言，其言論不可避免的就會有所傾向，有時政客甚至會影響到報社內部構成。可以說報紙若想獨立，自由發表言論，獨立經營報紙是必不可少的。而報人也應明白，言論自由不有所傾向，對報紙來說是具有十分重大的意義，因而，追求報紙獨立，應該是每個報人所極其希望的。然而當政客不再津貼時，卻有一些報紙出現對其進行發文指責，如《現代新刀筆》所載一文《停止津貼之詰責》，「將謂向之所出，果出自公家耶？則瀆職有罪，侵蝕公帑有罪，蒙混高級機關更有罪，本社將與先生受同等之科罰，不敢以主動在先生而有所徇隱！將謂向之所出，其出自先生私囊耶？

則本市駢枝機關林立，捐務處收益，常留以待先生不時之需者月且五六萬，是炙炙者，曾不能損先生之毫末！」〔註1〕雖然政客津貼已屢見不鮮，但停止津貼，報社撰文攻擊的現象則實屬罕見。

　　對青島報紙來說，除具有官方背景的報紙如《青島官報》、《膠澳公報》外，其民辦報紙在不同程度上也受過官方資助，有的報紙如《膠州報》在後期直接轉爲了官辦，有時報社還會寫函至政府部門請求津貼，如《青島公報》就曾發函請求青島商會、膠澳商埠局等部門予以資助，同時官方也會以不同的名義下發津貼，如廣告津貼費：

　　　　自九月一日起，由該局津貼青島時報及英文正報，每月廣告費洋二百二十元。

　　此令由青島市財政局於 1927 年 12 月 22 日下發，用以資助《青島時報》和英文《正報》。

　　在張宗昌督魯時，也曾到處津貼報紙，青島報紙《中國青島報》曾被疑受過張宗昌津貼，《青島快報》於 1930 年 1 月 13 日刊登的《伊小農案定於十六日宣判》一則新聞中就記敘了在庭審過程中質問伊筱農是否接受補助的事件：

　　　　濟南通訊：山東高等法院一庭，前日（十日）下午二時，開審青島新民日報經理伊小農附逆嫌疑一案。審判長歐陽熙，書記亓振華，檢察官黎世澄，蒞庭執行職務。開審後，即由看守所提出伊小農，面色蒼黃，約六十餘歲，身著灰色皮襖，帶有腳鐐，首由檢察官陳述起訴理由。審判長問伊小農年齡籍貫後，繼訊附逆情形，伊云家無恆產，僅射中機器家具等物，並未有充任張逆宗昌參議情事，審判長問張宗昌敗退時，尚登載張之通電，是何意思？伊云，那時青島出於軍閥壓迫之下，如不登載，即有危險，又問受過張宗昌津貼否？伊云，我報乃營業性質，並未受有何方補助，問至此認爲辯論終結，定於十六日宣判云云。

　　新聞中伊筱農否認報紙接受補助，其對張宗昌贊助一事也不了了之。然而根據伊筱農在經營《中國青島報》時刊登的鳴謝贊助的啓示，該份報紙應是收受了津貼贊助，只是其中有無張宗昌的贊助不得而知。

〔註1〕　平襟亞編著：《現代新刀筆》，上海中央書店，1935 年版，第 95 頁。

2. 民間投資和報紙自身收入

　　相比較政治投資，民間投資的額度一般較少。而國人民間資本投注於報業，根據現存資料，最早的始於 1877 年 2 月 5 日（清光緒二年十一月廿四日）的《侯鯖新錄》。它是《申報》主筆山陰沉飽山所編纂，類似《四溟瑣記》、《環宇瑣記》一類的文學刊物。由沈飽山自設的機器印書局印行。現存五卷，每卷的記年都著「光緒丙子冬」。但有些作品又是前後連續，似為月刊，皆在《申報》刊出告白的發售〔註2〕。

　　在民間投資報紙中，既有個人投資也有民間社團的資助，如一些商會、工會、學會等，而日本做的新聞調查中也寫出了一些報紙為某會機關報，如《中國青島報》曾為青島商務總會機關報，受青島商會津貼，《膠澳日報》依託於青島市民工會的關係所辦，受工會資助，《青島時報》社長尹樸齋，除以營利為目的出版報紙外，還想以報紙作資本插足政治，誰收買他就和誰結合，故曾接受土匪劉桂棠的津貼等。

　　其中雖為青島商務總會機關報的《中國青島報》除接受來自青島總商會的資助外，還有接受各大商號資助，報紙社長伊筱農，為答謝眾商會、商號給報社的投資，特於 1928 年 1 月 16 日在《中國青島報》登載了一篇鳴謝啓事：

> 本報經理伊筱農鳴謝啓事
> 　　敬啓者，竊以年來因鄙人箇人辦理不善，受經濟窘迫，驟得失眠之症，病體淹淹，以致諸凡更行無法維持，幸賴地方各官憲及，總商會各領袖並各大寶號，鑒於本報多年經營，且完全中國人自辦之報，一旦停滯未免可惜，故特格外提攜，惠賜大張何年廣告，維持盛德新感之極，嗣後惟有敬勉同人竭盡天職，廣謀公益，以符諸君贊助之意焉，並望隨時指導以資糾正尤為盼切之至，敬此鳴謝讚頌新喜。
> 　　伊筱農拜言

　　在啓事中，伊筱農言因自身經營不善，導致報社經濟窘迫，自己因此「病體淹淹」，但幸由各地方官、商會、商號惠及，才得以繼續存生。從此則啓事中可以看出，《中國青島報》除接受官方資助外，還接受民間資本的贊助，同

〔註2〕馬光仁主編：《上海新聞史（1850～1949）》修訂版，復旦大學出版社，2014年版，第81頁。

時以民間資本的贊助為主要。而除了商會津貼外，報紙還收受土匪孫百萬、馬文龍的津貼。

　　雖然民間資本的來源多樣，但其資本供應常常斷裂或者枯竭。報社社長要想盡各種方法獲得資金，或要求政府、民間贊助，或自身報紙提價，以求借取報紙自身收入，獨立經營。如《中國青島報》的社長伊筱農曾因報紙開銷巨大，為彌補虧損，少得各方面的資助津貼，故特將報紙提價，並在報紙中發表特別啟事，以告讀者：

　　　　敬啟者，市面蕭疏百物昂貴，敝報開銷日加虧累實甚，現為彌
　　　補此項損失，少資挹注起見，每月報費自一月起，加洋五分，計每
　　　份每月本埠大洋七角，外埠八角五分，環境困難，情非得已，至希
　　　閱報諸君俯察情形，鑒原是幸此啟。

　　而由《中國青島報》的這兩則啟事也可以看出，當時的一起報紙一面接受官方、民間資本的贊助，一邊奮力爭取報社經營，取得經濟獨立，就當時大環境而言，這種行為也是值得肯定的。

　　此外，一些報紙如《濟南日報（青島版）》常刊登有大量的銀行廣告，而這種方式也不免讓人懷疑這是否為銀行方面的另一種津貼方式。

　　總之在這一時期，報社的獨立經營還處在起步階段，雖然並未能完全脫離資助，但就資助形式和報社自身為經濟獨立所做的努力而言，其報社經營也在逐漸向現代化邁進。

第二節　報館組織結構和經營方式

　　報館的組織結構和經營方式是保障報館正常運行的手段。報館的組織結構是根據報館的需要所設立的，徐寶璜在著作《新聞學》中提到，「新聞社內部之組織，大抵分為三部：（一）編輯部　採編新聞，撰著社論及他種稿件如書評戲評等屬焉。（二）營業部　招登廣告，發售報紙，收發款項及報務行政屬焉。（三）印刷部　印刷雕刻事宜屬焉⋯⋯大新聞社日刊數次，則用人甚多⋯⋯若為小新聞社，則用人少，一人須辦幾種事。」雖然報館大小不同，但報館組織的結構都大致類似。

　　早期報紙發展不成熟，報人常一人身兼多職，「所以有些過去的報界名人，都是兼做主筆和經理人。甚至於訪員、校對、兜攬廣告、發行報紙等種

種事務，也包攬在一個人身上。用兩三人的力量，就可以開辦一家報館，這是以前所常見。」〔註3〕

　　無論是中文或是外文報館，在這一時期規模都是很小，人事也至為簡單。鴉片戰爭前，廣州的英文報館，都只有編輯一人。他不僅擔負整個報紙的文字工作，有時還要進行採訪活動。此外，便只有幾名普通職工處理日常雜務。資金不多，廣州最大的一家英文報館──廣州紀錄報館，最初資本只2000元，且沒有自己的印刷廠，房屋係租用。至於中文報刊，那就更簡單了。它們當時都為傳教士所辦月刊，其編印單位，多附設於教會機構之內。編輯往往只有一個人，且非專職。如《察世俗每月統記傳》的編輯米憐，同時兼編另一家英文月刊，還擔任英華書院院長。編輯《察世俗》，在他的全部工作中並不占主要地位。〔註4〕

　　戈公振在著作《新聞學》中講到，「談到報館組織，要在報紙成了商業以後，才有明顯的需要。不然，是可以隨便的。因為報紙最初的是無利可圖，所以規模是愈小愈好。」

　　鴉片戰爭以後，報紙發展迅速，報館規模也開始逐漸開始完善，而報館組織的完備與否，還是要以報館的資本大小、銷量多少、收入多寡而定。

　　青島地區的報社一如最初時候的報館，報館人員少，基本沒有部門設置，報館一人包攬多樣職務。早期德文報紙多將報紙負責人稱為「負責人」，並在報頭上寫有發行人和責任編輯的名字，中文報紙多稱為主筆，在報紙收歸官辦後對報紙負責人稱「督辦」。一直到《大青島報》時期，才開始將報社負責人稱「社長」，社長主要負責報館的辦報、經濟及對外代表報社辦理業務等事項。如《大青島報》社長小谷節夫就多次以報社社長的名義向官方通信請求資助或表明立場。而此後青島報紙負責人也開始沿襲這一稱呼。

　　到二十世紀二十年代，隨著報紙業務的增多，報紙的分工越來越明確，部門設置也逐漸完善。戈公振在《中國報學史》中曾將《新聞報》的公司系統列為圖表，並將《申報》的報館組織加以詳細敘述。具體來說董事會為其最高機構，下設總理會，總理會之下又分別設有編輯部、營業部、印刷部三個部門，其中各部又下設各具體分科。各大報對此可能分的較為詳細，而一

〔註3〕戈公振著：《新聞學 （第二版）》，商務印書館，1947年第2版，第16頁。
〔註4〕方漢奇：《中國新聞事業通史》第一卷，中國人民大學出版社，1992年第1版，第394頁。

些小報多數雖不會下設過多分科，但具體部門也和其相差無幾。

　　而這時經過一段時間的發展，青島報紙的報館組織機構也逐漸完備，《大青島報》設有營業部、編輯部、發行所，《膠東新報》設有編輯部、發行所，《青島晨報》設有編輯部、廣告部，《中國青島報》設有編輯部、營業部，《青島公民報》設有經理部、印刷部、編輯部等。在這其中作爲青島發行最久的《大青島報》報社組織結構最完善，社長、總編輯、主筆和其他部門組成了一個整體。

　　《大青島報》報社主要負責人爲社長小谷節夫，在社長之下爲總編輯，總編輯之後設有各類編輯，編輯部有獨立負責人，報社有自己的發行公司，設有專門的報紙發行人。相較同期其他報紙，報社分工明確，機構設置完整。

　　其餘一些規模不大的報館，除了發行部外，編輯部、廣告社一應俱全。該類報館報紙的印刷大多依託於印刷所或者別家報紙的印刷機器進行印刷發行，如早期的《膠州報》就由不同的書局承印過。而在二十世紀二十年代後，青島地區印刷業越來越繁榮，雖然紙張仍然需要進口國外或者從其他省市運進，但依靠先進的設備和不斷更新的技術，印刷成本也逐漸降低。

　　就經營方式而言，不管是德佔時期的官報還是北洋政府收回青島時期的官報，因其多注重政治主張的宣傳，故而在報紙經營方面並不是十分注重。其餘一些民營報社，尤其是民國時期的報社，因其經營好壞直接和經濟利益相關，因而相比較官報，其對報社的經營管理較爲注重。

　　民國時期的民營報社多數使用公司制，青島地區也不例外，除責任公司外，還出現了股份公司。如《大青島報》股份公司，和發行《膠澳公報》的膠澳商埠局秘書處機要股份發行公司。

　　單就公司組織形式而言，責任公司一般分爲有限責任公司和無限責任公司。有限責任公司是指股東以其出資額爲限對公司承擔責任，公司以其全部資產對公司債務承擔責任的公司。與股份公司相比，有限責任公司的規模較小，該種組織形式尤其適合一些小型報社。無限責任公司是由兩個以上的股東組成，全體股東對公司債務負連帶無限清償責任的公司。青島地區在這一時期使用這種經營方式的報社較少。股份公司作爲現代企業制度，其更多的還是適合於大企業。一如前提到的《大青島報》股份公司。

　　對報館中的人員設置而言，報館最高領導爲社長，協調、負責報社的對內對外事務，在這一時期青島報社鮮有經理人的情況下，在社長之後的領導

一般爲總編輯，之後爲編輯部負責人，負責調配格埠訪員、通訊員等，在編輯部負責人之下又有副刊編輯、要聞編輯、訪員、通訊員、校對等。與之平行的爲營業部，用以招聘報社人員，負責報紙發行推廣，招攬接受廣告等。

在報社的人員招聘上，隨著社會風氣的開放，女性也逐漸開始出門工作，實現自己的權益，報社招收人員開始不限男女。如《大青島報》發出的一則招聘啓事：

> 招請女社員啓事
> 兹欲招請女社員數名
> 一 年齡須在十八歲以上二十五歲以下者
> 一 程度初衷畢業略諳日語，漢字書寫流利者
> 一 身家清白態度安嫻者
> 如有願就此項業務者，請於每日早十點鐘後，親持履曆書及四
> 村相片至本社營業部面洽即可也
> 大青島報社營業部啓

從該則招聘啓事中可以看到，報社根據自身特色，對招聘人員也有不同的要求。《大青島報》作爲日人創辦的報紙，其對招聘的社員的日文程度也有一定的要求。

早期報社受限於人力、物力的原因，鮮少招雇訪員。並且報館的訪員並未得到應有的重視，其中之一個表現爲在青島報紙發展初期，報館新聞主要依靠轉載、議報和接受自其他地區的電報獲得，由訪員報導的新聞很少。

經過一段時間的報業發展後，訪員才漸漸出現在人們眼前。此時，就國內整體而言，國內大報雖早已招聘到專業的本埠訪員、報紙編輯，但對外地訪員，則一直到「1920 年左右，全國通訊網才初具規模」〔註5〕，也就是說在這一時期，報紙才逐漸在外地省市派有通訊員，建立起一個初級的通訊網。而對青島而言，在二十世紀二十年代左右，青島地區剛由北洋政府收回，正值報業博興時期，讀者獲知新聞欲望強烈，報紙除更多招聘有本埠記者外，還開始雇傭外省市的特約員以給受眾提供準確而詳盡的新聞。但在當時更多的是以本埠訪員爲主，單獨招聘的外埠訪員人數還是較少。

雖然外地通訊員的數量不多，但相對早期，這一時期的青島報紙開始正式招募訪員，且在新聞最後署名訪員姓名，這不僅說明報館意識到了訪員的

〔註 5〕陶菊隱：《記者生活三十年》，中華書局，1984 年版，第 27 頁。

重要性，還可以看出以往「隱居」在幕後的訪員開始正式走向青島的報業舞臺。並且青島地區報紙招聘訪員大多是採用面談或先行投稿的方式，如《膠澳商報》招聘訪員的要求就是「投稿三日」，此後再面談薪資。

然而當時記者的地位，就全國大範圍而言，姚公鶴在《上海報紙小史》中提出：「報紙所登事實，無過於官廳中日行尋常公事。社會新聞，則更絕無僅有矣，間有一二鬥毆拆梢回祿之記載，亦必曾經保甲委員或總巡之處分而始經披露者，故訪員資格，如是而止矣」〔註 6〕報紙訪員所採集的新聞多爲一些日常瑣聞，如 1924 年 6 月 9 日《中國青島報》中《水電現已恢復》、《催交官產租價》等新聞皆爲本社訪員所寫。可見訪員不爲人所重視，也有報導體裁的原因。

此外，當時偶會有人使用報社訪員的名義進行招搖撞騙，《大青島報》就曾頒發啓事聲明「本報之本埠新聞統系各處自由投稿，並無專訂訪員，倘有假借本報名義，在外招搖者請勿爲所愚」，雖然報紙對此進行了聲明，但一旦有此類事件發生，其對報館及報館記者的形象也會造成一定的不良影響。記者地位的不能保證，社會公器的作用也難以得到很好地實現。

此後在北洋軍閥統治時期，袁世凱政府對報業採取暴力壓制和津貼收買兩種政策，在這種大環境下，一些記者把辦報當成了謀取私利的手段，社會責任感缺失，報紙上的言論文章也日趨衰微，此時政治軍事新聞就成了報導的重點，一大批優秀記者在此時期湧現，如黃遠生、邵飄萍等人，而在他們的影響下，記者這一職業也開始收到社會重視。

從最初只擁有 37 名記者的青島，到 1935 年，記者數量增加到了 120 人，在這之中，記者隊伍的增加足以也可看出記者地位的上升，人們開始逐漸接受這一職業。

雖然當時記者隊伍有所壯大，且訪員地位上升，受到社會重視，但記者的稿酬卻並不太高。

從來稿報酬看，根據《青島慘案史料》刊登的 1918～1928 年的青島地區工資表，普通工人在 1923 年和 1924 年日均工資爲三毛，工資最高的機械工，日均工資爲九毛，而對於徵求來的新聞，《大青島報》一篇稿件一角，《濟南日報（青島版）》一篇稿件最高酬金五角，在 1930 年時《大青島報》稿件費用漲至一元，可見報紙對於來稿質量越來越重視，並相應提高稿費來增加優

〔註 6〕姚公鶴：《上海報紙小史》，轉印自楊光輝等編《中國近代報刊發展概況》，新華出版社，1986 年版，第 264 頁。

質稿件的投入。早期新聞稿費雖然較低，可相對於普通工人一日三角的收入，一則稿件若經錄用就有一角的還是能夠刺激大批量稿件的登入，以此來保證報紙供稿量。但稿費相對於報紙訪員，還是較低了一點，從胡信之寫在《中國青島報》上的《我心裏老是忘不了窮》一篇文章可窺見一斑：

> 記者這一隻五毛的窮稚，每日反過來調過去，老在窮陣裏打周旋，有人說這是記者的本色，又有人說記者除了說窮之外，不會說別的，也不願別人愛聽不愛聽，每日在人耳鼓之中打窮哼哼，載人眼皮底下打窮算盤，所以一聽見記者說窮，沒有不掩耳而走的。〔註7〕

「我們也由此探得出，新聞記者的薪給都是並不豐富的」，而若不能保證記者的基本生活，又如何保證記者的人格不受各方誘惑，對新聞事業有所貢獻，所以提高記者的薪資待遇，是一個很重要的問題。

第三節　報刊的發行

報刊發行是指經由分送機構輸送散發至讀者的過程。我國是世界上最早產生報刊的國家，而報刊的發行是報刊生存和發展的命脈，更是使其走向讀者的重要手段，報刊的發行可以分爲直接訂購和間接訂閱，而間接訂閱又可以分爲報販售賣、郵局送訂、設立報社分銷處等幾種方式。

清代傳統民間報刊的發行，包括京城和京外各地兩個發行區域，京城以內的發行直接而及時，京城以外的發行主要依賴於民信局和專門的送報人兩個通道〔註8〕。戈公振的《中國報學史》中記載，「道咸之間，有所謂《良鄉報》者，蓋有信局特設於良鄉，於《京報》出京後，由良鄉按站雇人接遞。省中上官，自出資購買之」，其中提到的「蓋有信局特設於良鄉」即民信局，用以爲民間報刊的發行提供服務。

在大環境下，清朝末期，爲規範國內報紙發行運營，清政府先後頒佈了《大清印刷物專律》、《報章應守規則》、《報館暫行條例》、《大清報律》等相關法律法規。其中作爲中國歷史上第一部新聞出版法，《大清印刷物專律》對於報刊管理確立了註冊登記制度，並將官方郵局停止投遞作爲制裁內容違禁報刊的一種辦法。

〔註7〕摘自1924年3月20日《中國青島報》。
〔註8〕武志勇：《中國報刊發行體制變遷研究》，中華書局，2013年版，第15頁。

民國初期，內務部曾頒佈《民國暫行報律》規定報紙不註冊不能發行、新聞雜誌須限時註冊才可發行，發行管理機構爲內務部和地方高級官廳。此律一出即引起了國內報界的強烈反對，之後孫中山取消該律。袁世凱就任大總統後，又先後發布《報紙條例》和《出版法》規定報紙發行事宜。其中《出版法》因爲其限制言論出版自由，各界民眾召開聯席會議，要求廢止《出版法》，迫於輿論壓力，段祺瑞政府於 1926 年 1 月 28 日下令取消《出版法》。

而在青島地區，德日政府並沒有給報紙出版發行頒佈相關的法律條例，這也就給青島地區塑造了一個相對寬鬆的報業發行環境。

青島報紙多爲地方民辦報紙，其報紙發行方式多採用自辦發行，許多報紙都有自己的發行所，如《大青島報》的發行是大青島報股份公司，《膠澳公報》的發行所爲膠澳商埠局秘書處紀要股份發行，《膠東新報》的發行所是膠東新報社，《濟南日報（青島版）》的發行所爲濟南日報青島支社等。可見報社除了有編輯、營業部外，大部分報紙設有發行所亦即報社本身。

而就發行所的發行方式可以分爲直接發行和間接發行。從直接發行和間接訂閱兩個發行渠道來說，在二十世紀的歐美各國，其報業發行主要採取直接發行和間接發行兩種方式。

直接發行是由報刊的發行處直接送至讀者手中，間接發行則是派報社或分銷機構代爲發行，其中郵局發行也屬於間接發行。

就直接發行來說，報紙常在報首處刊明報紙定價，並刊登啓事歡迎各方訂閱，但需要提出的是，報紙依靠發行取得收入並不是報社收入主要來源，如果僅依靠發行所得，報館很有可能會受經費限制。《中國青島報》社長伊筱農就曾多次刊登啓事，爲維持報紙生存，提高報紙售價。

從間接發行來說，首先爲擴大報紙在外埠的影響力，提高發行量，報館都想方設法設立分銷處，提升知名度。青島地區多份民辦報紙爲擴大影響都曾在不同地區設立分銷處，如《中國青島報》設立分銷處聲明：

> 啓者，竊因海陽一帶向無言論機關而來青訂閱，敝報者又每感
> 手續上之困難，故特委託該縣全眞堂派報處李芥臣君代爲分銷，附
> 近訂閱諸君，請順便與之接洽，是幸恐未周知，特此露布。〔註9〕

其中分銷處的設立一般要求當地的報紙發行量要達到一定的數額才有資格，同時和報館之間還有有限連帶責任，且分銷處一般都自負盈虧。

〔註 9〕摘自 1926 年 3 月 14 日《中國青島報》、《特別啓事分銷處》。

除分銷處外還會在外地設立分館，《膠州報》就曾在山東各地設立分局銷售報紙，如章丘、萊陽、周村、曲阜等地，以擴大報紙發行。

從 1936 年 8 月 16 日《正報》刊登的《本報平度縣分館經理易人啓事》中可得知，《正報》也曾在青島下屬地區設立分館以分銷報紙。

此外報紙還會委託專營企業及派報社（局）進行報紙代銷，這些派報社（局）爲本市及外地報紙辦理發行業務。通過派報社（局）派送的報紙，因其送報數量大，雇傭人數多，每個送報人所負責的區域小，所以讀者收到報紙的時間就相對早很多。

如 1924 年 10 月 19 日的《大青島報》訂購廣告：

> 本報爲擴充銷路起見，委託興記報局辦理本報派銷事宜。
>
> 各界諸君有訂閱本報者，請向本報或青島膠州興記報局接洽可也（該局電話一千五百四十一號），倘送報遲晚及不到等情務祈隨時通知本報爲盼。
>
> 大青島報營業部謹啓
>
> 電話一百五十三號八百六十六號一千八百七十三號

又如 1924 年 3 月 15 日《中國青島報》發行啓事：

> 本報特別啓事
>
> 閱報者諸君鑒，本報每日送報，向有專差兩名，挨戶分送，毫無耽延，嗣因閱者日多，時間遲，早上會由興記派報社代送數份。先已另加工人，分頭遞送，所有興記代送之報，自三月一日起，概行收回自辦，嗣後凡閱本報，並收取報費，均由本社專人接洽，恐未周知，特此聲明。
>
> 營業部啓

然而該興記報局最終因意外受損無力經營，於 1926 年在《大青島報》登載廣告出兌。

《中國青島報》該則啓事中提到的「專差」即報差，是報社雇傭專給訂戶送報的工人。從蔡國榮的著作《我的報差生活》可以窺見到當時對報差管理的概況。作者回憶在報社的招聘中只需要經過口試一關再加個保人保證送報不出問題就可以上崗工作，不同報差負責不同的派送路線，每月的工資不能保證報差的早晚飯（午餐由報社供給），若被報社扣發工資，報差也沒有能力維護自己的合法權益。從此回憶中可以看出報差生活的艱辛以及報社和報

差之間的鬆散關係。並且報社自己雇傭的報差，因雇傭的人數不多，然而派報區域卻很大，讀者收到報紙的時間同派報社（局）相比常常晚很多，正如啓事中所言，早先報紙訂閱量不大時，報紙送閱「毫無耽延」，但當報紙訂閱者變多，讀者收到報紙相應時間就會有所延誤，爲此報社不得不使用派報社（局）代銷或自行增加送報人數。

在上述一則《中國青島報》的發行啓事中，報紙除雇傭專差外，還會找報局代銷，而報局也會主動在報紙上刊登廣告，派銷國內大報。

> 興記報局快報部啓事
>
> 啓者，凡人閱報，無不望消息靈通，敝局有鑑於此，特爲酬答閱報諸君雅意，自十月一日起，擴充快報部，□有專員隨到隨送，絕不遲誤。茲將所送各報列下：
>
> 上海申報，新聞報，時事新報，中華新報，天津益世報，京報……
>
> 以上各報派有專員送達，風雨無阻，定使閱者光爲快祈閱報者早來購定爲盼。
>
> 青島芝罘路
>
> 興記報局呂興山敬具

除報社官方設立的分銷處外，還有報館雇傭報販進行售賣報紙，而在本埠報紙發行中，報販起的作用很大，《大青島報》、《中國青島報》和《青島晚報》在創辦之初都曾發啓事雇傭報童：

> 本報添招賣報童，如願任擔者青睞本社接洽，予給相當酬資。
> 本報篇幅過小，社論暫停，以後擴充再行加刊。本報專電，投稿諸君鑒大稿無任歡迎惟字多率草辨認不易，希略繕清楚是荷（1923年10月16日《青島晚報》發行）

1926年3月3日《中國青島報》雇傭賣報人

> 啓者，敝社現欲雇用賣報人數名，須在十三歲以上二十歲一下粗通文字者爲幾個，有願就斯者，請來敝社營業部接洽可也
>
> 中國青島報營業部

從中可見，《中國青島報》不僅請興記報局代送報紙，後期還另聘請派報人派送。可以說派報人的出現，是青島地區報業行業發展更成熟，職業內涵更豐富的標誌。

這些報童或者賣報人都是直接在街頭叫賣，並且都有自己固定的一個叫

賣區域，有的報童還會在報紙發行人員的授意下喊出當天重大新聞的題目。

一些地區在報販派報的地區如上海，其報販逐漸而成專業，形成特殊的行業組織，一如戈公振所說「報販漸成專業，派報所林立」，報販對報館的影響還是十分大的。在二十世紀二三十年代，青島地區的報紙訂閱者少，零售者多。在報紙零售方面，除賣報人外，青島地區還有很多零售報紙的報攤，並且零售的報紙不局限於本市報紙，還有天津《大公報》、上海《申報》等報刊。然而即便如此，青島地區的報販卻一直沒有形成成熟的氣候，同幾乎已成行業的上海報販來說，其報紙的賣報人未曾走入正規。

在郵局發行方面，外埠的報紙發行主要依靠郵局送遞。

根據《中華郵政新聞紙章程總則》，不同新聞紙類還有不同的派送方法，如平常新聞紙一般以一份寄一處，按照普通郵件郵寄，青島地區的多數民辦報紙均可用該種郵寄方式；立券新聞紙如《膠澳公報》，郵費按每次交寄份數的連皮重量進行郵費核算。許多銷售外外埠或者國外的報紙都會在報紙訂閱價目上寫有報紙郵費。

而青島地區郵局還會出現在報紙的新聞中，以常昭告民眾郵局郵路得變化，如 1928 年 3 月 30 日《大青島報》中一則《青即汽車附載郵件續聞》：

> 據青島一等郵局分函第二一五□號，敬啓者，茲爲謀公眾之便利，籍□明？往來青島金口間郵件迅速起見，除每日照發火車外，現又與青金即城長途汽車公司雙方訂立合同，自本年四月一日其，每日由青島至金家口及由金家口來青島，經由滄口、流亭、城陽、即墨、靈山等處往返，以汽車運載以上各等處首發之各項郵件（包裹在內），該汽車由青島開往金家口係每日早七點，每日謹定輪流一次，車上並附設郵政信箱，專備沿途公眾投放已付定資費普通郵件之□到以發行在即□深恐未能周知。相應函達，即希查照，賜登貴報本埠新聞欄內俾眾周知。

此外報紙還有免費贈閱等的發行方式，一般該發行方式多用於早期官報，但在各報紙創刊初始也會使用送閱三天或七天的方式爲報紙打開銷路，如《濟南日報（青島版）》、《膠澳商報》、《中國青島報》等皆在出版預告中提出創刊之初報紙將「送閱」三日。

值得一提的是，在以上各則廣告或啓事中提到報紙派送晚或不到的現象並非特例，戈公振在《中國報學史》上曾說報館發行部「慵懶成性，偶有詢

問報紙因何不到，亦置不復……對於分館推銷，亦任其自然……」報紙派送遲雖不是特例，但在《大青島報》的啓事中可以看出報館已經有意開始改善這一現象。

第四節　廣告的經營

中國古代廣告向近代廣告轉型最顯著的標誌就是報刊廣告的出現〔註10〕。而報刊廣告的內容也隨著社會的發展漸次豐富，報社收取的廣告費用也越發變多。如戈公振所言「廣告費之消耗，以報紙爲最巨；而報紙之支出，亦多仰於廣告」〔註11〕。

雖然報紙收入主要來源於發行和廣告，但現今從事經營新聞事業的人員，常常寧可受發行上的損失，也要多獲得廣告上的收入，並藉以維持新聞社生命。然而早先經營報紙的負責人，是以發行銷售報紙爲主要財源，現今則是以廣告爲主要財源。由此，以廣告爲本位的營業方法，逐漸成爲各國新聞社的營業方針。黃天鵬在《中國新聞事業》一書中也說：「廣告爲報館之食料，全館之消費，幾全賴其維持」。而且若廣告費多，那麼報社就可以維持報紙自身運轉，減少接受各方津貼。

廣告作爲商業發展的產物，報紙刊登內容正當的廣告，其不僅利於商業產品的推銷，還對文化有一定的宣傳功效，起到教育群眾，開闊眼界的作用。由此，也可得以窺探當時的社會風氣和商業發展狀況。

我國的報紙廣告事業年年都有進展，即便如此，報紙中外商廣告依舊占多數，國產品牌廣告數量還是相對較少。出現此種狀況，可以說既與我國在這一時期國內戰事頻發，經濟發展沒有一個穩定的環境，使得廣告發展受到一定的限制有關，也與一些工商業主未充分意識到廣告宣傳銷售的重要性有關。正如青島早期報紙的廣告主多爲洋行、德式產品、日本企業一樣，而在北洋政府收回青島之後，民族工商業得到一定的發展，受之前德國、日本商業的影響，這一時期新式商業發展迅速，工商業注重推銷宣傳，給國產品牌廣告的出現提供了後盾。尤其五四運動掀起的抵抗日貨的活動，直接影響了之後使用國貨的運動，而提倡國貨的牌子在報紙中也是越打越響。

〔註10〕劉悅坦：《世界廣告史》，華中科技大學出版社，2014年版，第105頁。
〔註11〕戈公振：《中國報學史》，嶽麓書社，2011年版，第179頁。

　　雖然，增加廣告收入便於更好的位置報社運轉，然而當時一些報紙為了經濟獨立，提高報社收入，有時會不加選擇的刊登一些虛假誇大的廣告，如一些包治百病，誇大藥效的藥品廣告，或是一些傷風敗俗，低級趣味的廣告。刊登這類廣告，對報紙信用和工商實業都有一些不利的影響，正如徐寶璜所說，「因登有礙風紀之廣告，足長社會之惡風，殊失提倡道德之職務；而登載虛偽騙人之廣告，又常使閱者因受欺而發生財產之損失……故一報常登不正當之廣告，必致廣告之信用掃地，因之其價值不堪閱矣……登載不正當之廣告，雖似營業有益，而實無益也。」據此，於 1919 年成立的全國報界聯合會在廣州召開第二次會議時，會議通過了「勸告勿登有惡影響之廣告與新聞案」〔註 12〕的決議要案，藉此希望以規避對社會產生不良影響的廣告，現簡單摘錄決議內容如下：

> 廣告固為報社營業收入之一種，然報紙之天職在改良社會，如廣告有惡影響於社會者，則與創辦報社之本旨已背道而馳。如獎券為變相之彩票，究其弊可以凋敝民力而促其生計，且引起社會投機之危險思想。又如春藥及誨淫之書，皆足以傷風敗俗，惑亂青年。此種廣告，皆與社會生極大之惡影響，而報紙登載，恬不為怪。雖曰營業，毋乃玷污主持輿論之價值乎？且貪有限之廣告，而種社會無量之毒．抑亦可以休矣。報界聯合會為全國報界之中樞，有糾正改良之責，宜令本會各報一律禁載上述廣告。其類此者，亦宜付諸公決，禁止登載。犧牲廣告費之事小，而影響於社會大也。〔註 13〕

　　該提案望藉此可規範約束報紙刊登惡劣廣告的行為，雖然此議案缺乏最終的監督懲戒措施，沒有很好地實行，但由此產生的社會輿論，對不良廣告也會起到一定的抑制作用。而此議案的提出也應該看到近代報人已經逐漸意識到了刊登不當廣告所帶來的不良影響，並已開始著手改善這一不良現象。

　　廣告主在刊登廣告時常尋覓銷量廣的報紙刊登，報社中廣告的也主要來自於廣告主和廣告部之間的接觸或廣告社的介紹。

　　廣告主和廣告部之間的廣告業務，通常分為廣告部主動出去招攬和廣告主上門同廣告部聯繫刊登廣告。青島地區的報館一般都設有廣告部，畢竟對青島商業報紙來說，廣告在報紙中佔有極其重要的地位。

〔註 12〕黃天鵬：《中國新聞事業》，上海聯合書店，1930 年版，第 128 頁。
〔註 13〕戈公振：《中國報學史》，嶽麓書社，2011 年版，第 185 頁。

早在德佔時期，報紙就開始明文規定廣告的收費標準，如《青島官報》就直接在章程中寫明「本館代登各種告白及洋文各種告白每小行取洋一角五分，華字每字取錢五文」，這其中的「告白」即爲廣告。之後的報紙，不論是在日本第一次佔領青島時期還是在北洋政府收回青島時期，一些如《大青島報》、《青島晨報》、《正報》等類的民營報紙，都會在報紙首版刊登廣告收費標準，並且廣告收費還按照普通廣告、特殊廣告，廣告字數，刊登時間等依次劃定標準。且多數報紙第一版就是廣告專版，並且廣告在報紙中所佔比重很大，每份報紙幾乎都有至少兩版的廣告專版，且新聞版面中也有廣告插入，有時報紙中縫會全插有廣告，報紙副刊和廣告平分一個版面。由此可見廣告在青島報紙中的重要性。

就廣告部來說，自史量才接辦《申報》後，聘請對廣告素有研究的張竹平爲總經理，改進廣告部，《申報》才開始設立廣告推廣科，科內設廣告外勤組，負責招攬廣告業務，廣告設計組則爲刊戶設計廣告稿。在他們的努力下，《申報》的廣告業務迅速發展，成爲報紙的主要收入來源。廣告業務不斷擴大，由此各大報館紛紛設立廣告部，廣告代理人逐漸演變爲報館廣告部門的正式雇員〔註14〕。

在廣告部招攬廣告這一方面，青島的《中華商報》曾於 1928 年 3 月 9 日發布《本報緊要啟事》以招攬廣告人：

> 本報特請隋文卿先生招攬廣告印刷，嗣後各界如有以廣告印刷
> 等事件見委者，即祈運與該君接洽可也。
>
> 本報營業部

報社直接邀請個人負責報紙的廣告招攬、印刷，相比較這種招攬廣告的方式，還有的報紙刊並不依靠於廣告部主動招攬廣告，而是由廣告主上門同報社的廣告部接洽，如《中國青島報》就曾在 1928 年 4 月 2 日發表報社從不外出招攬廣告的聲明：

> 本報緊要聲明
>
> 啟者，本報出版多年，所有辦法，謹守營業範圍，從不派員出
> 外招攬廣告，亦未派員或煩友兜售訂閱，此系歷來之辦法也，今特
> 再行聲明，以資鄭重。再者敝同人等，均守拙成性，不善應酬，所
> 有一切交際，概以個人名義爲本位，嗣後無論何項事物，若非本人

〔註14〕黃玉濤：《民國時期商業廣告研究》，廈門大學出版社，2009 年版，第 192 頁。

親自到場，概不負責，特此聲明。

　　　　王青人　姜繩武　顏潤生　伊筱農　伊廣生仝啓

　　從該則聲明中可見，青島地區曾出現有假冒報社名義招攬廣告以圖應酬的情況，而假冒報社招攬廣告的情況對報紙來說，雖然此種情形不利於報社廣告部的聲譽並有可能影響報社盈利，然而從中亦能看出當時廣告行業具有的價值和利潤。

　　除廣告部招攬廣告外，報紙還有廣告社這一廣告來源。廣告社的前身應為各類廣告代理，可以說近代報刊在中國出現後，就有了廣告代理一說，出現專門代理報館廣告業務的「捐客」。隨著業務的發展，這些捐客或自立門戶，成立「廣告社」〔註 15〕。廣告社的作用是自身作為中間商，直接為報社拉廣告，並從中收取一定的酬金。

　　國人創辦的最早的廣告社的應該是王梓濂創辦的維羅廣告社，根據記載「（王梓濂）在民國紀元前三年，創設維羅廣告社於三馬路，專門為我各界計劃廣告事宜，從事國貨事業之宣傳，是為華商經營廣告事業之第一聲」〔註 16〕。從中可看出王梓濂創辦該廣告社的目的在於提倡廣告，促進工商。而該廣告社也在《中國青島報副張》中做有廣告：

　　　　各埠各報館均鑒

　　　　啓者，敝社始創於西曆一千九百零九年，資本足額十萬元，經辦華洋商號行廠各種廣告已歷有十六年，聲譽卓著，營業發展為中國唯一之廣告社，查各埠暨南洋羣島等處之報館向興敝社有交易網來著，經達一百數十家，惟吾國地面遼闊，報紙發行日多，深恐尚有未曾交往者請先函示一切，以便□招等各項廣告，此布。

　　　　上海南京路由英華街惟新里

　　　　維羅廣告社謹啓（1924 年 4 月 1 日）

　　除外地廣告社外，青島本地的興記報局也在《大青島報》發表過代理廣告的啓事：

　　　　興記報局啓事

　　　　敬啓者，敝局自設立以來，專門經營滬津京濟及本埠各報為目的，再代理各報廣告等等。凡閱報諸君顧閱各報者請以電話通知為盼

〔註 15〕杜豔豔：《中國近代廣告史研究》，廈門大學出版社，2013 年版，第 184 頁。
〔註 16〕許康：《管理、創新與商戰》，甘肅文化出版社，2004 年版，第 269 頁。

　　　　上海新聞報分館天津益世報總銷處大青島報總銷處大民主報
經理處北京晨報總銷處膠澳日報分發行所膠東新報分發行所上海時
事新報分館
　　　　興記報局謹啓
　　　　電話一五四一號
　　　　青島膠州路九七號（1924 年 12 月 7 日）
　　雖然獲取廣告的渠道多樣，但多數報社在收取廣告費時卻會遇到冒領、
挪用廣告費的現象，《膠東新報》在 1925 年 9 月 3 日就曾發告啓事，聲明眞
僞，以減少報社在這一方面的損失。
　　　　膠東新報營業部啓事
　　　　啓者，本社刊登廣告一節，每屆月底收費時，須有本社收單及
　　　圖章方有效。嗣後如有假託本社名義私行支取，而無本社收單及圖
　　　章者，本社概不承認。此啓。
　　早期青島報紙廣告的編排樣式多是豎排且排版形式單一，而經過工商業
的發展和工商業主廣告觀念的轉變，加之一些知識分子也參與到報紙廣告編
輯中，如《青島公民報》的負責人胡信之爲北京大學畢業，《大青島報》的編
輯陳介夫曾留學日本，這些都爲廣告的發展提供了物質和人力支持。在各方
面都有了更多的發展後，報紙中廣告排版更加活潑，不僅有單純的橫豎排文
字，還有橫豎排文字交叉出現在一則廣告中的排版方式，以及廣告開始以空
格斷句，更加方便受眾閱讀。同時廣告創意更加多樣，除單純的文字廣告外，
還出現了圖文結合，使用插畫或照片進行說明廣告產品，以及提倡使用國貨，
或用感謝信的方式做廣告的方式。報紙廣告的類型也逐漸多元化，洋行廣告
所佔比重越來越少，影戲院、醫藥、書籍、交通運輸等廣告的出現無一不說
明了這點。雖然，報紙還存在刊登虛假廣告，廣告數量多於新聞內容等現象，
但不可否認的是，從第一份官方德文報紙到民營報紙占主要地位的青島，在
這一時期，其報紙廣告也正在在逐步邁向成熟。

第五章 青島近代報業的新聞觀念

第一節 對報刊的認知

從 1815 年英國傳教士馬禮遜在馬六甲創辦《察世俗每月統計傳》後，各種各樣的中文、外文報刊開始在境內創辦、出現，一如德國殖民者在青島掀起了青島報業的開端。當時面對報紙這一事物，國人也是經歷了一個從新奇到接受的過程，從而衍發出了各種對報刊不同的認知。

先從「報刊」這一名稱說起，《察世俗每月統計傳》原名爲《Chinese Monthly Magazine》，名稱最末爲 magazine，可見其實爲期刊的一種，後期對報刊更爲廣泛的稱呼——「新聞紙」，其出現也是和《察世俗每月統計傳》的創辦者馬禮遜有關。

在 1833 年 4 月 29 日，馬禮遜在澳門曾創辦一份宗教雜誌《雜聞篇》，在該雜誌的第二期刊登有一篇文章，名爲《外國書論》，其中，馬禮遜就提出「新聞紙」這一概念：

> 友羅巴之各國，皆印書篇多用活字板，要印書時·則聚集各字，後刷完數百，或數千數萬本，就撤散其字，各歸其類，而再可用聚合刷他書。如是不必存下許多板，且暫時用之書篇，不必刻板之使費，故此在友羅巴各國，每月多出宜時之小書，論當下之各事理；又有日日出的，伊所名新聞紙三個字，是篇無所不論，有詩書六藝、天文地理、士、農、商、工之各業、國政、官衙詞訟人命之各案、本國各省吉凶新出之事，及通天下萬國所風聞之論。眞奇其新聞紙

無所不講也。〔註1〕

　　文章中對於月出的雜誌稱爲「小書」，對日出的報紙，用名「新聞紙」。此外，除「新聞紙」這一稱呼，「報紙」也慢慢在文章中開始亮相，如譚嗣同《〈湘報〉後敘》：「報紙出，則不得觀者觀，不得聽者聽」，《上海強學會章程》：「各處各種中文報紙」等。而相對國人來說，當時還是更多的接受「新聞紙」這一詞，連每個報紙報頭常寫有「中華郵政特掛號認爲新聞紙類目」。

　　就青島地區的報紙，在德佔時期，德國在青島創辦的《青島新報》德文名稱爲 Tsingtauer Neueste Nachrichte，Nachrichte 意爲「新聞、消息」，《青島官報》德文名稱爲 Amtsblatt fur bos Deutsche Kiautschou Gebiet，Amtsblatt 意爲「雜誌」，且當時由青島特別高等學堂法政科編輯出版的學報《中德法報》德文名爲 Deutsch-chinesische Rechtszeitung，Rechtszeitung 意爲「法制報」，而當時不管爲「新聞」、「雜誌」還是「法制報」，德國官方統一將報紙的中文名稱翻譯爲「報」。在日佔時期創辦的日文報紙，也直接寫作中文「報」，即片假名「報」。在對報紙的稱呼上，青島同國內其他地區一樣，多用「新聞紙」這一名稱，如在《中國青島報》中刊登那則名爲《新聞館》的小短文中就寫到「來替你派新聞紙罷」的字樣。

　　之後這一時期的青島報紙，鮮少再登有報刊名稱認知的相關資料，然而在南京國民政府第二次統治時期（1945 年 9 月～1949 年 6 月）創刊的《青聯報晚刊》〔註2〕，在 1949 年 3 月 20 日，該報曾刊登有一則短文名爲《古之新聞紙》介紹了我國「新聞紙」的發展歷程：

　　　　報紙名新聞紙，是由外文譯來。我國新聞紙，始於清末光緒時，創始者爲上海之申報。啓事，我國之報紙，漢唐宋皆已有之，即新聞兩字，亦於宋時即有此稱，不過彼時之報導，多政治上之事項，惟謂官府閱讀，平民多不注意，或亦不得見之耳。漢書：「諸侯王置邸京帥，傳抄昭令章奏等，以報於諸侯王，備之邸報。」至唐之藩鎮，則於京邸中特置急足，逐日以傳抄報聞，亦曰邸抄，曰閣抄。

〔註1〕　林玉賢：《中國境內的第一份近代化中文期刊——〈雜聞篇〉考》，《國際新聞界》2006 年第 11 期，第 72～76 頁。

〔註2〕　報紙於 1948 年 11 月 1 日創刊，社址位於青島上海路。創刊這一天，恰是「物價解凍」之日，且在東北戰場正逢「東北共軍進入瀋陽」，《青聯報晚刊》創刊記錄了這一頁歷史。1949 年 2 月報紙與《聯青報》合併，改稱《青聯晚報》，社址移到中山路，1949 年 5 月 31 日停刊。

全唐詩話載:「韓翃家居,一日有人叩門道賀,曰:邸報制誥闕?人,中書以君名達,已除駕部郎中知制誥矣。」又孫樵集中有讀開元雜報一篇,所記皆官府文令及零雜事類,亦間及社會風俗,後之讀者謂此爲中國報紙之始,或謂世界報紙亦當始於此。

又趙升宋人,嗜掌故之學,所交一時士夫,皆朝野碩彥,見聞既多,又博學強記,遂徵引朝廷故事,以類相從,一一爲之標題係説,逐年續增,共成書五卷,名曰「朝野類要」。宋代案牘之文,於縉紳之習語,有不可以文義推求者,披檢其書,往往得解。中有記報導一段:「朝報每日由門下後省編定,請給事判報,方行下都進奏院,報行天下。」是則如今之政府日報矣。又謂:「其有所謂內探,省探,衙探之類,皆衷私小報,率有漏洩之禁,故不以報名,隱而號之曰新聞。民眾率多購閱,以探官府密事。」是又如今之小型報紙,專剌探秘密隱事者。是新聞之名,宋時已有此稱,民眾欲由報紙探知新聞,似亦始於此時矣。

文章直接陳述了中國古代民眾欲由報紙探知新聞發源史,文章第一句:「報紙名新聞紙,是由外文譯來」,直接認爲「新聞紙」是源於英文 newspaper 的翻譯。雖然文章對於認定我國新聞紙最早的創始年代略有誤差,但該短文對「新聞」一詞的追溯並對之陳列的種種佐證,除說明古人早有民眾欲探知新聞這一事實外,還具有一定的史料意義。

在報刊的功能上,伴隨著西方報刊思想的傳入,我國新聞事業也不斷發展,而關於報刊的功能思想也經歷了一個變化過程。

林則徐作爲中國近代開眼看世界的第一人,在到廣州查禁鴉片時,曾下令搜集外國人在廣州、澳門出版的各種報刊,並組織專人翻譯澳門出版的外報,藉以知曉國外情況,即「採訪夷情」。翻譯的主要內容是有關當時政治、軍事等方面的報導。所譯材料,最後按時間順序裝訂成冊,稱爲「澳門新聞紙」。雖然這類「新聞紙」和現今意義上的報紙相差很遠,但卻可以看作是我國新聞史上翻譯外國報刊的一個開端。而「澳門新聞紙」的出現,足以說明林則徐已對報刊傳播信息功能有了一定的認識。

王韜作爲近代中國系統表述新聞思想第一人,其認爲報紙職能要包括廣見聞、通上下、通內外、輔教化幾個方面。洪仁玕則認爲報紙具有輿論監督的功能,並認爲報紙有溝通上下信息、教育民眾、實現民主政治的作用;梁

啓超最初的報刊功能思想，認爲報紙是「耳目喉舌」，功能爲「去塞求通」，後期提出新的報刊思想即「一曰對於政府而爲其監督者；二曰對於民國而爲其嚮導者是也」〔註3〕；于右任認爲報刊職能在於反映民眾意見，組織社會，傳播知識教育人民，此外，徐寶璜還在《新聞學綱要》中總結了報紙的六大功能，即「供給新聞，代表輿論，創造輿論，灌輸知識，提倡道德，振興商業」，認爲「以眞正新聞供給社會，乃新聞紙之重要職務」。

而在報紙中，《申報》認爲報紙可以「擴知識而增見聞」〔註4〕，可「勸國使其除弊，望其振興」〔註5〕，《大公報》宣稱：「報之宗旨在開風氣牖民智」〔註6〕，認爲「國民文野之程度以新聞紙之多寡爲比例」〔註7〕。

由此可見，人們對於報刊功能的認知是一步步擴展的。

早期青島地區的德文官方報紙多是用其公布官方下發的政令或德國殖民政府部門的變動，這種情況的出現有諸多方面的原因。最主要的原因還是因爲在德國殖民者創辦報紙之前，青島地區的並未有近代報刊的出現，受眾對報刊功能認知不夠，暫未能很好地接受這一「新興」事物，而德國殖民者此時的重點並非是創辦一份內容齊全，登載各方面消息的報紙，其重點還是在於創辦一份能夠快速傳遞官方消息的報紙，以便於其通知。

在朱琪創辦了青島第一份中文週報《膠州報》後，將其在廣州創辦報紙的經驗和理念通過該份報紙漸漸傳播開來，由此，青島報人對報刊功能開始有了認知。日佔時期日人創辦的報紙，在一開始，報紙就以商業性爲主，政論性文章較少，「文人論證」的報刊思想在日佔時期基本不存在，這點與當時國內偏向政治性辦報的方式不同，並日佔時期的報紙更多的是將報刊功能放在了宣傳功能和引導輿論上，報紙逐漸由政論本位轉向了以新聞爲本位。

北洋政府收回時期，青島迎來了國人辦報的小高潮，雖然這一時期的青島報人對報刊職能沒有提出獨特的看法，但通過分析其創辦的報紙，報紙副刊內容多樣，商業行情和提倡使用國貨的廣告也一直都在報紙中存有一席之地，同時對政府部門加以監督，刊登與之有關的社論、新聞，以及報導青島

〔註3〕梁啓超：《飲冰室合集》卷一，《敬告我同業諸君》，中華書局，1989年版，第138頁。

〔註4〕摘自1876年5月19日《申報》、《勸民看報》。

〔註5〕摘自1875年10月11日《申報》、《論本館作報之意》。

〔註6〕摘自1902年6月17日《大公報》、《大公報序》。

〔註7〕摘自1903年9月11日《大公報》、《論新聞紙與民智通塞有密切之關係》。

工人運動，爲民眾發聲，引導大眾。這些與早先報紙刊登的各類新聞相比，除了「通上下」之外，報紙還履行了「監督政府」、「嚮導國民」、「灌輸知識」、「提倡商業」等職能，雖然有的新聞或文章並未觸及到問題實質，如胡信之在任職《中國青島報》編輯時期，個人單方面對督辦高恩洪懷有改善青島現狀美好願想，使其頻在報紙上爲高恩洪發聲，雖然此種行爲很有可能引導錯誤輿論，但相較於德佔時期青島發生罷工事件，而當時青島報紙對此事很少提及，再到北洋政府時期胡信之主編的《青島公民報》改善自身觀念，勇爲工人發聲。如此種種，足以看到從報紙內容的轉變所折射出青島報人個人理念的更新，從而對報紙職能的認知也在逐步完善，而這些也都慢慢滲透到了其辦報思想中，影響著報紙言論。

而即便當時報刊數量有所提高，但當時報人仍認爲國內報紙缺乏，戈公振在《中國報學史》中曾言：「以與人口相比較，則報紙最多之地，每九人可閱一份報紙；最少之地，每三萬人只閱一份；全國平均每一百六十四人可閱一份」，由此，「足見我國報紙之缺乏也」。雖然如此，當時中國報紙不興旺有很多客觀原因，如交通運輸不方便，電信電報等相應傳遞新聞的設備落後，政治大環境多有對新聞報紙的限制，沒有法律保護，以及國民教育不發達等。

第二節　對新聞輿論和新聞倫理的認知

輿論作爲公開的社會評價，具有巨大的社會影響力。早在 19 世紀，現代輿論就已經成爲了一種普遍觀念，馬克思把輿論視爲「一般關係的實際的體現和鮮明的表現」〔註8〕，恩格斯直接說明：「世界歷史——我們不再懷疑——就在於公眾輿論。」〔註9〕同時，馬克思和恩格斯認爲，儘管輿論不可能替代實際權力，但對人的思想、觀念、行爲的影響不能小視，在輿論的權威性的作用下，每個人都會感受到一種無形的精神力量的制約〔註10〕。

而輿論這一概念在我國古而有之。《左傳》記載：「晉侯患之，聽輿人之

〔註 8〕中共中央馬克思恩格斯列寧斯大林著作編譯局編譯：《馬克思恩格斯選集》第 1 卷，人民出版社，1995 年版，第 384 頁。
〔註 9〕中共中央馬克思恩格斯列寧斯大林著作編譯局譯：《馬克思恩格斯全集》第 41 卷，人民出版社，1982 年版，第 515 頁。
〔註10〕黃丹：《馬克思政治社會化思想研究》，復旦大學出版社，2014 年版，第 150 頁。

誦」，其中的輿即眾人，誦即言論，「輿論」作爲一個詞組，最早見於《三國志・魏・王朗傳》：「沒其傲狼，殊無入志，懼彼輿論之未暢者，並懷伊邑」，其中「輿論」即指公眾的言論。

到近代，我國報人通過結合西方民主政治思想，通過在創辦報刊的時間和對報刊內容的宣傳，對這一時期的輿論，形成了一個與新聞輿論相關的初級認知。

維新派報人汪康年認爲報刊反映輿情，應「直言無隱，冀以草野之見聞，以備朝廷之採擇」。梁啓超認爲輿論爲眾人的意見，並且新聞輿論可以「鑒既往，示將來」，嚮導國民。章太炎指出，報刊要反映輿論又不要充當輿論的尾巴，「毋以眾情踴動而失鑒裁」。孫中山則明確要求報刊一要成爲輿論之母，化革命眞理爲民眾常識；二要引導輿論爲一途，反對反動輿論。報紙一如《蘇報》自稱「發表輿論」爲報館之天職，《民立報》強調自己是「四萬萬民眾共有之言論機關」〔註11〕。

而我國近代報人多將報紙作爲反映輿論的一個機關，馬克思也指出：「報紙是廣泛的無名的社會輿論的工具；它是國家中的第三種權力」〔註12〕，認爲「報紙是作爲社會輿論的紙幣流通的」〔註13〕。報紙反映並引導、代表輿論，這一新聞媒介可以說是爲輿論提供了展示的舞臺。

邵飄萍創辦《京報》曾言其報紙爲：「社會發表意見之機關」，五四運動爆發後，《京報》投入大量版面進行多角度詳實的報導，支持學生的愛國行爲，引導輿論聲勢。

青島地區的報紙，雖然如伊筱農、胡信之等報人並未就新聞輿論在報紙或著作上發表過相關言論，但根據其創辦的報紙，尤其是胡信之主筆的《青島公民報》在青島工人大罷工時，與其他對該罷工以一則新聞帶過的報紙相比，其直接開闢「工人」版面，如實報導與大罷工有關的新聞，利用報紙影響，對罷工工人提供輿論支持，用事實說話，發揮報刊輿論監督功能。借助於報紙的影響，青島群眾瞭解到罷工緣由，對此引發極大同情，一些群眾還

〔註11〕 童兵、林涵：《20世紀中國新聞學與傳播學 理論新聞學卷》，復旦大學出版社，2001年版，第101頁。
〔註12〕 中共中央馬克思恩格斯列寧斯大林著作編譯局譯：《馬克思恩格斯全集》第1卷，人民出版社，1959年版，第491頁。
〔註13〕 中共中央馬克思恩格斯列寧斯大林著作編譯局譯：《馬克思恩格斯全集》第7卷，人民出版社，1959年版，第523頁。

紛紛捐助罷工工人。而青島官方唯恐事件影響擴大，當即下發命令禁止報紙刊登與罷工有關的新聞，並在血腥鎮壓罷工後，直接封掉《青島公民報》且將主筆胡信之抓捕。由此足以見得官方已意識到報紙在輿論上的功能，同時報紙創辦者也清楚明白報紙在反映、代表輿論方面的作用，從而報導事實，引導輿論。

在報紙和新聞輿論的關係上，雖然在五四運動時期，有新聞學者提出報紙要代表輿論，製造輿論，其中其所謂的「製造輿論」，並非是現今意義上的從無到有的創造，而是更傾向於通過正確刊載新聞，發表適當的言論等正常的報導活動來達到「喚起正常之輿論」的目的。然而對於報紙從無到有的「創造輿論」，戈公振對此提出了反對的意見，其認為「報紙者，表現一般國民之公共意志，而成立輿論者也。故記者之天職．與其謂為製造輿論，不如謂為代表輿論……公共意志自然發現，而輿論乃有架子，而非偽造。」戈公振認為，輿論是客觀存在的，而非報紙可以「製造」的，報紙可以引導、影響輿論，而不能「製造輿論」。

新聞記者作為為大眾傳播信息的一種職業，擔負著引導正確輿論導向的重任，「向來的習語，對新聞記者有「無冕之帝王」的雅號。」拿破崙曾說「新聞記者的筆可抵三千毛瑟」，邵飄萍認為「新聞記者是社會的公人」「新聞記者，對於社會，負有重大責任」，不論是「無冕之帝王」、「社會之師表」還是「社會公人」，而「彼所以享如是之隆譽，俱如是之偉力者，以彼之背後，依彼毫端腕下而為進退者，既不知有幾千百之人民。彼之褒貶，儼同史乘，且經幾千百年而不能磨滅者也。」〔註14〕可見新聞記者有著啟發、指導社會公眾的責任，由此足見新聞記者社會地位的高尚性。

然而不論哪一職業，都應有自身的職業道德，記者作為「服務」於社會上的一種職業，在民國時期，對記者職業道德的要求就相對較高。

新聞記者的職業道德，任白濤歸結為：「筆可焚而良心不可奪，身可殺而事實不可改。」〔註15〕尤其是在民國初期，社會環境複雜，各方軍閥輪番登場，新聞記者因其特殊的社會地位受到關注的同時伴隨有各類誘惑、威脅而至，記者面臨著種種考驗，如邵飄萍所言，新聞記者「蓋因其握有莫大之權威，則種種利欲之誘惑，環伺於左右，稍有疏虞，一失足成千古恨矣。故外

〔註14〕任白濤：《應用新聞學》，中國新聞學社，1922年版，第11頁。
〔註15〕任白濤：《應用新聞學》，中國新聞學社，1922年版，第10頁。

交記者精神上之要素，以品性爲第一。所謂品性者，乃包含人格、操守、俠義、勇敢、減實、勤勉、忍耐及種種新聞記者應守之道德。貧賤不能移，富貴不能淫，威武不能屈，泰山崩於前，麋鹿興於左而志不亂」〔註16〕，可見「品行」則是邵飄萍對新聞記者職業道德的基本要求；張靜廬也認爲，倘若記者不能保全有尊嚴的人格，沒有高尚的德行，由此被人利用或被金錢誘惑，那麼「必至於失掉社會的信仰」，所以，新聞記者要保持人格獨立，不受社會利祿所影響。

除了社會影響外，任白濤還提出新聞記者對新聞社內部的對待要泰然處之，「新聞社對於新聞記者，當如何待遇，既述之矣。而新聞記者亦不可因受取俸給之關係，竟將寶貴之人格，售於新聞社。所有評論、記事，先經其觀察眼中檢定，更由其良知池中濾過，然後付梓行世，俾社會發生良好之反響，方爲無忝於厥職。若昧其觀察，欺其良知，則實操觚界之蟊賊，人間一種之鷹犬而已矣。」不論是面對社會各方的影響還是面對報社內部的對待，新聞記者都應秉持本性，不昧良知，對公眾負責。鄒韜奮也就此提出，新聞記者的活動要有正確的動機，「要爲社會大眾的福利而活動，而不要爲自己的私利而活動」。此外，徐寶璜在新聞學教材中明確提出「提倡道德」是報紙職務之一。這些著名報人、學者提出的種種有關新聞記者職業道德的論述，對喚起新聞界對職業道德的關注起了積極作用。

然而這些對新聞記者職業道德的要求，在實踐中並不是很容易實施，其文字的要求明顯高於實際行動。

對青島的新聞記者來說，既有保有良知，報導事實，切身維護記者職業道德的胡信之，亦有拋棄人格，「善於吹牛拍馬，招搖撞騙」的陳無我，又如經常刊登一些不實報導，以致報導相關方常發出相關聲明以證明自身的《青島新報》。此外，在國民政府接管青島初期，時任青島市長的沈鴻烈曾經公開大罵青島的報人太無恥：「新聞記者竟與人爭開戲院子，這樣發展下去，將來一定會開個平康里（娼妓叢集之所）」〔註17〕。可見，雖然當時報人、學者意識到了職業道德對新聞記者的重要性，也有不少記者切實恪守自身職責，但記者總體的職業道德觀念還是良莠不齊，仍需進一步發展。

〔註16〕 任白濤：《應用新聞學》，中國新聞學社，1922 年版，第 7 頁。
〔註17〕 中國人民政治協商會議青島市委員會，文史資料研究委員會：《青島文史資料》
　　　　第 8 輯，1989 年版，第 149 頁。

第三節　對新聞自由的認知

新聞自由是人類發展到一定階段的產物。

新聞自由這一明確觀念是由英國人約翰·彌爾頓。彌爾頓在著作《論出版自由》中提出言論自由、出版自由是所以自由中最為重要的權利，同時他也在倡導自由的同時，承認「自由討論的權利可以加以限制」，施拉姆在《報刊的四種理論》中評價該書「在自由主義傳統上寫出了主張思想自由的光輝的論點」。但在最初，彌爾頓提出的新聞自由的觀點並沒有得到廣泛傳播，也沒有受到應有的重視。一直到十八世紀，其思想才在歐美各國得到了廣泛流傳，並在十九世紀到達了頂峰。

十九世紀中後期，英國人約翰·密爾在《論自由》一書中，大力論述了封建專制的危害，並指出言論自由與個性解放對人類社會發展具有推動作用。而且其新聞自由思想具有一定的辯證性，他一面強調新聞自由，另一方又不追求沒有限制的絕對自由；其抗議社會的過度控制，但又不同意完全取消控制。可以說約翰·密爾的新聞自由思想裏還包含了潛在的社會責任論。

對於我國來說，新聞自由應算做是外來的東西，在《新聞學新論》一書中，孫旭培指出「新聞自由的口號傳到中國，是 19 世紀末頁。」〔註18〕我國近代報人王韜可以看做是中國第一個提出報刊言論自由思想的人，其發表的《論各省會城宜設新報館》，指出辦報要「指陳時事，無所忌諱，舉其利弊，不過欲當局者採擇之而已」，從而形成「言者無罪，聞之者足以戒」的清議之風。為了證明「言論自由」的合理性，王韜還在其中舉出了中國古代聖賢堯、舜設直諫之鼓、誹謗之木博採輿論的典故，用以說明言論自由是中國已有之的傳統，並試圖將其引入報紙中。

來自於西方的新聞自由，一經我國學者、報人接受之後，尤其在清末民初的政治環境中，一次次辦報高潮的興起，新聞自由的觀念可以說深入從業者內心。

梁啓超提出要通過報紙實現言論自由、出版自由，認為言論自由和出版自由是一切自由的保障，且在其主持的《清議報》中多次提到言論出版自由，如「釐定臣民之權利及職分，皆各國憲法中之要端也，如言論著作之自由……」（《各國憲法異同論》），「西儒約翰-穆勒曰：『人群之進化，莫要於思想自由、

〔註18〕孫旭培：《新聞學新論》，社會科學文獻出版社，1993 年版，第 32 頁。

言論自由和出版自由』。」（《自由書序》），並在《本館第一百冊祝辭並論報館之責任及本館之經歷》中明確提出，「思想自由，言論自由，出版自由，此三大自由者，實惟一切文明之母，而近世世界種種現象皆其子孫也。」此外，民主革命家章太炎也曾堅決反對專制統治對言論自由的限制。五四運動時期，爲使廣大群眾在運動中認清形勢，堅持鬥爭，陳獨秀還起草了《北京市民宣言》，宣言中明確向軍閥政府提出了「市民須有絕對集會言論自由權」的要求。

清政府及北洋政府頒佈的各色有關新聞自由的法規條例，其制定的法律，有的限制言論自由有的保護出版自由，如 1908 年版行的《欽定憲法大綱》，就新聞出版自由做了明確的規定「臣民於法律範圍以內，所有言論、著作、出版及集會、社會等事，均准其自由」〔註 19〕，而在袁世凱當政時期，公布的《中華民國約法》雖然也和孫中山頒佈的《中華民國臨時約法》一樣，規定人民有言論自由，但在「人民」之後，又加上了「於法律範圍內」的限定，如此，便把言論自由嚴格地限制在「法律範圍」之內，越過「法律範圍」，即爲非法，民眾便無言論自由可言。

民國初期，全國報業迎來了一次辦報高潮，然而在袁世凱執政時期，頒佈了各項法律限制言論自由，而袁世凱倒臺後相繼上臺執政的黎元洪、段祺瑞等人對言論自由實行了相對寬鬆的政策，比如，黎元洪於 1916 年 5 月下令廢止袁世凱 1914 年制定的限制言淪自由的《報紙條例》，段棋瑞於 1926 年撤銷 1914 年袁世凱頒佈的《出版法》等。

同時的報人、報業團體，爲爭取新聞自由不僅發表了爭取言論自由的觀點，還進行爭取新聞自由的努力，戈公振提出，「爲爭絕對的言論自由，應先有一種強固的職業結合。縱報館之主持者以營業關係，不得不屈服於非法干涉之下；而自主筆至訪員，爲尊重一己職業計，則不必低首下心，統一步驟。果全體認爲有採某種行動之必要者，則全體一致進行，寧爲玉碎，無爲瓦全……擁護言論自由，實亦國民之天職也。」在召開的第三屆全國報界聯合會上，發表了《中華全國報界聯合會致國務院函》，通告同業，宣布袁世凱執政時期頒佈的限制言論出版自由的法律條例無效，現將全文簡單摘錄如下：

　　　　徑啓者：竊維言論自由、出版自由、集會自由載在約法，民國
　　三年所頒行之出版法、治安警察法、預戒條例及民國八年所頒行之

〔註19〕王人博：《近代中國憲政史》，上海人民出版社，1997 年版，第 276 頁。

管理印刷業條例等，對於言論、出版、集會種種自由加以限制，顯
與約法衝突。徵之法理，命令與法律相牴觸，則命令無效；法律與
憲法相牴觸，則法律無顏色。是該出版法、治安警察法、預戒條例、
管理印刷業條例，無論其爲政府所頒之命令，或國會制定之法律，
在約法之下，自當不生效力。然自此等諸法頒行以後，言論，出版，
集會種種方面居然受其制裁，且因此而罹禍災者不知其凡幾。此眞
吾國特有之例，無疆之羞，本會認此爲切身之害。僉謂在約法範圍
内，該出版法等，當然無效，公同議決以後，關於言論、出版、集
會等等絕不會受其束縛，除通告全國報界，此後誓不承認該出版法、
治安警察法、預戒條例、管理印刷業條例有效外，理合據情通知以
免糾紛。此致國務院。

　　　中華全國報界聯合會第三屆大會啓，六月六日。（註20）

　　從中可見各報界同仁爲爭取新聞自由所做的努力。

　　然而，北洋政府頒佈的一些法規條例雖然限制了言論自由，但從中應該
看到，相關報業法規的制定畢竟開始使報業管理走上法治軌道，有利於報紙
享受新聞自由、行使新聞監督的權利。而對新聞立法，邵飄萍也主張：「余個
人頗覺，關於新聞紙之特別法爲不可少。惟必須由新聞界聯合一致，以要求
立法機關製成保護之法。庶幾新聞事業之地位，可以益臻於鞏固。既不受行
政機關非法之侵凌，更不受司法機關引用刑律之蹂躪，則言論界之尊嚴，方
爲一般社會所認識」（註21）。

　　在報業環境有所寬鬆之時，《大青島報》在 1931 年 5 月 10 日刊出了一則
《國議討論言論自由案》的新聞：

　　　八國國民會議，湘省黨部代表陳介石反對言論自由之新聞，受
不法之取締，提議制定左列各項法律：

　　　一　新聞通信萬一有違法行爲時，非經法庭制決，不得查封或
逮捕

　　　一　未經中央黨部之許可，不可檢閱或扣留新聞

　　　一　各國際宣傳之通信機關，政府應輔助之，使其發展，必要

〔註20〕袁偉時編著：《告別中世紀：五四文獻選粹與解讀》，廣東人民出版社，2004
　　　　年版，第 196 頁。

〔註21〕邵飄萍：《邵飄萍新聞學淪集》，北京大出版社，2008 年版，第 190 頁。

時可給予補助金

　　一　新聞電報費之輕減，對於新聞記者，應發於鐵路輪船飛行機等各種乘坐證券，費用減半

　　（南京九日聯合）

1931 年召開的國民會議，是以蔣介石爲首的國民黨主流派籌辦的爲制定約法、確立訓政體質合法性的會議，報導中提到的陳介石，曾任《民聲報》編輯和天津中文《泰晤士報》社論編輯。在此次國民議會上，陳介石提出了爲保護新聞自由不受不法取締，而望制定相關律法以規範新聞自由的主張，雖然最終在國民會議上通過的《中華民國訓政時期約法》規定了人民有發表言論及刊著的自由，且非依法律不得停止或限制，但鑑於此次會議的重點還是鞏固以蔣介石爲首的國民黨主流派的統治，其有關新聞法相關的條例並未有明文頒佈。

青島在德日侵佔時期，當時德國和日本最主要的目的是對青島地區進行經濟掠奪，極少頒佈有關限制新聞自由的條令法規，在官方重視文化侵略時，也未對報紙上的言論自由有所限制。故，在德日侵佔時期，亦即 1897～1922 年，青島地區的報業環境相對而言比較寬鬆。在北洋政府收回青島時期，即 1922～1929 年的七年間，在此時期，青島工人爲反對日方工廠的不公平待遇，發生了大規模的膠濟鐵路和日紗工廠大罷工事件，在罷工發生之時，政府唯恐報紙繼續聲援罷工，特發命令不准報紙登載與罷工有關的新聞，大膽爲工人發聲的《青島公民報》之後遭到了封禁，迫於官方命令，青島報紙隨後均對此事啞口不言，而這也是青島近代報業史上一次明顯的官方干預報刊新聞自由的事件。

結 語

　　作爲一座沿海城市，青島近代報業的發展時間並不算早，第一份報紙是伴隨著德國殖民者的入侵而產生，而這份官方報紙的創辦可以說是青島的近代報業開端。

　　在德日侵佔時期，青島出現了德文報紙、中德雙語報紙、中文報紙、英文報紙共存的現象，報紙形態豐富，代表不同派別的報紙輪番登場，記錄了那段時期青島的風雲變化。北洋政府收回青島後，隨著殖民統治的結束，青島的政治、經濟、文化迎開啓了新的發展篇章，同時國人辦報也迎來了一個高潮。這一時期創辦的報紙，明確記錄了回歸後青島的社會狀態。而德人、日人、國人創辦的報紙也顯現出了不同的特點。

　　在德佔時期，大部分德文、中德雙語報紙是官方所辦，報紙官方色彩明顯，主要擔當了德國殖民當局發布消息、政策的工具。《青島官報》作爲貫穿德佔時期的官辦報紙，在服務於青島本地德國僑民的基礎上，將官方下發的命令以中文形式刊登昭告讀者，加強殖民統治，而《膠州報》作爲在這一時期創辦的第一份中文週報，雖然在版式編輯上並無新意，可從總體而言，其宣傳的資產階級革命思想啓發了青島民眾，縱然報紙言論較爲平和，但考慮到當時清政府和德國殖民政府的雙重環境，加之報紙在啓蒙思想上所做的努力，其也應在青島報業史上佔有一席之地。

　　而在日佔時期創辦的報紙相比較德佔時期的報紙而言，官方創辦的報紙少，更多的是民間商業性報紙，如壽命最長的《大青島報》，其內容豐富，且早期報紙言論傾向不明顯，在報導新聞時基本可以說是相對客觀公正。日本本土的報業較爲發達，而在這一時期由日人創辦的商業報紙，也是承繼了日

本國內的辦報方式，報紙字體字號多樣，廣告所佔比重較大，稿件排版也越發仔細，副刊內容也包涵廣泛。報紙不再是簡單作為宣傳上級命令、條例的工具，而是具體的發揮了報紙的宣傳作用。

北洋政府時期，國人創辦報紙較多，但不同報紙自身特色明顯，如內容多樣，報導涉及教育體育的《青島晨報》，商業信息濃厚，廣告佔據多半的《青島晚報》，還有提倡實業的《青島時報》以及為民眾發聲的《青島公民報》等，這些報紙幾乎都記錄著當時青島的發展。並且在這一時期，報社開始招聘、培養訪員，地方通訊社興起，給各類報紙提供新聞稿件，報社稿件來源多樣，新聞可信度提高。同時報紙的編輯質量也在不斷增強，提升了受眾的閱讀體驗。

此外，在 1897～1929 這段時期內，報社的自身運作也凸顯除了不同的特點，在組織結構、運營方式。管理發行和報紙自身理念上，同早期相比都有了長足的進步。在經營方面，報社分設不同的部門管理不同業務，分工開始越來越明確，且報紙使用不同的方式派送報紙，確保訂閱報紙的讀者能按時收到報紙，但在資金上報社依舊要受外界津貼，獨立性不強；在新聞業務方面，新聞質量所有提升，編輯方式也更加活潑，報人關注新聞真實性，開始認知自我，擔負起媒介應負的社會責任。雖然報紙的業務理念還存在有很多需要改進的地方，但此時期報人為報業發展所做的努力依舊是值得肯定的。

在三個政權輪番交替統治的三十二年中，可以說青島報紙面對各種挑戰和困難，不斷提升其經濟運營方式和新聞業務理念，堅持記載社會現狀，留下了不容磨滅的、足以探知當時社會環境發展的歷史依據。

參考文獻

中文文獻

1. 壽楊賓編著：《青島海港史》，人民交通出版社，1986 年版。

2. 張俠等編：《清末海軍史料》（上），海洋出版社，1982 年版。

3. 青島市博物館：《德國侵佔膠州灣史料選編》，山東人民出版社，1987 年版。

4. 孫祚民主編：《山東通史》（下卷），山東人民出版社，1992 年版。

5. 孫瑞芹譯：《德國外交文件有關中國交涉史料選譯》，卷一，商務印書館，1960 年版。

6. 中共中央馬克思恩格斯列寧斯大林著作編譯局：《馬克思恩格斯全集》第二卷，人民出版社，1972 年版。

7. 陸安：《青島近現代史》，青島出版社，2001 年版。

8. 青島市檔案館編：《膠澳租借地經濟與社會發展——1897～1914 年檔案史料選編》，中國文史出版社，2003 年版。

9. 蔣恭晟：《中德外交史》，中華書局，1929 年版。

10. （德）余凱思著，孫立新譯：《在「模範殖民地」膠州灣的統治與抵抗：1897～1914 年中國與德國的相互作用》，山東大學出版社，2005 年版。

11. 梁啓超：《梁啓超全集》第一冊，北京出版社，1999 年版。

12. 青島市檔案館：《帝國主義與膠海關》，檔案出版社，1986 年 10 月版。

13. 李良榮：《新聞學概論》復旦大學出版社，2012 年版。

14. 安作璋主編：《山東通史》近代卷·下冊，人民出版社，2009 年版。

15. 青島市檔案館編：《帝國主義與膠海關》，檔案出版社，1986 年版。

16. 青島總工會編：《青島慘案史料》，工人出版社，1985 年版，第 480 頁。

17. 魏鏡：《青島指南》，平原書店，1933 年版。

18. 魏建、唐志勇、李偉著：《齊魯文化通史・近現代卷》，中華書局，2004 年版。

19. 劉善章、周荃主編：《中德關係史文叢》，青島出版社，1992 年版。

20. 青島檔案館編：《帝國主義侵略青島紀實》，青島出版社，1980 年版。

21. 葉春墀：《青島概要》，商務印書館，1922 年版。

22. 徐寶璜：《新聞學》，中國人民大學出版社，1994 年版。

23. 方漢奇：《中國近代報刊史》，山西人民出版社，1981 年版。

24. 李彬：《中國新聞社會史》，上海交通大學出版社，2007 年版。

25. 戈公振：《中國報學史》，嶽麓書社，2011 年版。

26. 費正清：《劍橋中國晚清史（1800～1911 年）》下卷，中國社會科學出版社，1993 年版。

27. 《中華民國檔案史料彙編》，第三輯・教育，江蘇古籍出版社，1991 年版。

28. 中央編譯局編譯：《馬克思恩格斯全集》，第 2 版，第一卷，人民出版社，2002 年版。

29. 孫培青：《中國教育史》，華東師範大學出版社，2000 年版。

30. 章開沅、馬敏、朱英主編：《中國近代史上的官紳商學》，湖北人民出版社，2000 年版。

31. 青島市政協文史資料委員會編：《青島文史資料》第 15 輯，中國海洋大學出版社，2006 年版。

32. 田原天南：《膠州灣》，滿洲日日新聞社，1914 年版。

33. 中國社會科學院近代史研究所《近代史資料》編譯室主編：《籌筆偶存》知識產權出版社，2013 年版。

34. 王耿雄：《孫中山史事詳錄 1911～1913》，天津人民出版社，1986 年版。

35. 中國史學會濟南分會編：《袁世凱叛變革命與民五討袁：山東近代史資料（第二分冊）》，山東人民出版社，1958 年版。

36. 于新華主編：青島開埠十七年——《膠澳發展備忘錄》，中國檔案出版社，2007 年版。

37. （日）森時彥主編，袁廣泉譯：《二十世紀的中國社會》上卷，社會科學文獻出版社，2011 年版。

38. 中國人民政治協商會議山東省萊陽市委員會文史委員會：《萊陽文史資料・第 2 輯・瑞士文起義資料專輯》，山東萊陽文史委員會 1989 年第 1 版。

39. 市北區文史資料研究委員會：《市北文史資料 第 1 輯》，政協青島市市北區文史資料研究委員會 1989 年版。

40. 馬庚存：《同盟會在山東》，山東人民出版社，1991 年版。

41. 青島市政協文史資料委員會編：《青島文史資料‧第 15 輯》，中國海洋大學出版社，2006 年第 1 版。

42. 陳雋、佟立容編：《陳幹紀念文集：紀念陳干將軍誕辰一百二十週年》，香港天馬圖書有限公司，2001 年 12 月第 1 版。

43. 王志民主編：《山東重要歷史人物》第五卷，山東人民出版社，2009 年版。

44. 倪斯霆著：《舊文舊史舊版本》，上海遠東出版社，2013 年版。

45. 中國人民政治協商會議山東省委員會文史資料研究委員會：《山東省文史資料選輯 第 4 輯》，山東人民出版社，1982 年第 1 版。

46. 《民國山東通志》編輯委員會編：《民國山東通志‧第五冊》，山東文獻雜誌社，2002 年版。

47. 李明偉：《清末民初中國城市社會階層研究》，社會科學出版社，2005 年版。

48. 張靜廬：《中國的新聞記者與新聞紙》，現代書局印行，1932 年版。

49. 黃天鵬：《新聞學名論集》，上海聯合書店，1930 年版。

50. 任白濤：《應用新聞學》，中國新聞學社，1922 年版。

51. 黃天鵬編：《新聞學刊全集》，光華書局，1930 年版。

52. 周有光：《語文閒談》選訂本，三聯書店，2014 年版。

53. 申報館編：《最近之五十年》，申報館，1923 年版。

54. 平襟亞編著：《現代新刀筆》，上海中央書店，1935 年版。

55. 馬光仁主編：《上海新聞史（1850～1949）》修訂版，復旦大學出版社，2014 年版。

56. 戈公振著：《新聞學（第二版）》，商務印書館，1947 年第 2 版。

57. 方漢奇：《中國新聞事業通史》第一卷，中國人民大學出版社，1992 年第 1 版。

58. 陶菊隱：《記者生活三十年》，中華書局，1984 年版。

59. 姚公鶴：《上海報紙小史》，轉印自楊光輝等編《中國近代報刊發展概況》，新華出版社，1986 年版。

60. 武志勇：《中國報刊發行體制變遷研究》，中華書局，2013 年版。

61. 劉悅坦：《世界廣告史》，華中科技大學出版社，2014 年版。

62. 黃天鵬：《中國新聞事業》，上海聯合書店，1930 年版。

63. 黃玉濤：《民國時期商業廣告研究》，廈門大學出版社，2009 年版。

64. 杜豔豔：《中國近代廣告史研究》，廈門大學出版社，2013 年版。

65. 許康：《管理、創新與商戰》，甘肅文化出版社，2004 年版。

66. 梁啓超：《飲冰室合集》卷一，《敬告我同業諸君》，中華書局，1989 年版。

67. 馬克思、恩格斯著，中共中央馬克思恩格斯列寧斯大林著作編譯局編譯：《馬克思恩格斯選集》第 1 卷，人民出版社，1995 年版。

68. 中共中央馬克思恩格斯列寧斯大林著作編譯局譯：《馬克思恩格斯全集》第 41 卷，人民出版社，1982 年版。

69. 黃丹：《馬克思政治社會化思想研究》，復旦大學出版社，2014 年版。

70. 童兵、林涵：《20 世紀中國新聞學與傳播學·理論新聞學卷》，復旦大學出版社，2001 年版。

71. 中共中央馬克思恩格斯列寧斯大林著作編譯局譯：《馬克思恩格斯全集》第 1 卷，人民出版社，1959 年版。

72. 中共中央馬克思恩格斯列寧斯大林著作編譯局譯：《馬克思恩格斯全集》第 7 卷，人民出版社，1959 年版。

73. 中國人民政治協商會議青島市委員會，文史資料研究委員會：《青島文史資料》第 8 輯，1989 年版。

74. 孫旭培：《新聞學新論》，社會科學文獻出版社，1993 年版。

75. 王人博：《近代中國憲政史》，上海人民出版社，1997 年版。

76. 袁偉時編著：《告別中世紀：五四文獻選粹與解讀》，廣東人民出版社，2004 年版。

77. 邵飄萍：《邵飄萍新聞學淪集》，北京大出版社，2008 年版。

78. 吳定九：《新聞事業經營法》，現代書局，1932 年版。

79. 新華出版社編著：《中國名記者傳略與名篇賞析》，新華出版社，2010 年版。

80. 侯宜傑編：《歷史的轉折處》，南方日報出版社，2013 年版。

81. 吳廷俊著：《考問新聞史》，復旦大學出版社，2013 年版。

82. 郝盛潮主編：《孫中山集外集補編》，上海人民出版社，1994 年版。

83. 車吉心、梁自潔、任孚先：《齊魯文化大辭典》，山東教育出版社，1989 年第 1 版。

84. 鄭培爲、劉桂清編選：《中國無聲電影劇本 （中卷)》，中國電影出版社，1996 年版。

85. 張憲文、方慶秋等主編：《中華民國史大辭典》，江蘇古籍出版社，2001 年第 1 版。

86. 山東省地方史志編纂委員會編：《山東省志·報業志》，山東人民出版社，1993 年版。

87. 青島市史志辦公室編：《青島市志‧大事記》，新華出版社，2001 年版。

88. 青島市史志辦公室編：《青島市志‧新聞出版志》，新華出版社，1997 年版。

89. 青島市史志辦公室編：《青島市志‧郵電志》，新華出版社，1994 年版。

90. 青島市史志辦公室編：《青島市志‧一輕工業志》，新華出版社，2000 年版。

91. 魯海：《老報故事》，青島出版社，2010 年版。

92. 青島百科全書編纂委員會編：《青島百科全書》，中國大百科全書出版社，1999 年版。

93. 趙琪修、袁榮叟：《膠澳志》，成文出版社，1928 年版。

94. 管翼賢主編：《新聞學集成》第六冊，中華新聞學院，1943 年版。

期刊論文

1. 陳德軍：《南京政府初期的「青年問題」：從國民識字率角度的一個分析》，《江蘇社會科學》，2002 年第 1 期。

2. 任銀睦，《清末民初移民與城市社會現代化——青島社會現代化個案研究》，《民國檔案》，1997 年第 4 期。

3. 林玉賢：《中國境內的第一份中國近代期刊——〈雜聞篇〉考》，《國際新聞界》，2006 年第 11 期。

4. 周怡、劉明鑫《德佔時期中德雙語報刊的研究》，《國際新聞界》，2013 年第 5 期。

5. 王守中：《「相維相制」與「觀摩受益」——清末山東地方官對德國人的基本政策》，《德國研究》，1998 年第 4 期。

6. 徐昊天：《20 世紀初葉的〈青島官報〉》，《新聞愛好者》，2010 年第 11B 期。

學位論文

1. 林媛媛：《青島近代（1897～1919）報業研究》，山東大學（威海），山東大學（威海）圖書館，碩士論文 2010 年。

2. 劉明鑫：《青島早期報業研究（1897～1922）》，山東大學（威海），山東大學（威海）圖書館，碩士論文 2012 年。

3. 朱麗華：《北洋政府統治時期（1922～1929）青島報業研究》，山東大學（威海），山東大學（威海）圖書館，碩士論文 2015 年。

4. 林豐豔：《近代青島市民心態研究（1898～1937）》，山東師範大學，碩士論文 2010 年。

5. 史偉華：《民國早期青島報紙廣告研究（1922～1938）》，青島大學，碩士

論文 2008 年。

網站

1. Alltagsleben in Schutzgebit. http://www.dhm.de/archiv/ausstellungen/tsingtau/katalog/auf1_8.htm

2. 青島檔案信息網：青島大事，http://www.qdda.gov.cn/front/qingdaodashi/preview.jsp?subjectid=12259376074212119001&ID=6121986

3. 山東省情網：http://military.china.com/history4/62/20140422/18461781_all.html

4. 青島市檔案館：《青島大事》，資料來源：http://www.qdda.gov.cn/frame.jsp?page Name=more Info&page_ nav_type=page_to

5. Walravens Hartmut, German In fluence on the Pressin China.http://ifla.queenslibrary.org/IV/ifla62/62-walh.htm.

外文文獻

1. 李希特霍芬：《山東及其門戶膠州灣》（Richthofen, Ferdinand Freiherr von, Schantung und seine Eingangspforte Kiautschou），迪德力西·海默爾出版社 1898 年版。

2. 卡尼斯·孔拉德：《從俾斯麥到世界政治。1890 年至 1902 年德國的對外政策》（Can, Konrad, Von Bismarck zur Weltpolitik. Deutsche Aussenpolitik1890 bis1902）柏林 1997 年。

3. 金春植：《德國在中國的文化帝國主義》（Deutscher Kulturimperialismus in China：deutsches Kolonialschulwesen in Kiautschou（China）1898～1914），Chun-Shik Kim, Franz Steiner Verlag.），弗朗茨·施泰納出版社，2004 年版。